U0870028

长夜余火 3

爱潜水的乌贼 著

时代出版传媒股份有限公司
安 徽 文 艺 出 版 社

图书在版编目（CIP）数据

长夜余火. 3/ 爱潜水的乌贼著. — 合肥 : 安徽文艺出版社, 2022.7

ISBN 978-7-5396-7436-0

Ⅰ. ①长… Ⅱ. ①爱… Ⅲ. ①长篇小说－中国－当代 Ⅳ. ①I247.5

中国版本图书馆CIP数据核字(2022)第006529号

CHANGYE YUHUO 3

长夜余火 3

爱潜水的乌贼 著

出 版 人：姚 巍
责任编辑：宋潇婧 秦知逸
装帧设计：陈秋含 佘彦潼

出版发行：安徽文艺出版社 www.awpub.com
地 址：合肥市翡翠路1118号 邮政编码：230071
营 销 部：(0551)63533889
印 制：湖南天闻新华印务有限公司 电话：(0731)88387856

开本：710 mm × 1000 mm 1/16 印张：19 字数：320千字
版次：2022年7月第1版 2022年7月第1次印刷
定价：42.00元

目录
CONTENTS

第三卷　命运

第三卷
命运

这是希望的春天，这是失望的冬天。

——狄更斯《双城记》

第 1 章 灰土的生态

比起旧调小组刚从祈丰镇回来那会儿，荒野上的景色更加凋敝，仿佛一夜之间就从深秋进入了初冬。

“是不是快下雪了？”龙悦红看着窗外铅色的天空，颇为期待地问道。他只在教科书和幻灯片上见过雪景。

“往年这个时候，差不多该下雪了。”蒋白棉边开车，边随口回答道。

副驾驶位置上的白晨瞥了一眼后视镜，道：“沼泽北边，可能都下过好几场雪了。”

黑沼荒野最北边连接着冰原，那是一个天寒地冻的世界。不过，因为黑沼荒野面积很大，沼泽以南的区域，气候还没那么极端，属于四季分明的类型。

“真想看看什么叫白茫茫一片。”龙悦红收回目光，感慨了一句。

端坐着的商见曜立刻回应道：“这不是什么吉利话。”

“为什么？”龙悦红虽然知道商见曜“狗嘴里吐不出象牙”，但还是忍不住问道。他对吉利、倒霉、命运之类的话题非常敏感。

商见曜笑了一声：“你想想，当大地上所有的一切都被暴雪掩盖，只剩下白茫茫一片，那能吉利吗？”

“也是……”龙悦红不得不承认商见曜说得有点道理。

听着两人的对话，蒋白棉补了一句：“每年冬天，不知多少荒野流浪者被冻死，下雪对他们来说就是一场灾难，对吧，白晨？”

“嗯。”白晨拉了拉脖子上灰扑扑的围巾，“很多聚居点的房子年久失修，雪下大了容易被压塌，不少人衣服都不够，更别说取暖了。”

龙悦红听后沉默了，长久之后才叹息道："还是公司好啊！"

不管怎么说，在公司，员工们都能有过冬的衣物，有温暖的热水袋。层级高一点的能源配给多一点，还能时不时开一两个小时的暖器——如果能抢购到，或者能靠交易得来。

说到盘古生物，龙悦红突然想到一件事情，颇为害怕地问道："组长，你说，要是我们的任务计划书真的被生命祭礼教团潜藏的人看到，泄露了出去，那地表的邪教徒会不会在水围镇埋伏我们？"

路线可以改，目的地没法变啊！

"面对这种情况，我们可以先派诱饵过去试探。"不等蒋白棉回答，商见曜的笑容已变得灿烂，他拍了拍龙悦红的肩膀道，"这个光荣的任务就交给你了。"

"为什么是我？"龙悦红虽然不愿意承认，但还是知道，小组里最弱的就是自己，实在承担不起当诱饵的责任。

一方面，这事真的很危险，他很害怕；另一方面，他觉得自己的心理素质还没达到组长和白晨的水平，很容易把当诱饵这个任务弄砸。

龙悦红把旧调小组的成员按心理素质分成了四档，他自己是最低的第四档，往上空一档，处在第二档的是蒋白棉和白晨，商见曜则独为一档。

商见曜一本正经地解释道："因为你一看就是诱饵。"

"……"龙悦红一时没能理清这里面的逻辑。

"别吓唬他！"这时，开车的蒋白棉笑骂了商见曜一句。

她转而对龙悦红说道："我就问你一个问题，公司的人知道水围镇在哪里吗？"

"不知道。"龙悦红先是下意识地回答，接着恍然大悟，"这样啊……"

他这才想起，水围镇能从旧世界毁灭那会儿起，相对安稳地存续到现在，其中一个很重要的原因就是位置隐蔽，外来者很难找到。

而蒋白棉上报这件事情时，有意识地隐去了水围镇的具体位置和详细情况，只说在荒野上遇到了他们的狩猎队伍。

想明白之后，龙悦红颇为汗颜："我竟然忘记了这一点。"

"你主要是一遇到危险情况就容易慌神，以后记得沉住气，多想一想。"蒋白棉先教导了一句，然后宽慰道，"不过嘛，能想到生命祭礼教团的地表成员可能会在预定的目的地埋伏我们，对才到过地表一次的人来说，算是相当不错了。”

得到赞扬的龙悦红顿时信心倍增。他思路一转，兴奋地说道：“所以这可能的危险不在水围镇，而在野草城？”

旧调小组的两个预定目的地，一是水围镇，二是野草城。

比起水围镇，野草城算是盘古生物、最初城和白骑士团这三大势力所在的区域内较为出名的城市，为诸多遗迹猎人和荒野流浪者所熟知，不存在找不到的可能。

蒋白棉还没开口，商见曜同样兴奋地对龙悦红道：“这状态不错，保持住！”

状态不错……等等，我为什么兴奋？这是多么严肃、危险的事情！龙悦红忽然想抬手拍一下自己的脸庞。

“你兴奋个什么劲？”蒋白棉又骂了商见曜一句。

然后，蒋白棉对龙悦红道：“不错，不错，能这么快反应过来很不错。接下来的路上，我们都得好好想一想到时候怎么不暴露自身就能进入野草城，怎么确定公司在那里的情报人员是否存在问题。呵呵，也不用着急，早着呢，先把水围镇的事情处理好。”

“是，组长！”龙悦红大声回应道。

他觉得自己在慢慢蜕变成值得信赖的组员。

吉普车又开了一阵后，白晨朝外面看了许久，皱着眉头道：“有很多动物迁徙的痕迹。”

听到她这句话，龙悦红才发现，满目凋零的荒野上，有许许多多的脚印挤成一片，形成了一条连通南北的大道。

“今年的气候不太正常，许多怪物群都在迁徙，动物应该也差不多。”蒋白棉回忆着自己看过的、听过的消息和新闻，看起来似乎颇有感触，“对不少荒野流浪者来说，这个冬天难过啊。”

她话音刚落，半空飞过了一群奇怪的鸟。它们比乌鸦大不少，身上覆盖着黑色的羽毛，头骨裸露在外面，沾染着秽物。

这群鸟越飞越低，很快落入了不远处的沼泽内。

在这个过程中，它们没有发出一点声音，安静得就像不存在。

白晨看到这一幕，有些感慨地说道：“告死鸟，看来那边有不少死尸。”

“告死鸟？这是一种乌鸦吗？”龙悦红好奇地问道。

他记得教科书上提过，旧世界许多地方视乌鸦为不祥之物，称它们为告死鸟。

白晨收回目光，详细地解释道："这是一种畸变的生物，我们都叫它告死鸟或者白骨乌鸦。它们只吃死尸，它们聚集的地方，必有亡者！"

开车的蒋白棉轻轻颔首，补充了几句："这种畸变的乌鸦很神奇，在头骨裸露的情况下，竟然还能活得很好。

"它们对活着的生物没有攻击性，但如果你们遇到它们，也要小心。它们的嘴巴里能伸出一根管子，从中可以分泌出消化液。这种消化液很危险，能非常快地将尸体溶化成汁，方便白骨乌鸦食用。既然这种消化液能溶化死尸，那我想，它弄到活人身上，效果应该也不差。"

龙悦红想象了一下那幕场景，顿时"咝"了一声。

"那么问题来了……"商见曜兴致勃勃地说道，"这种乌鸦的肉质怎么样？烤着吃是什么味道？"

蒋白棉侧头瞪了这家伙一眼："这种乌鸦本身就是畸变的，加上它们的生活环境，身上不知道携带了多少毒素和病菌。"

蒋白棉说完，白晨突然开口道："肉质很好。"

蒋白棉一手握方向盘，一手摸了摸耳朵："你吃过？"

"嗯，那是一个像现在这样的冬天，没有足够的食物。比起其他畸变的生物，我觉得吃白骨乌鸦还是能接受的……"白晨用回忆的口吻道，"肉质格外好，它们的蛋是我吃过的最好吃的蛋……"

商见曜和龙悦红同时抬手抹了抹嘴角。

做完这个动作，龙悦红醒悟过来，一阵羞愧。

商见曜侧过脑袋，认真地对他说："我用推理小丑控制了你，所以你才和我做出了一样的动作。"

"真的？"龙悦红又释然又惶恐。

"假的。"商见曜笑着回答。

蒋白棉没有理睬后座上商见曜和龙悦红的对话，好奇地问白晨："不会中毒或者感染疾病吗？"

"中毒可能不明显，还好。"白晨下意识地看了一眼窗外，"但我们当时十几二十个人，病死了差不多一半，他们的尸体又养活了更多的白骨乌鸦……"

她微微勾起唇角，带着几分不知对谁的嘲笑。

“在灰土上，有的时候，只能两害相权取其轻。”将白棉由衷地感叹道。

在这样的交流中，灰绿色的吉普车奔驰于荒野，在天色快黑下来时，钻入沼泽，七拐八绕地抵达了水围镇。因为彼此已经认识，有过交易，属于可以信赖的人，所以白晨出面后，守卫直接将他们放进了镇子，让车子停在了老位置——围墙拐角处一个木结构的棚子外。

蒋白棉刚刚下车，就看见了一个熟人。

“狗子。”她笑着打了一声招呼。

穿着灰扑扑的防风服的镇卫队成员，小名狗子的那人一张脸涨得通红，喃喃道：“我……我叫丁策。”

白晨没给丁策继续说下去的机会，直接问道：“田镇长呢？”

丁策的表情顿时变得悲伤：“镇长……镇长他病倒了，快……快要不行了。”

第2章 生物制剂

听到丁策的回答，白晨仿佛被人打了一闷棍，身体微微后仰，脑袋嗡嗡作响。

隔了几秒，她缓过神来，急切地问道："是什么病？"

丁策哭丧着一张脸，道："医生说是老毛病，肺上的问题，还有什么气管的问题，一到冬天就难熬。"

这个瞬间，白晨只觉晚间的寒风呼啦啦地吹到脸上，针刺一般疼痛。

她飞快地侧过头，望向蒋白棉，带着悲伤的情绪喊了一声："组长……"

感觉到白晨的求助之意，蒋白棉轻轻颔首，对丁策道："能带我们去田镇长那里吗？我们有一些药，说不定管用。"

正常情况下，丁策肯定不会直接答应，可现在这个关头，他觉得再差也不会比什么都不做更差，死马当成活马医，说不定还有点希望。

"好。"他用力点头。

蒋白棉没有啰嗦，走到吉普车后方，拎出一个有红色十字符号的乳白色箱子。这是旧调小组的急救箱——这次是正式任务，不是野外拉练，所以他们不再像上次那样只带一些常用药物和清洁片、驱蚊剂等。

哐当！蒋白棉关上后备厢，转身对丁策道："走吧。"

见这个漂亮女子表现得颇有几分专业，丁策一下多了一些信心，连忙走在前面带路。一行五人先是穿过了那片混乱搭建着泥屋、砖房、帐篷的拥挤不堪的区域，在一道道或警惕或麻木或艳羡或好奇或意味不明的目光注视下，来到了升旗台附近。

见周围终于清静下来，白晨两步赶到丁策身旁，关切地问道："田镇长是什么时候病倒的？”

愈加昏暗的天色里，丁策边快步往前，边回忆着说道：“有十几天了吧。以前冬天，镇长都会病那么一两场，但都没什么大事，谁知道这次……这次，竟然一下就变得这么严重。

“医生给他开了药，打了针，都没什么用。这几天昏迷的时候多，醒着的时候少，医生说……医生说，可能撑不过今天晚上……”

说着说着，这个身高一米七左右，在荒野流浪者里算得上高大的年轻男子带上了几分哭腔。

他抬起左臂，用手胡乱地擦了下眼睛，接着说道：“其实，医生好几天前就说镇长可能不行了，可他还是撑到了现在。医生说，他的求生意志很强……”

丁策吸了下鼻子，再也说不下去了。

白晨紧紧抿着嘴唇，眼睛已有点湿润。

说话间，他们来到了水围镇最深处，拐入了左边那栋楼。光线不足的楼道里，蒋白棉故意找了个话题，让气氛不那么沉重：“你们这里有医生？”

医生在荒野流浪者聚居点里可是“奢侈品”。

见是蒋白棉发问，丁策详细地回答道：“一直都有。镇长说，最早那会儿就有好几个医生在，后来孩子们开始读书了，镇长就挑成绩最好的几个，跟着他们学医，这是我们的传统。”

说到这里，丁策有些难过：“可我们没有药。镇长说，早些年还好，可以去城市废墟里找，虽然那些药年头都太久了，效果很差，但总比没有好。现在只能看在哪次交易中可以弄到，只有大势力才能生产这些药。嗯……医生们还从城市废墟里找了些书，根据其中的描述，从荒野里搜罗了一些植物的根茎、动物的不同部位，然后搭配在一起熬制成药，有的效果还挺好的！”

这个时候，一行五人已抵达了二楼最尽头的那个房间。房门口有两名镇卫队的人员在守护。

“他们有药！”丁策根本没做介绍，直接对着守护人员说道。

“白晨！”其中一名镇卫队人员认出了白晨，连忙开门道，“进去吧，进去吧。”然后，他补了一句，“镇长这几天昏迷的时候，偶尔会喊白丫头。”

白晨的眼眶一下就红了，她当先冲了进去。

蒋白棉用眼神示意商见曜控制好自己，不要脑子抽风，然后，她跟着白晨进了房间。

首先映入她眼帘的是房间顶部垂下的昏黄的灯泡，它将房里照得还算明亮。

房间最里面，靠着窗户的地方，摆着一张看起来颇为陈旧的暗红色木床。田二河躺在上面，盖着厚厚的被子和那件军绿色的大衣，眼睛紧紧闭着。他脸庞愈加干瘦，几乎是皮包骨头，苍白的头发稀稀疏疏，很是凌乱。

此时此刻，田二河正不断发出仿佛含着许多浓痰的呼吸声，显得颇为吃力，看起来随时都可能一口气接不上来。

田二河的旁边则摆着一个散发着暖气的铁黑色炉子。

房间内，可能是因为田二河的病情出现了恶化，镇里说话有分量的人都已经聚集到了这里。他们多是三十来岁的男子，还有一些精干的年轻人和几个五六十岁的老者，房间被塞得满满当当。其中，女性只有三个，两个老年，一个中年。

“头儿，他们说有药。”丁策迫不及待地对一名三十五六岁的男子说道。

这名男子是水围镇镇卫队的队长，也是田二河病重之后确定的下一任镇长人选。他相貌普通，满脸愁苦，套着一件灰扑扑的棉袄，皮肤很是粗糙。

“李正飞。”这男子上前两步，对蒋白棉伸出了手。

蒋白棉和他轻握了一下手，简单介绍了自己和旧调小组的其他成员。

“你们有什么药？”李正飞未做寒暄，直截了当地问道。

蒋白棉坦诚相告：“我们没有治疗肺部和气管疾病的特效药，但带了些生物制剂，可以让田镇长撑过这个关口，清醒一阵子。只要他能再多撑两天，就有治愈的希望。”

李正飞隐约能猜到蒋白棉话中的意思，忙侧头望向一名白发短而整齐的老妇人。她是镇里最好的医生。

那老妇人点了点头，表示可以尝试。她已经没有别的办法了。

“麻烦你们试一下。”李正飞当即做出了决断。在这方面，他远比看起来更加有魄力。

蒋白棉“嗯”了一声，提着那个急救箱走到了田二河的床边。

她坐了下去，打开箱子，拿出了针筒、针头和一个拇指大小的茶色玻璃瓶。接着，她熟练地完成了组装，将小瓶子内的液体吸入了针管内。

排出前端的气体后，蒋白棉让白晨过来帮忙拿起田二河的一只手，卷起他的衣袖。她迅速找到相应血管，干净利落地将针头插了进去。

一点点地推完了那管液体，蒋白棉消过毒，一边收拾急救箱，一边吩咐白晨将田二河扶起来，让他半躺半靠在床头位置。

在这个过程中，白晨没有忘记将田二河的枕头塞到他的腰后。

说来也奇怪，田二河那种让人听着揪心的呼吸声逐渐变得平缓了。他很快咳嗽起来，在白晨的帮助下，侧过身体，往旁边的痰盂里吐了许多浓痰。

又缓了一阵，田二河终于睁开了眼睛，视力一点点恢复，看清楚了面前是谁。

“白……丫头。”田二河虚弱地喊了一声。

白晨连忙回答道：“是我。”

田二河缓慢地露出笑容，似乎整个人都放松下来：“你总算……回来了。”

白晨再也克制不住，一下流出了眼泪。她想说点什么，却被悲伤堵住了嗓子。田二河又恢复了一点精神，依次扫过了蒋白棉、商见曜、龙悦红和李正飞。他先对客人们点了下头，接着拍了拍床沿：“正飞，过来，坐这里。”

李正飞就像一个听话的孩子，从蒋白棉旁边绕过，走到了田二河身侧。

田二河脸上的皱纹一点点舒展开来：“我还记得，你是……你们那群孩子里，最顽皮、最爱胡闹的一个，谁知道，我现在……要把水围镇……水围镇托付给你了。”

“镇长……”李正飞这么一个中年男人竟有了要哭鼻子的感觉。

田二河笑骂道：“哭什么哭？我都七十大几了，早活够本了。我的老婆、我的孩子们都在下面等我呢。”

他缓了口气，继续说道：“之前给你说的那件事情，现在看来是有答复了。”

说话间，田二河已看向了蒋白棉，满含期待地问道：“怎么说？”

蒋白棉斟酌了一下语言，先做了自我介绍：“我们来自盘古生物公司。”

“盘古生物？”李正飞略有点失态地重复了一遍。

周围的男男女女，表情都有了一定的变化，或震动，或惊讶，或畏惧，或恐慌，或忐忑。

蒋白棉环顾了一圈，笑着说道：“在灰土上，我们公司是有些不好的名声，但请你们相信，我们所有的实验志愿者都是心甘情愿的。我们会给志愿者一定的利益，但不会强迫他们。你们可以回想一下，你们知道的大势力里面，有几个比我们公司更值得信赖？”

一阵沉默之后，那些人中，不知谁低语了一句：“有人说盘古生物是旧世界毁灭的真凶……”

蒋白棉表情略微一滞，反应极快地回应道：“那你们岂不是更应该顺从我们？一个能毁灭旧世界的势力，难道不值得投靠？”

又是一阵沉默。

田二河咳嗽了一声道：“你们是什么个……章程？”

蒋白棉笑了起来：“我们打算和你们签订友好合作条款。”

第3章 谈判的技巧

田二河没被花里胡哨的名字迷惑，颇为虚弱地问道：“具体内容是什么？”

蒋白棉早就想好了说辞，相当流利地回答道：“简单来说就是，你们得向公司提供自身获得的情报和书籍，同时，公司不方便直接出面的某些交易可能也会放在这里。另外，如果公司有成员需要落脚或者一定的帮助，你们不能拒绝。

“而你们能获得的是——更好的武器，更多的子弹，更广泛的知识，更高产的粮食种子，更便宜的棉花、布料、药物和食盐……”

听到后面那段话，包括李正飞在内，房间内水围镇的所有人都纷纷表示欢喜。

对一个只能勉强做到粮食自给的聚居点来说，上述东西都属于比较短缺的，也是他们每天都会忧心该去哪里获取、该从哪里交易到的东西。

过去，他们主要靠从城市废墟中发掘，可这么多年过去了，数不清的遗迹猎人、荒野流浪者来来往往，早就把比较安全的城市废墟里的那些生活必需品搬完了。这就让水围镇的居民，要么去更危险的地方探寻，要么到别的聚居点去做交易。而水围镇位置隐蔽，能得到他们信任的人极少，买卖难免受限。

“可以接受。”靠在床头的田二河看着蒋白棉，轻轻点了下头，“还有呢？”

蒋白棉正色说道：“公司还会派一支二十多个人的武装队伍进驻这里，帮你们训练镇卫队人员，让他们更加厉害。”

在场的水围镇的居民表情同时出现了变化，有的惊慌，有的气愤，有的充满戒备。于他们而言，不管是提供情报，还是帮忙交易、给予庇护，都属于不影响自身核心利益的事情，可让一支全副武装的队伍驻扎在水围镇，就意味着他们失去了真正意义上的主导权。这是许多人无法接受的。

蒋白棉抢在李正飞说话前，微笑着补了一句："我已经将水围镇的位置提交给公司了。"

丢下这颗"炸弹"，她才依次扫过水围镇其他人的脸孔。那些人竟无一敢和她对视，相继低下了头。

他们有的人偷偷拿怨恨的目光看向白晨，埋怨她这么轻易就把盘古生物的人带到水围镇来，简直辜负了镇长的信任。这导致他们现在完全没有了谈判的余地，不答应也要被迫答应。

一个大势力还攻不破这么一个小小的聚居点？

旁边的龙悦红则略有点茫然，因为他记得组长答应过白晨，不提前将水围镇的位置告诉公司，而她在提交的报告上确实也模糊了水围镇的位置。

龙悦红看了一眼商见曜，发现他嘴巴轻动，无声地吐出一个词。作为一个不懂得看唇语的人，龙悦红只能猜测商见曜在说什么。

商见曜应该在说："骗子。"

田二河默然了一阵，剧烈地咳嗽了几声："也不是不能接受。"

"是啊……"李正飞缓慢地吐了口气。

其他人的表情相继缓和过来，他们七嘴八舌地问道：

"到时候他们住哪里？这几栋都没什么房间了，总不能让大家把自己的房间腾出来吧？"

"他们的食物是自带的，还是由我们提供？会有补偿吗？"

……

这些问题听得龙悦红很是诧异，有种搞不懂当前状况的感觉。

现在大家讨论的明明是一个镇子生死存亡的事情，怎么突然就进入了计较蝇头小利的环节？就算他们要被迫答应，那也还有很多重要的问题需要讨论和确定啊！

等到乱糟糟的讨论声平息了，田二河才叹息着说道："反正老头我活不了多久了，到时候，就把这个房间，还有会议室空出来，隔一下，提供给盘古生物的人……"

"镇长，你会没事的，盘古生物有很好的医生。"白晨急切地宽慰着田二河。

田二河笑了笑："人哪，怎么可能不死？"

"机械修者可以……"旁边的商见曜做出了回答。然后，他就被蒋白棉瞪了一眼，默默闭上了嘴巴。

田二河没被影响，看向了房间内的水围镇居民们：“你们……还有什么想法？”既然镇长已经做出了承诺，自身的利益似乎不会受损，其他人也就没再揪着这个问题不放，相继摇头表示没有。

田二河又望向蒋白棉，犹豫了一下道：“你们公司对广场那些人是什么态度？”他指的是位于水围镇中下层的大量居民，他们以外来者居多。

蒋白棉毫不犹豫地回答道：“对公司来说，每一个人都是宝贵的资源，不会轻易放弃。”

她见房间内不少人露出了或不屑或不满的神色，又笑着说道：“公司每年还会给几个名额，奖励那些做出很大贡献或者有突出才能的人，让他们成为公司的正式员工，享受正式员工的待遇，就和我们一样。”

看着这几个光鲜亮丽的外来者，在场的水围镇居民们明显都兴奋起来。他们觉得那几个名额就是给他们准备的，普通的居民哪有机会做出大的贡献?

至于成为盘古生物的正式员工有多好，他们暂时想象不到，只能从蒋白棉、商见曜他们身上做出推测。

“这就好，这就好……”田二河松了口气，眉梢眼角带上了几分笑意。

他的身体似乎往下缩了一点：“还有别的吗？”

“差不多就这些了。”蒋白棉没再刺激在场的水围镇居民们的神经，“如果你们愿意，我们还可以派人帮你们设计新的管理体系，提高劳动效率，防止有人偷懒。”

她故意把事情的重点往怎么管理其他居民的方向上靠。

见没有人有异议，田二河略显吃力地说道：“那就这么定了吧。正飞，你觉得呢？”

李正飞想了几秒，回答道：“我没问题。”

蒋白棉见状，为免夜长梦多，立刻侧头对龙悦红道：“你和商见曜去把无线电收发报机拿过来。”

她不直接吩咐商见曜，是担心这个有医生证明的“精神病患者”有一句回一句，而现在的场合显然不适合这样。

“好。”龙悦红见难得有自己发挥作用的时候，非常积极。

和商见曜出了这栋小楼后，龙悦红左右看了一眼，压低嗓音道："组长刚才说已经把位置上报给了公司，这是不是在骗他们，借此掌握谈判的主动权？"

"难道是在骗你？"商见曜反问道。

龙悦红知道自己猜对了，略显高兴地反驳道："那也不是不可能。"

"她要想骗你，你根本发现不了。"商见曜看了他一眼。

"也是。"龙悦红竟无法否认。

田二河的房间内，李正飞目送商见曜、龙悦红出去后，试探着问道："我们要不要现在就把大家召集起来，公布这件事情？"

田二河看了他一眼，咳嗽着说道："不用，你们同意就行了。等盘古生物的队伍来了再公布也不迟。"

"是啊。"蒋白棉附和道。她这是担心出意外。

虽然说盘古生物开的条件，非但不会对水围镇中下层居民的利益有什么实质性损害，反而还会让他们得到很多好处，但这样的承诺，在真正实现之前，总是令人怀疑的。而且，巨大的变化必然会导致人心浮动，不够安稳。

这种情况下，人会非常敏感，容易做出不理智的行为。如果再有几个有野心或者比较极端的人带头，局面往往一发不可收拾。

等到盘古生物的队伍进驻，在强大武力的压迫下，大家肯定一时半会儿都不敢有意见，等到看着承诺比较稳定地一点点兑现，生活慢慢变好，他们也就能真心实意地接受这件事情了。

田二河和蒋白棉的话语让房间内的不少居民彻底安心，他们觉得自己的地位不会动摇，不会与广场上那些人处在一个层次。

没过多久，商见曜和龙悦红把无线电收发报机搬了上来。

蒋白棉旋即手写了电报内容，展示给屋内的每一个人看。上面主要是讲水围镇已同意签署友好合作条款，公司可以派人过来了。

电报的末尾，蒋白棉描述了一下田二河的病情，让公司找一个医生，携带相应的药物或者医疗器械跟着来。

对于这份电报，没人有异议。

而将它转成电文时，蒋白棉偷偷加了两句，分别是水围镇的入口位置和事前约定的暗码。

拍完电报，他们很快收到了回电。回电的内容很简单，只有两个字：收到。

旁观了整个过程的田二河，转而吩咐起房间内的居民：“你们都回去休息吧，正飞在这里陪我就可以了。”

等到其他人都离开了，白晨才对田二河道：“镇长，要不要吃点东西，然后睡一会儿？公司的人可能得明天下午或者傍晚才到。”

田二河摇了摇头，笑着说道：“暂时不用，你们给我打的那种针，效果真好，我一点也不困。丫头啊，我们都认识好多年了，叫一声爷爷怎么样？”

不等白晨回应，他故意装出可怜的样子，咳嗽了几声：“你看，我的后辈子孙们一个都没剩下……”

白晨抿了下嘴唇，小小地喊了一声：“爷爷。”

“哈哈。”田二河笑了起来，然后对白晨他们道，“给我和正飞讲讲盘古生物的事情吧。”

第4章 清晨

见屋子重新空下来，蒋白棉边走向一把木制的靠背椅，边笑着说道："我们公司，听名字就知道，是研究生物科技的，而生物和医学的关系一向都非常紧密，所以我们在相应领域的能力也是比较强大的。"

说话间，她已提起那把木椅，走向了田二河的床边。在这个过程中，她的目光状似不经意地扫过了商见曜、龙悦红、白晨、李正飞、无线电收发报机和睡床另外一侧的窗户。

她原本打算让商见曜和龙悦红返回吉普车所在位置，看守旧调小组最值钱的财物和里面的备用电池、大量食物等。

可她很快就放弃了这个想法。

在这个很可能暗流汹涌的夜里，旧调小组的成员还是不要分开比较好。反正车丢了，东西被抢，公司也会补上。

现在最重要的人是田镇长、李正飞，最重要的物品是和公司保持联络的这台无线电收发报机，这些人和物都在这里，就不需要分出人手去吉普车那边了。

真要出了什么事，那里反而不好跑，容易被包围，翻墙更不是那么容易的事情。这个房间后面就是围墙，可以看见不远处的田地，到时候，如果无法坚守这里，直接开窗跳下去，突围就成功一半了。如果在那边打打游击，不难坚持到公司的人赶来。

嗯，手枪和对应的子弹都在身上……

念头转动间，蒋白棉已考虑好了最坏的情况该怎么处理。

她随即将椅子放到床边，坐了下去，开始给田二河、李正飞和房间内两名镇卫队人员介绍盘古生物的种种情况，重点放在了正式员工的待遇和其他附庸势力的境况上。

当然，在水围镇正式被盘古生物接收前，有些事情肯定是不能讲的，包括地下大楼的存在、公司的入口位置等。

其间，蒋白棉还刻意轻描淡写地略过了基因改良等话题。她知道，在灰土上，不少人仇视这种技术，他们认为它严重违背自然规律，会带来灾难，而她无法确定对面的田二河和李正飞是不是也有这样的想法。

虽说盘古生物这个名号就能让大家往相关方面联想，但既然对方没表现出来，蒋白棉也不会傻到去主动挑起敏感话题。

田二河的精神状态明显没有他刚才说的那么好，他听一阵就要闭目养神或者睡一会儿。

李正飞和白晨原本想让大家离开这个房间，以便田二河好好休息，可田二河总是很快醒来，拦着不让。

他们这么停停聊聊间，窗外的天色逐渐染上了蒙蒙微光。

清晨到来了。

见最危险的时间段已经过去，蒋白棉暗自松了口气。整个晚上，她都没有休息，只是时不时离开椅子活动一下身体，但安排了商见曜、龙悦红和白晨轮流睡觉，让他们保持精力。

蒋白棉正要让组员们去把早饭拿过来，忽然听见那台无线电收发报机发出了声音。

“有电报……”蒋白棉给田二河、李正飞解释了一句，迈步走了过去。

在众人期待的目光里，她很快译出了电文内容。

她眉毛一挑，道：“公司派来的人到沼泽入口了。”

“这么快？”龙悦红代替所有人发出了疑问。

按照正常的流程，公司应该现在才开始安排人手，准备药物，这差不多得花费一个小时。途中如果没出什么事情，一切都很顺利，那傍晚或者更早一点，派出的队伍应该就能抵达了。

比起预想的情况，现在提前了整整一个白天。

蒋白棉思索了一下，道：“夜晚急行军也不是什么少见的事情。而且公司到这边的路况相对都比较好。”

她没说至少一半路程都在公司的实控区域内，安全部的许多作战小组早就把那块地方的情况摸得清清楚楚，闭着眼睛都不会踩到坑里。

当然，夜晚赶路也确实容易出问题，毕竟视线会受到限制，可有的时候，人是没法选择的。

基于这一点，盘古生物安全部的高层有意识地让各个作战小组、行动大队将夜间行军加入了训练科目。

这就是正规军和荒野强盗的不同。

“会不会是刚好有队伍在附近？”白晨见田二河、李正飞依旧诧异，遂说出了自己的猜测。

蒋白棉摇了摇头，道：“我强调了带医生、药物和医疗器械，外出的队伍应该没有。”

说到这里，她对田二河和李正飞笑了一下：“让你们猜到公司和这里的大概距离了。”

一支队伍一个夜晚急行可到达的距离。

“这样也好，早来早安心。”田二河放下刚才的担忧，笑着吐了口气。这让他忍不住又咳了几声，白晨担忧地给他拍拍背部。

蒋白棉看了田二河一眼，直接说道：“我去接一下他们吧，进镇子的路七拐八绕的，第一次来的人肯定会迷路。”

“好。”田二河不觉得这有什么问题。

李正飞想了想，对守在房间内的丁策道：“小策，你和她一起去。”

说这句话的时候，他目光凝重，脑袋微点。

丁策一下就明白了头儿的意思：如果途中发现不对，拼着性命不要也得通知镇里的人。

“是，头儿！”丁策热血上涌，挺起了胸膛。他有点害怕，但他觉得这值得。

蒋白棉没有拒绝，对龙悦红道：“你和我一块儿。”

比起去接公司的人，明显是留在这里更加危险，所以蒋白棉让龙悦红跟着自己。到时候，如果镇内情况突变，擅长“交朋友”的商见曜和熟悉环境的白晨搭档，有更高的生存概率。

“是，组长！”龙悦红回答得比丁策还要大声。

这是习惯。

等到蒋白棉三人离开，白晨对田二河道：“你现在该安心了吧？再睡一会儿，他们没那么快。”

她的语气就像在安抚小孩子。

“不等到他们进镇子，哪会真正安心？”田二河倔强地摇头。

他看着白晨，咳嗽了两声：“之前就想问你，怎么老系着这条围巾？”

房间内有烧炉子，温度不是那么低。

白晨神色略一变化，然后苦笑道：“有不好的东西……”

田二河没有再问，半闭上了眼睛，仿佛精力已无法支撑，需要缓一缓。

李正飞见状，将目光投向了商见曜，似乎想用闲聊的方式打发剩下的时间——这说不定能获取到更多的信息。然而，商见曜却用手指在嘴巴前做出拉拉链的动作，呜呜了两声。

“啊？”李正飞一脸茫然。

白晨试着解释道：“他的意思是，他不方便说话。”

他可能是怕自己脑子一抽，破坏了这有点悲伤和凝重的气氛……白晨在心里补充了一句。

商见曜重重点头，表示就是这样。

见自己的猜测得到了证实，白晨看向商见曜的目光一下温柔了不少，她没想到这个精神有问题、思维跳脱的队友，竟默默做了这么大的努力。

不过，白晨也莫名地觉得商见曜的情况好像比之前又严重了一点。

李正飞无法理解商见曜为什么不方便说话，只能认为商见曜是在比较委婉地拒绝透露更多的信息。他不得不转而望向白晨，可白晨却忙着收拾痰盂，开门通风，清理房间。

不知过了多久，田二河醒了。他侧过脑袋，听了一阵，有些虚弱地问道：“外面是什么声音？来了吗？”

白晨几步走到外面的过道上，双手撑住栏杆，望向水围镇的大门处。那里还没有外来者出现，只隐约飘来“一二三四”“一二三四”的声音。

“外面的声音是‘一二三四’‘一二三四’。”这时，商见曜模仿起自己听到的内容。

田二河的表情变得柔和，皱纹依次展开：“是孩子们在做早操啊……”

他笑着自语了一句，精神状态似乎一下子得到好转。

沼泽外面，丁策跟着蒋白棉、龙悦红见到了盘古生物派来的队伍。那一辆辆闪烁着金属和玻璃光芒的汽车，那一个个穿着灰绿色制服的笔挺的战士，那一件件崭新的武器，都让他受到了深深的震撼。

蒋白棉则微微点头，在心里对负责这件事情的人大加赞赏——公司果然还是很有经验嘛。知道类似的接收一定要外表光鲜，不战而屈人之兵。

水围镇，田二河房间外。

白晨已经不知道这是第几次被镇长催着到走廊上去看看蒋白棉他们有没有回来了。终于，她看见了慢慢靠近镇子的车队，看见了熟悉的灰绿色吉普车。

“到了！他们到了！”白晨连忙转身，对房间内喊道。

田二河整个人瞬间放松了。他喘了几口气，侧头对李正飞道：“你把人手安排下去，维持好秩序。等会儿见过面，就召集大家，公布这件事情。”

李正飞已然起身，回答道：“马上就去。”

白晨依旧停留在走廊上，双手按着扶栏，不断地回头给田二河报告情况，就像一个有点兴奋的小姑娘：“他们通过大门了。他们下车了。他们正排成队从广场走过，大家有点混乱，但很快就恢复了秩序。”

汇报到这里，白晨突然停住。她感觉房间内安静得可怕，没有一点声响。

白晨转身望去，只见商见曜站在靠近门的地方，表情凝重地望着睡床，而田二河不知什么时候已缩了下去，由靠坐变成了躺。

不好的预感瞬间涌现，白晨神色一变，飞快跑了进去，蹲在了田二河身旁。她看见镇长的脸已呈青黑色，没有一点光泽。

她颤颤巍巍地伸出了手指，凑到了田二河的鼻端。过了十几秒，她猛地收回手，试探般喊道：“镇长！”

这一次，再没有任何回应。

白晨的视线一下就模糊了，双膝失去支撑，砰地跪到了地上。她失态地抓着床边，喉咙仿佛被堵住了大半般喊道：“爷爷！”

在一个个衣服肮脏的居民的注视下，蒋白棉带着盘古生物派来的人穿过了混乱搭建着泥屋、砖房、帐篷的拥挤不堪的区域。

刚走到升旗台，她忽然听到水围镇最深处那栋楼里传出一阵整齐而稚嫩的声音："大道之行也，天下为公，选贤与能，讲信修睦。故人不独亲其亲，不独子其子，使老有所终，壮有所用，幼有所长，矜、寡、孤、独、废疾者皆有所养……"

第 5 章 临近

“大道之行也，天下为公，选贤与能，讲信修睦……”龙悦红坐在后排靠左的位置，拿着一本书，低声念着。

念完这一段，他抬起脑袋，颇感疑惑地望向前方：“组长，为什么公司不教这篇古文？是没有人记得了吗？”

他手里这本书是用食物从水围镇换来的。

此时夕阳的余晖正浓，刺得蒋白棉不得不戴上墨镜。她想了一下，随口说道：“我小时候在课外书上读过，这说明还是有不少人记得的。只不过嘛，公司高层可能不太希望大家学习这篇古文，免得大家都去追寻大同社会，不利于管理。”

“不至于吧？”龙悦红表达了自己的想法，“虽然公司没有做到‘天下为公，选贤与能’，但至少让大家都‘老有所终，壮有所用，幼有所长’，也做到了‘矜、寡、孤、独、废疾者皆有所养’。”

说到一半，他有点忘了，只能低头再看一眼书本。

蒋白棉笑了一声：“有句话叫防微杜渐。你看，你这种才正式工作没多久的员工都知道上面的人经常以权谋私，任人唯亲，说明大家心里还是有杆秤的，明面上不敢反对，私下里都在指指点点。如果一代代员工都接受了类似的思想，那让大领导怎么平稳地交接权力？”

龙悦红有些被说服了，但还是觉得没那么严重：“应该没人直接反对高层吧？大家对现在的情况还是比较满意的。”

和灰土上许许多多的荒野流浪者聚居点比起来，盘古生物内部又安稳又平静，大家只要努力工作，都会有一定程度的回报，不必担心饿死。

“不一定。”蒋白棉边说边让吉普车转弯，沿着一条小河前行。

龙悦红顿时笑道：“怎么可能有人愿意付出很大的代价只是为了帮助别人争取权利？”

反问之后，他下意识地望向旁边的商见曜。他突然记起这位好友兼同事时常把“拯救全人类”挂在嘴边。

“有的。”商见曜炯炯有神地看着他道。

龙悦红觉得不能和这家伙争辩，转而问道：“你不是在睡觉吗？”

这段时间，商见曜每个白天都会时不时睡一觉，就像进入了间歇性冬眠期。

对此，龙悦红倒不觉得奇怪，这大半个月，他们每天都在赶路，基本没有别的活动，除了睡觉、聊天和锻炼，哪还有事情可做？

“有点累了，醒来休息一下。”商见曜说着听起来很古怪的话语。他最近常常进入起源之海遨游，寻找第二个岛。

“合着你睡觉不是休息啊？”龙悦红笑骂了一句。

他突然灵光一闪，再次望向蒋白棉的背影：“组长，那为什么水围镇会教这篇课文？你也看到了，他们的高层都有自己的小心思，不想天下为公……”

蒋白棉“嗯”了一声：“可能正是为了防止这种情况发生，才会把类似的文章放入课本。不同的意图带来不同的选择。”

副驾驶位置的白晨看了组长一眼，声音不大不小地说道：“其实，没那么复杂。水围镇刚形成那会儿，都是有什么课本就用什么课本，大家也没想那么多，然后变成了传统。”

蒋白棉本想哀怨地看白晨一眼，结果目光被墨镜完全挡住了。她哑然失笑道：“你不能在我讲道理的时候拆我的台啊！”

说这句话的时候，她心情还是蛮好的，因为白晨的状态恢复得不错。她还以为田二河的死会让白晨很久都缓不过来，结果，双方交接完，离开水围镇的第二天，白晨就看不出有什么异常了，只是情绪稍微有点低落。最近几天她更是和以前没什么区别了。

对此，蒋白棉也很理解——哪一个荒野流浪者不是见惯了生死？只要没直接崩溃，或者产生心理问题，他们很快就不会被类似的事情影响到日常生活，当然，可能在很久以后，他们回想起来，内心深处依旧会隐隐作痛。

结束这个话题后，吉普车内又陷入了沉默。这么大半个月下来，彼此之间哪还有那么多话聊？

龙悦红随即望向窗外，看见了低垂的铅云，看见了枯黄的荒野，看见了褐色的泥土，看见了远处的山峰和树木。除了这些，什么都没有，别说人类，就连动物都吝啬显露踪迹。

这就是灰土的冬天。

这样的景色看久了，真的让人压抑和烦躁。而旧调小组为了尽快赶到野草城，且避开可能存在的危险，一路选择的都是类似的地方，至今已足足走了大半个月。

他们不走常规路线，而是绕了很远很远的路。绕的路上，因为某些地方环境的改变和恶劣的天气情况，还耽误了好些天。

“什么时候才能遇到人啊？”龙悦红缓慢地吐了口气。这么下去，他觉得自己总有一天会因此疯掉。

“然后呢？你会和他们聊天吗？”商见曜颇有点兴奋地问道。

“呃……”龙悦红仔细想了想，觉得自己应该不会那么冒失，“我只是想看到别的人，要不然我会觉得整个灰土只剩下我们四个了。”

“那你挑谁？为了人类的繁衍，你必须做出牺牲。”商见曜仿佛在想象龙悦红遇到人后的场景。

蒋白棉正要阻止这家伙继续往下说，白晨突然开口道：“现在这个季节，在荒野上还是不要遇到人比较好。”

龙悦红也算有些经验了，若有所思地问道：“这么冷的天气下还要进入荒野的流浪者，都是没什么食物的吗？”

“对。而且他们的食物严重不足。”蒋白棉做出回答。

她旋即叹了口气：“到时候，他们试图抢劫你还好，如果抱着小孩跪在路边苦苦哀求，你救还是不救？如果选择救，你能给他们支撑几天的食物？一路下去，又能救几个？

“救完之后，他们要是觉得这样还是过不了冬天，决定趁机抢劫你一把，甚至杀掉你们，抢来储备食物，你会有什么感想？即使他们懂得感恩，没有这么做，转头又为了过冬灭掉了另外一些你救过的人，更加可怜的人，你会不会自责？”

这一句句反问仿佛一支支利箭，直击龙悦红的灵魂，他嘴唇翕动，却无法做出回答。

“一个都救不了。”白晨代替他做出了回答，“我们的食物也仅够支撑我们到达野草城，而现在是冬天。”

“除非你愿意饿死自己，要不然还是眼不见为净。”蒋白棉跟着补充道。

她自嘲般笑了笑：“以个人的力量是拯救不了灰土的。当初救世军的建立者就是在一次次经历了类似的事情后，才决定联合起来，建立一个上下平等，以拯救全人类为目标的组织。

“他们希望利用一个强有力的集体以最快的速度重建社会秩序和生产体系，然后，以此包容更多的流浪者，生产更多的粮食和其他物资，像滚雪球一样发展壮大。可惜啊……”

她感叹的是由理想主义者建立的救世军最终也堕落了。

“总有后来者。”商见曜表情郑重地回应道。

蒋白棉没有继续这个话题，抿了一下嘴唇，郑重地说道：“该考虑晚上吃什么了。”

龙悦红听到这句话，脸顿时垮了下去，商见曜也没有抬手抹自己的嘴角。他们的选择只有三个：能量棒、压缩饼干和军用罐头。虽然都有不同的种类和不同的口味，但归根结底还是能量棒、压缩饼干和军用罐头。

而这大半个月，每天重复吃这些东西，他们一听到类似的话题，心情就不好，甚至觉得有点恶心。

“等这次回去，我肯定再也不想吃罐头了。”龙悦红由衷地感叹道。

那些罐头确实很美味，但天天吃，哪个人受得了？

蒋白棉见无人回答，看了一眼地平线上悬挂的夕阳，侧头对白晨道：“附近有什么比较合适的荒野流浪者聚居点？”

虽然公司给的地图上标注了这片区域几个有名的聚居点，但蒋白棉觉得还是问白晨更方便更妥当。

“除了交易食物，还有什么要求？”白晨直接问道。她非常肯定组长不是为了换到美食就要更改行程的人。

蒋白棉笑了起来：“还有一两天就要到野草城了，总得提前做点准备。总不能就这么大摇大摆地进城吧？就算生命祭礼教团没那么极端，没那么强大，根本没有获得我们要前往野草城的情报，我们也得考虑造成另外那个旧调小组失踪的因素。所以还得找个合适的荒野流浪者聚居点，做些必要的伪装，比如混在前往野草城交易的商队里。”

啪啪啪！商见曜真诚地鼓掌。

龙悦红也发自内心地赞叹组长心思缜密，考虑周全。

白晨轻轻点头：“我明白你的意思了。那去附近的无根者营地吧。冬天的时候，他们应该都在这边。”

“无根者？”龙悦红甚是疑惑。

蒋白棉也颇感兴趣地说道：“我听说过无根者，但了解得不多，具体是什么情况？”

白晨微微一笑，道：“等看到了你们就知道了。他们是一群风俗和习惯都很独特的人。”

“哟，还学会卖关子了。”蒋白棉打趣了一句，“该往哪边开？”

白晨早就坐直了身体，认真地指起了路。

第6章 营地

天还没完全黑下来的时候，旧调小组就抵达了无根者营地。

远远看去，最先映入他们眼帘的是一台又一台庞大的车。这些车比吉普车大几倍，车厢又长又高，颜色则各不相同，或棕白交错，或白底点缀黑块，或条纹衬托银灰。

“这都是房车啊！”蒋白棉早已没戴墨镜，放缓车速，认真地辨别了几秒。

“嗯。”白晨重重地点了一下头，“房车就是无根者们的家，一辆车代表着一个家庭。”

“这样啊……”蒋白棉再望向营地时，已看出了更多的细节。

营地里的车以房车为主，至少有几十台，甚至可能接近一百台。其中，身躯最为庞大的那些房车停在边缘位置，像是组成了一圈钢铁城墙，只留出一个供车辆进出的口子。

通过这圈“城墙”间的缝隙可以看见里面的车都停得整整齐齐，最中心的地方似乎还有几台更为庞大的堪称巨物的车。

“什么是房车啊？”龙悦红不懂就问。

商见曜主动帮忙解释：“就是把房子装在车厢里面的车。”

“你见过？”龙悦红颇为诧异地反问。

他不解：大家都是接受同样教育、有同样外出经历的人，凭什么你见过房车，我没见过?

商见曜摇了摇头：“没见过。我猜的。”

这时，蒋白棉笑了起来：“商见曜说得也没太大问题。房车就是可以当住房用的车，里面有卧室，有厕所，有厨房，有的甚至还有客厅和餐厅。”

“奢侈。”商见曜和龙悦红同时做出了评价。

这样的房间在盘古生物内部得D7级以上的人才能分配到，或者是都达到了D4级的夫妻。

白晨跟着解释道：“据说最初的无根者都来自旧世界的房车营地，就是给那些驾着房车出门的人专门停靠的营地。”

虽然她不懂为什么旧世界的人非得这么做，但她还是原原本本地复述了当时听到的话语。

还好，商见曜并没有就此提出疑问。

白晨看着洒在车窗上的余晖，继续说道：“你们也知道，当时主要是大城市爆发了无心病，房车营地这种地方还好，而且也没有针对他们的各种袭击。所以，旧世界毁灭后，他们都幸存下来了，可也回不到自己的家乡了。

“他们或许做过尝试，我并不清楚，但从结果上看，最终肯定还是失败了。

“旧世界毁灭后的混乱年代里，他们觉得还是大家聚在一起比较好，人多力量大。然后，他们开始找一些地方定居、耕种，但又一次次因为战乱、怪物潮和大量无心者的袭击等离开了原来的聚居点。

“后来，他们完全习惯了在车上生活，也习惯了流浪，不再定居，自称‘无根的人’。嗯，我们更喜欢叫他们无根者。”

商见曜提出了很严肃的问题：“那他们吃什么？”

“是啊，是啊。”龙悦红表示自己也想这么问——不定居就意味着无法耕种，没有固定的收入。

白晨看着越来越近的营地入口，语速稍微加快了一点：“他们最初的状态更接近遗迹猎人，从无心者大量死亡后的城市废墟里获取燃油、食物、武器、高性能电池和其他各种物资。那个时候，每个城市废墟都是富矿。

“等到混乱年代结束，大势力纷纷成立，他们这么大一支车队很快就成了被利用的对象。他们也趁机转变了身份，变成了来往于各个势力之间、承接货物运输和转手买卖货物的武装商队。”

“大势力为什么不自己做这些生意？”龙悦红记得公司的停车场内可是有许多大型车辆的，比无根者营地的只多不少。

听到他的问题，开车的蒋白棉调侃了几句："公司哪有那么多人手？连你这么一个新人都能弄到旧调小组来，你就知道人手有多么紧张了。我们可不是机械天堂，既没资源，也没技术生产那么多智能机器人。"

龙悦红顿时恍然大悟。

白晨随口补了几句："对很多大势力来说，不是特别重要的物资，基本不会派自己的人押送。之前有个比较大的聚居点，就是因为他们的首领将大量卫队成员派出去送货，结果内部虚空，被人给端了。而且很多敏感区域，这些中立的商队比较方便通过。"

见龙悦红和商见曜不再有问题，她又说道："只要你们有燃油、食物、高性能电池和各种较为完好的车子配件，就能雇佣无根者，让他们替你们送货。

"他们自称是在逐油电而居。等到天气冷下来，交易量减少后，无根者们就会迁徙到相应的营地，利用之前储备的食物，度过整个冬天。同时，也会承接营地周边区域内的一些运输和买卖。

"这里是最大的一支无根者车队，他们之所以经常选择这个营地，是因为附近有一个还能使用的水厂。"

说话间，吉普车已来到了无根者营地的入口。

白晨见状，连忙又强调了几句："进去之后，一定要记住，不能损坏别人的车。对无根者来说，车就是他们最宝贵的财产，一个没有车又没有别的无根者家庭愿意收留的人只会被抛弃。

"还有，他们近三代人都是在车里出生、车里长大的，对车有着独特的感情，他们不是视它们为物品，而是把它们当作家人。你们要是弄伤了他们的'家人'，那肯定没法善了。"

蒋白棉听得大有兴趣，拍了下方向盘道："果然是比较独特的风俗和习惯。"

这个时候，分别立于两台大型房车车头位置的守卫抬起了手中的冲锋枪，示意来者止步。

白晨按下车窗，探出脑袋道："我们来做买卖。"

守卫中留着络腮胡的那个仔细一看，眼睛发亮，道："长得好看，身材也棒，这吉普车不错啊！什么动力的？"

"用高性能电池的。"白晨如实回答。

络腮胡守卫愈加感兴趣："你们要不要换个'老婆'，把它给留下？"

"我们是真爱！"商见曜不知什么时候探出了脑袋，高声回答道。

络腮胡守卫竖了一下大拇指，道："有眼光。"

他随即放低了枪口，用下巴指了指营地里面，道："进去吧。按照指示停，要不然'老婆'丢了可不能怪我们。"

吉普车通过入口时，车内的龙悦红颇为诧异地自语："这么简单？"

既没有要熟人证明，也没有收缴武器，他们就这样让旧调小组进了营地。

蒋白棉看了一眼后视镜，笑着说道："对火力充沛、人员充足的无根者商队来说，可能只有外来的人害怕的份——害怕进得来却出不去。"

"也是。"龙悦红想了一下道，"那我们得提高警惕，不能完全信任这帮人。"

"嗯。"蒋白棉一边跟着指示在划出来的道路上缓慢前行，一边侧头对商见曜道，"接下来，你要好好发挥啊！"

"我又不是汽车。"商见曜颇有点为难。

"是啊，咱们白晨多漂亮一个姑娘，他们竟然正眼都不看一下，就光顾着打量这台吉普车了。"蒋白棉调侃道。

白晨本来想说一句自己年纪比她大，可看了看蒋白棉的身高后，又默默放弃了这个打算。

在引导员的帮助下，他们很快停好了车。

一眼扫过，蒋白棉发现停在营地最深处的那几台庞然大物都拖着银灰色的巨型金属罐。

"油罐车啊……难怪被保护得严严实实。"感叹中，她听见旁边一辆涂装成蓝白色的房车传出轰鸣的声音。

而一个戴着棒球帽的中年男子立在车前，一边摸着引擎盖，一边侧耳倾听着动静。等到发动机轰鸣声停止，他若有所思地点了下头。

"你在做什么？"商见曜不知什么时候已蹿了过去，好奇地问道。

戴着棒球帽的中年男子个子中等，身材粗壮，皮肤略微发黑，衣服上仿佛还有点油渍。

听到商见曜的问话，本来略带凶相的中年男子眉眼舒展开来，道："大家伙有脾气了，得听听它有什么不满。”

见龙悦红等人似乎有点没听懂，他摸了摸略显陈旧的房车，笑着道：“大家伙从我爷爷那时开始就是我们家庭中的一员，现在年纪大了，脾气也变坏了，得多哄哄。哈哈，你们家里也有老人吧？都是要哄的。”

商见曜退后一步，仔细看了看这辆房车，指着车灯道：“它的眼睛真好看。”

“这都修过两次了，年轻时更好看……”中年男子仿佛找到了知音，滔滔不绝地说道。

蒋白棉见状，小声地对白晨和龙悦红说道：“有的时候，我真觉得商见曜有交友的天赋。”

他们聊了一阵，驾驶位置上一个二十来岁的青年提着工具箱下来，和那名中年男子一起，打开引擎盖，熟练地修理它。

商见曜随即退了回来，跟着蒋白棉他们，穿过一台台房车，往营地最热闹的地方走去。

第 7 章
味道

龙悦红目光一扫，忽然看见几米外，一台房车前，有几个穿着棉袄和陈旧的羽绒服的人立在那里，对着两根红色的蜡烛频频膜拜。

那两根蜡烛的火光摇晃着，前方还摆着一块风干的肉，一只剃得干干净净的鸡，几个馒头、窝窝头等。

“他们在做什么啊？”龙悦红略微踮了下脚，试图看得更加清楚点。

白晨扫了一眼那个方向：“他们在拜车头神。”

“车头神？”蒋白棉兴致勃勃地追问道。

白晨组织了一下语言，道：“对无根者群体来说，车是最宝贵的财产，是家庭的重要成员，他们很多风俗习惯都源自车。

“他们总是会担心车子行驶的时候碰到了哪里，撞到了哪里，或者陷入了沼泽，或是因某些障碍而翻倒，所以创造出了一个车头神来膜拜，祈求一路平安，顺风顺水，不出事故。”

商见曜“啧”了一声：“不属于哪位执岁的管辖范围？”

“是啊，他们崇拜的竟然不是某位执岁。”龙悦红也觉得奇怪。

白晨的笑容一闪而过：“执岁们管得也不是那么宽，在不少地方，很多人也只是听过这个名词而已。

“嗯……许多信仰执岁的教派曾尝试把车头神纳入自己的宗教，以此将无根者群体发展成自家信徒。现在做得最好的是水晶意识教，这个教派同样是崇拜一月执岁菩提。在另外一些无根者群体里，车头神已经改名为车头菩萨。”

“神灵之间的竞争好激烈。”商见曜正色评价了一句。

龙悦红又看了一眼祭祀车头神的地方，看着风干的肉、煮好的鸡、馒头和窝窝头，道：“这会不会太浪费了？”

哪怕对盘古生物的员工来说，这也是大餐级别的食物，不是逢年过节，很少这么吃。

“又不会丢掉。”白晨解释道，“祭祀完，这些食物就会被端回去，全家分享。在灰土上，除了少数地方，根本不会发生浪费食物的事情。”

说到这里，她神情柔和了一些，嘴角隐约有点翘起：“在许多荒野流浪者聚居点，孩子们最期盼的就是祭神，那意味着之后那一顿饭菜会非常丰盛，一年才会有一两次机会这么丰盛。”

“这样啊……”龙悦红将这和盘古生物的年节等同起来，一下就理解了。

说话间，一行四人来到了营地最热闹但也远离油罐车的地方。这里较为空旷，只停着三台较长较大的房车。

它们松散地围成了一个敞开的“门”字形，侧门全部打开，露出了里面的桌椅、厨台和柜子。而它们围出来的地方，最外面一圈摆放着各种各样的桌椅板凳，中间部分则完全空着。

此时正对入口的那辆房车顶部，有几个圆球不断闪动着或绿或红或紫的光芒，整片区域都笼罩在了迷幻之中。另外两台房车顶部，各有一个音箱，它们放着节奏感非常强的音乐，让聚在空白区域的人们情不自禁地扭来扭去。

蒋白棉凝望了一阵，探手抓住了跃跃欲试的商见曜：“别掺和，先进去。”

商见曜恋恋不舍地收回目光，弄好快要放下来的战术背包，跟着蒋白棉往最里面那台房车走去。途中，他们遇到了一个把两侧的头发全部剃光的年轻男子。

蒋白棉拦住了他，微笑着问道：“你们首领在哪里？”

说话间，她闻到对方身上散发着较为明显的汽油味道。

在冬夜的寒风侵袭下，那年轻男子穿得不多，就是一件红色长袖棉T恤和一条裤脚很宽的裤子。他的额头隐隐有点汗水，仿佛刚经历了一场剧烈的运动。

“叫团长。”年轻男子强调了一句。

“是，团长。”商见曜道。

年轻男子一下怔住了：“我是说，我们首领叫团长……不，他不姓团，他是我们这个商团的团长。”

“你们团长在哪里？”蒋白棉抢在商见曜开口前问道。

年轻男子指了指最深处的那台房车：“卖东西的那个就是。”

回答完，他上下打量了蒋白棉一眼，露出笑容道：“一起跳舞吗？”

“不了。”蒋白棉一点也没犹豫地拒绝了。

他们对话的时候，因为音乐声强劲有力，所以他们都放开了喉咙，仿佛在喊。对蒋白棉来说，这简直如鱼得水。

被拒绝的年轻人也没纠缠，身体跟着节奏左右摇晃着让开了道路。看着蒋白棉的背影，他抬起右手，嗅了嗅小臂处的气味，疑惑自语：“她不喜欢这个型号的汽油味道？”

旧调小组快要抵达目标房车时，阴影里突然蹿出来一个老太太。她端着一个棕色的簸箕，里面放着许多瓶瓶罐罐。

“要来一点汽油吗？或者，你们想要柴油？”这老太太脸上的皱纹已算明显，整个人显得有些消瘦。

正在龙悦红等人略感茫然之际，商见曜问道：“好吃吗？”

老太太一时语塞。

她旋即大声说道：“这不能吃。洒一点在身上，能让你成为营地里最受欢迎的人！”

她空出一只手，指着一个小瓶道：“这是橘子公司的15型汽油，最纯正的那种，而且气味调配得刚刚好。你只要洒一点，今晚就不知有多少姑娘为你神魂颠倒！”

蒋白棉听得若有所思，自言自语道：“因为许多车都需要燃油，这里不少人对燃油的味道也爱屋及乌了？也许，对他们来说，花香远远比不上汽油或者柴油的味道迷人。”

“啊，你说什么？”老太太的听力稍微有点不好，而这里的环境又非常吵闹。

蒋白棉哑然失笑，大声说道：“我们不需要！”

看着老太太略显失望地回到阴影里，旧调小组四人登上了最里面的那台房车。

里面的空间颇为宽敞，竟然能摆放多张桌子和椅子，正对外面的地方，则有一个到商见曜胸腹位置的乳白色平台。平台前有几条高脚凳，平台后则有一张陈列着各种瓶瓶罐罐的木柜。木柜和平台之间，站着一个接近一米八的男子。

他四五十岁的样子，头发很短，嘴边留着一大圈花白的胡子，身上套着一件泛着油光的黑色皮衣。

“要喝点酒吗？”花白胡子大叔微笑着问道。

“你们有酒？”蒋白棉拉过高脚凳坐下，反问了一句。

龙悦红同样感觉诧异：在盘古生物这种粮食还算充足的地方，酒精都属于管制品，每年出产很少，每个人只有极少量的配额。遍地饥荒的灰土上，居然随随便便就能遇到一个卖酒的！

疑似无根者商团团长的花白胡子大叔笑着说道：“野树果酒。我也不知道是什么果子，每年夏天都会长，又酸又涩，没有人喜欢吃它，又没法保存到冬天，但酿成酒，风味竟然出乎意料地好。”

等到旧调小组其他人都坐了下来，蒋白棉才打趣道：“我以为以车为家、常年驾驶的人不会喝酒。”

花白胡子大叔顿时笑道：“所以我们只在每年冬天的时候频繁喝酒。”

他叹了口气，道：“我爷爷那一辈的人，因为旧世界毁灭，回不去家乡，精神状态都不太好，很多时候只能靠酒精来麻痹自己，因而造成了不少事故，损失了一些车。到了我们父辈，就有了第一条团队规矩，每个人都必须文在身上的规矩。”

说到这里，他转过身体，拉高衣服，露出了背部。那古铜色的肌肤上，两排青黑色的大字异常醒目——喝酒不开车，开车不喝酒。

第8章
挑衅

无论从逻辑、氛围，还是他之前的话语给人带来的心理预期来说，眼前的这一幕都很正常，但蒋白棉、龙悦红等人还是难以遏制地产生了一些奇怪的感觉。

“喝酒不开车，开车不喝酒。”这句话似乎就不应该以这种方式出现！

啪啪啪，商见曜的鼓掌从不缺席。然后，他问道：“文在背后，那不就看不到了吗，怎么时时警醒自己？”

刚把衣服放下来的花白胡子大叔表情一滞，一时竟不知该如何回答。

不过，他也是走南闯北、经历过许许多多事情的人，迅速就调整过来，笑着问道：“那你觉得应该文在哪里？”

“两只手的手背上，一边一句。每次想喝酒的时候，一抬手就能看到。”商见曜似乎真的想过这个问题。

花白胡子大叔点了下头道：“嗯，是个好办法，以后我会把它加入备选项。”

蒋白棉看得出对方只是在随口敷衍，于是转移了话题，笑着问道：“该怎么称呼？”

“费林。”这个花白胡子大叔简单地回答道。

他也没在意对面四人叫什么，重复着之前的问题：“要喝点酒吗？这边的特产，野树果酿造的，过了这村就没有这店了。”

说到这里，他摸了摸自己短短的胡须，呵呵笑道：“我们几乎每年夏天都会专门抽空回这边一趟，为的就是采摘这种野树果，用来酿酒。”

蒋白棉左右看了一眼，笑容不变地问道：“可以用什么来换酒？”

费林顿时失笑道：“用什么来换酒不取决于我们要什么，而是你们有什么。在灰土上，执着于唯一答案的人往往什么都得不到。”

“我们有……”在从外面传入的很有节奏的音乐声里，蒋白棉的状态似乎颇为放松，她眼眸一转，带着促狭的表情，拍了拍自己右边的龙悦红，“用他来换怎么样？会开车，性情平和，身高也不低，格斗能力又不弱，还懂一点维修技术，正适合给你做女婿。”

“组长……”龙悦红完全没想到话题会突然拐到自己身上，一时有点不自在。

费林哈哈笑道：“你的好意我心领了。我小女儿可不缺追求者，她长得和她妈吗一样好看，开车技术也已经快赶上我这个爸爸了。

“维修方面，虽然技术稚嫩了一点，但胜在基础扎实，况且年纪尚小。她从小就喜欢在我维修车子时旁观，有时还会主动参与。不知什么时候，身上的汽油味、柴油味、润滑油味洗都洗不掉了，团里不知有多少小伙子对她朝思暮想。”

龙悦红边听费林描述边想象，下意识地往后缩了缩身体。

从登上这台房车开始，他就闻到了费林和旁边几个酒客身上散发出的淡淡的汽油味。

他担心话题又转回自己身上，于是望向蒋白棉，故作抱怨地说道：“组长，你为什么不推荐商见曜？”

蒋白棉笑了一声：“这不是怕商见曜在营地里一天都没待满就被赶出去了吗？那我们这算付款了还是没付款呢？”

见商见曜似乎要回应这个话题，蒋白棉立刻将目光投向了费林：“我们用军用罐头交换怎么样？里面是红烧牛肉。”

“多重？”费林熟练地问道。

“500克。”蒋白棉报了个数。

“那你们要哪种？”费林笑着介绍道，“一种是野树果直接酿成的酒，度数很低，不醉人，和葡萄酒差不多。你们知道葡萄酒吧？”

“嗯。”蒋白棉等人同时点头。

盘古生物内部，逢年过节的时候，员工们还是能按照各自的配额，买到一点酒的。

至于白晨，在这么多年里，流浪过的地方数都数不清，偶尔也能喝到酒。

费林继续说道：“这种的话，四杯一个罐头。另外还有一种，是把这种果酒反复蒸馏后得到的，度数很高，第一次喝很容易醉，四杯得三个罐头。这都可以先记账，出营地时再结算。”

蒋白棉当然不可能让组员们在这种陌生的环境下喝醉，直接说道：“那就度数低的果酒吧。”

龙悦红等人自然没有异议。

“好。”费林将倒扣在乳白色平台上的玻璃杯翻了四个过来。

这时，旧调小组几人的旁边，靠车窗位置的桌子处，一个块头很大的壮汉哈哈笑了起来：“果然是娘们和小孩子的队伍，只敢喝水一样的果酒！”

坐在边上的商见曜唰地一下侧头望了过去。

穿着黑色衣服的壮汉屈了下手臂，让肌肉凸显了出来，并毫不退让地和商见曜对视着。

一秒，两秒……十秒……商见曜保持着姿势，一动不动。

蒋白棉看了看龙悦红和白晨，彼此心照不宣——看，商见曜又在和人家比谁先移开视线或者谁先坚持不住开口说话谁就算输的游戏了。

当然，这只是商见曜单方面认同的游戏。

过了十来秒，那壮汉终于控制不住自己，猛地站了起来：“你什么意思？”

“你输了。”商见曜笑了起来。

“神经病啊！”壮汉脱口骂道，“你还是个小孩子吗？”

正在倒酒的费林抬头望向这边，喊了一句：“赵铁，别胡闹，几两马尿下去就不知道自己姓什么了？”

赵铁不敢忤逆首领，骂骂咧咧地坐了下去。

就在这个时候，商见曜突然离开高脚凳，走到了赵铁面前，挑衅地看着他。然后他开始解裤腰带。

这是……干什么？

赵铁和他的同伴都有些蒙。

不行，不能被他的气势吓倒……随后赵铁眼睛一眯，指着外面道：“还挺行的嘛。有本事出去练练？”

“好！”商见曜系好裤腰带，答应得飞快。

蒋白棉微微皱起眉头，觉得这件事情自己有点看不明白。

她倒不担心商见曜会比输——她对自己的格斗能力还是很有信心的，而商见曜是旧调小组里仅次于她的那个。

她只是有点摸不清商见曜究竟想做什么。

抱着让商见曜打一架，展现些实力，方便以后和无根者商团对话的想法，她没有出言阻止，并让龙悦红不要开口。

见商见曜的伙伴们都不甚在意，这个无根者商团的团长费林也就抱着看戏的心态，扯开嗓子，对外面喊道："把音乐停了！有人要'表演'！"

两侧房车上的音箱很快变得安静，那群在桌椅围出的空白区域扭来扭去的男男女女纷纷退到了两边。

赵铁气势汹汹地率先跳下团长的房车，进入了那片各种灯光不断变换的空地。

商见曜没有急着出去，先行取下战术背包，从里面拿出了自己心爱的蓝底黑面小音箱。

这种小音箱既可以插电，也可以使用旧世界的一种长效电池——现今同样有势力在生产。

蒋白棉看到这一幕，浓而好看的眉毛微微动了一下。

商见曜随即将小音箱放在房车门口，摁下一个按钮。刺刺的电流声响起，他进入了空地。

下一秒，小音箱内传出了一道高亢的女声："我在仰望，月亮之上……"

伴随着这歌声，商见曜的身体摇晃起来，双脚不断地前后交替，显得很有节奏感。然后，他对着赵铁勾了勾手指："来！"

"昨天遗忘，风干了忧伤……"

在这样的歌声里，面对这样的对手，赵铁忽然产生了一种"如果我真的上去，那就输了"的感觉。

可到了这个时候，他不上也不行，总不能认㞞吧？

赵铁做了一下心理建设，深吸了口气，跨步走了过去。

在这个过程中，他一直盯着商见曜的双脚和肩膀位置。

这是因为，他知道的几种格斗术里，步法都相当重要，而对方肩部的状态可以帮助他预判对方是哪一只手出拳——作为一名无根者，他从小就接受过严格的训练，在最初城时，他还拜过一名厉害的拳手为师，并不是只靠块头吓唬人。

调整好步点，赵铁一步踏了上去。

几乎是同时，商见曜后退了一步。

赵铁再进，商见曜再退，两人始终保持着一定的距离。

突然，商见曜抢先向前迈了一步。

赵铁条件反射般地撤步闪避。

一退一进，一进一退，两人完美地合上了“看见的看不见的……”这段歌曲的节奏。

旁观的人顿时鼓起了掌：“跳得好！”

他们终于明白团长刚才说的“表演”指什么了。

听到这样的赞美声，赵铁一下涨红了脸，再也控制不住自己，猛地扑了上去。

商见曜轻松闪开，伸脚一绊，探手一拉，砰地就将赵铁摔到了地上，摔得他七荤八素。然后，商见曜俯身下去，彻底制住了对方。

赵铁见已无法挽回，也不逞强，直接低头，瓮声瓮气地说道：“我输了。”

商见曜站起来，颇为不舍地走了回去，收起小音箱，将它关上。

蒋白棉看着他，皱眉问道：“你绕了这么大一个圈子，不会就是为了去外面跳一场舞吧？”

商见曜诚恳地点头：“嗯。直接出去你不允许。”

“你这也太执着了吧？嚯，还懂得声东击西，挺聪明的嘛。”蒋白棉失笑道。

商见曜想了一下，回答道：“可能是病情更严重了吧。”

面对有医生证明的“精神病患者”，蒋白棉无言以对。

坦白地讲，她并不愿意相信商见曜刚才做了那么多只是为了出去跳一场舞。

这简直不科学。

要知道，那么短短的几分钟内，商见曜先是用毫不退让的对视激怒赵铁，然后抓住机会，做出一些让对方发蒙的动作，成功地让对方主动选择到外面的“舞池”单挑。

而商见曜费了这么大的劲，绕了这么大一圈，竟然只是为了摆脱限制，出去播放音乐，跳上一场舞？

比起这个，蒋白棉宁愿相信这个过程中的每一步都是商见曜“脑子一抽”带来的，然后呈现出现在这样的结果。

可是，通过各种细节和自己对商见曜的了解，蒋白棉排除掉了所有不可能，答案只剩下一个——这家伙精心谋划，步步为营，迂回行事，真的只是为了出去凑个热闹，跳一场舞！

第9章
买卖

这就像一个人花了很长时间制订计划，用环环相扣的方案成功完成了抢劫，目的却只是趁这个机会，和受害的女孩分享棒棒糖。

这就是“精神病人”的执着。

为了很简单的目标，他们可以绕很大一圈，设计出非常复杂的方案，而且行动力强得可怕……蒋白棉内心感慨时，不动声色地指了指旁边的高脚凳，道：“既然已经跳完了，那就坐下吧。”

商见曜还没来得及迈步，房车内忽然拥进来一群年轻人。各种燃油味道瞬间钻入了龙悦红等人的鼻腔。

这些年轻人里，男的都把两侧的头发剃光了，女性要么留着短发，要么发色或绿或紫或红或金，与外面闪烁的灯光一样。

他们围着商见曜，七嘴八舌地说道：

“刚才那首歌叫什么？”

“真带感啊！”

“我现在都还在那个旋律里停不下来！”

“能拷贝给我们吗？”

“那节奏感太棒了！”

商见曜露出了阳光般的笑容：“好。你们之前放的几首歌也得拷贝给我。”

听到这样的回应，那些年轻人纷纷竖起了大拇指：“有眼光！”

就这样，商见曜和他们混在了一起，借助搬进来的一台手提电脑和相应的数据线，交换了彼此喜爱的音乐。完成了这件事情后，他才恋恋不舍地回到蒋白棉身旁，坐了下去。

全程看完了他们交流的蒋白棉若有所思地问道：“以后和别人打斗，你不会都要放上音乐吧？”

商见曜认真地回答道：“如果有机会，时间也允许的话。”

不等蒋白棉等人再说，他阐述自己的设想：“而且不同的敌人得配不同的音乐。像净法这种机械修者，就得配一首叫《极乐净土》的歌，虽然我听不懂歌词，但我觉得这个名字和他们很配。”

蒋白棉想象了一下大家在激烈战斗中，伴随音乐摇晃身体、踩着步点的样子，无声地叹了口气，道：“我觉得这是对敌人心灵的摧残。嗯，也可能会激发出他们的潜力……”

这个时候，费林已倒好了四杯野树果酒，将它们推到了商见曜等人面前。这种酒的颜色呈紫红，闻起来有一股清香味。

“先别急着喝，再等一等。”费林叮嘱了一句，笑着对商见曜道，“小伙子不错啊，我都想让你当我女婿了。”

蒋白棉不给商见曜乱说话的机会，打趣地说道：“团长，你都不怪他打了你们的人？”

“是啊，是啊。”龙悦红无声地附和，这也是他自己的疑问。

白晨则帮忙解释了一句：“无根者们很欢迎强大的战士。”

费林微笑着点头：“对，我们这个部族或者说商团，最欢迎也最崇拜的有五类人：一是好的维修工，二是好的司机，三是好的向导，四是好的枪手，五是好的战士。战士是指擅于近身格斗、使用冷兵器的那种。

“哈哈，你们也看到了，营地里有油罐车，有许许多多的房车，这要是被子弹打到或擦到，就不太好了，所以虽然允许你们带枪，但营地里其实是不能用枪的，有什么纠纷，都靠拳脚解决。

“年轻的孩子们也是，精力旺盛，完全将他们管住是不现实的，只能让他们多跳跳舞，多打打架。这么一代代下来，谁格斗厉害，谁就是孩子王，很受欢迎。

“而且我们是个商团，很多时候能不动用枪就尽量不动用，要是动用枪结下了血海深仇，以后还怎么做买卖？这种时候，大家赤手空拳打上一架说不定还能打出感情来。”

蒋白棉听完之后，笑着指了一下白晨："我们有很厉害的向导，她早就告诉我们，在营地里最好不要把枪拿出来。"

费林态度很随和，跟着望向白晨，开起了玩笑："要不你做我儿媳妇吧。在我们这里，向导的待遇那是非常好。"

"如果你愿意把整支商队都入赘我们小组，我没意见。"蒋白棉以玩笑应对玩笑。

聊着聊着，蒋白棉看了商见曜一眼，转而对费林道："再加一个罐头，再来五杯野树果酒。"

"等尝过了，觉得好喝再要。"费林诚恳地说道。

蒋白棉的眸子又黑又亮，她笑着解释道："这是请你喝的。"

"那我就不客气了。"费林重新倒了五杯果酒，拿了一杯到自己面前。又聊了一会儿，他说："可以喝了。"

龙悦红看了一眼组长，得到她的允许后，端起酒杯，咕嘟喝了一口。

这种野树果酒的味道没有他想象中的甜，但也没有太过酸涩的感觉，口感圆润，芳香一点点散开，回味悠长。

"不够甜。"商见曜微微皱眉，诚实地做出了评价。

费林顿时笑道："这么多年来，商团里不知有多少年轻人说过这种话，但等到他们年纪更大一点，都无一例外地喜欢喝几杯，而且是更烈的那种。"

说到这里，他轻轻叹了口气："人生在世，有太多的痛苦，对我们这些无根的人来说，可能只有喝完酒才能获得一时的安宁，回到不知什么样子的故乡。"

蒋白棉没有打断费林的话语，等他说完才举起酒杯，道："刚才那口是尝味，现在是敬你。"

旧调小组另外三人跟着拿起了杯子。

"我也敬你们。"费林笑着举杯，和他们分别碰了一下。

各自喝了一口后，商见曜看着费林，若有所思般道："团长，你看——我们请你喝了酒，也听你讲了营地里的规矩，所以……"

费林笑眯眯地听完，一下变得极为热情。他探出身体，拍了拍商见曜的肩膀："对我们无根的人来说，这就是朋友了！"

他做出这个动作后，蒋白棉才看见他腰间有一把黑色的左轮手枪。

“蟒蛇？”蒋白棉试探着问道。这是一种左轮手枪的名称。

费林重新坐直，拍了拍左轮手枪道：“这可比别的手枪好用，而且拔枪快，开枪也快，敌人还没反应过来，就已经死了。”

见商见曜已成功“交上了朋友”，蒋白棉不再继续这个话题，闲聊般问道：“团长，你们冬天就在营地里，不外出做买卖吗？”

费林又喝了口酒：“怎么可能？这么一大帮人，这么多辆车，不做买卖谁养活我们啊？

“虽然我们储备了过冬的物资，但也得防备意外，为明年做打算啊。再说，你们也看到了，为了让大家消耗掉不必要的精力，得跳舞，得打架，得喝酒，这开销就大了，商团也没什么余粮啊。

“不过，冬天我们肯定不会走远，顶多在附近区域活动，分出车队，几天一个来回那种。”

蒋白棉微微点头道：“冬天的买卖是比较少。”

能储备好过冬物资的基本都储备好了。

“等到下雪，道路还很难开，容易出事故。”费林附和了一句，接着笑道，“但每当这种时候，那些还需要补充物资的势力，往往都比较大方，能够给出一个好价钱。”

这不废话吗？这种情况属于火上房了，龙悦红腹诽。以他的见识，也知道这叫趁火打劫。

“这很危险啊，一不小心会变成火并。”蒋白棉想象了一下道。

费林笑着，没有回应，转而问道：“你们问这些，是有买卖要谈？看在都是朋友的分上，我会打折的。”

蒋白棉微笑点头：“对，我们有些货物想送到野草城。”

“什么货？”费林问道。

蒋白棉指了指自己、商见曜、龙悦红和白晨：“我们四个人。”

费林仔细地看了他们几眼，又喝了口酒道：“没问题，朋友的事就是我们的事。”

他非常默契地没去问对方为什么要“托运”自己。说完之后，他对着商见曜点了下头，一副两人是“生死好兄弟”的模样。

蒋白棉接着说道："还有，我想给我们的车重新喷个漆，你们这里能做吧？"

"找我们就没错了！"费林的眼睛一下发亮了，"你们知道营地的年轻人为什么都喜欢染发吗？那是因为我们经常给车子换'衣服'，他们觉得这是一件很时髦的事情。"

他抱着浓厚的兴趣问道："你们的是什么车？现在是什么颜色？"

第 10 章
传教者

听完费林的问题，蒋白棉简单介绍道："一辆四座的吉普车，灰绿色的。"

费林想了想，道："天都黑了，明天我再带人过去看看，设计个方案。同时，也讨论下你们想怎么去野草城，需要我们提供什么样的服务。到时候，再一起算账，希望你们有足够的罐头。"

蒋白棉听出费林现在不想讨论工作，遂放弃了进一步商量的打算，笑着拍了拍商见曜的肩膀："如果不够，就拿他抵账！"

费林哑然失笑："也不是不可以。我刚才还在想，怎么让我兄弟心甘情愿地留下来。"

龙悦红听得一阵咂舌，觉得这进度是不是太快了。才几分钟，他们从陌生人变成"朋友"还不够，竟然已经演变成了"兄弟"！

"你可以把你的小女儿嫁给他啊。"蒋白棉"不怀好意"地提出了建议。

费林和商见曜对视了一眼，飞快地摇头道："不行不行，辈分不对！侄女怎么能嫁给叔叔？"

商见曜郑重地附和道："兄弟怎么能当爸爸？"

两人看着对方，同时点了一下头，友情似乎又得到了升华。

蒋白棉笑吟吟地转了一下眼眸，继续出馊主意："那有没有过世的兄弟留下的妻子？"

"怎么可能留得下？这个年纪，这种环境，谁还不想再找个伴？而且我们商团也得多生孩子啊，这年头，小孩太容易夭折了。"费林思索着道，"我妈倒是守了几年寡了，但这辈分也不对啊。"

见话题逐渐变得有些奇怪，蒋白棉左右看了一眼，道：“团长，你们这有什么吃的？”

她随即补了一句：“比较有特色的。”

旧调小组还没有吃晚饭。

费林喝完杯中的野树果酒，自嘲一笑，道：“我们这种无根的人能有什么特色食物？都是走南闯北的，到了哪里就吃哪里的东西。呵呵，商团里厨艺好的人，那都会做很多种不同风格的菜。”

说到这里，他话锋一转，道：“不过嘛，这么多年下来，我们也还是有一点自己的东西的。”

“是什么？”抢在蒋白棉之前说话的是商见曜，他脸上写满了期待。

费林望了一眼房车外面闪烁变化的灯光，道：“和很多荒野流浪者聚居点相比，我们虽然没有根，飘到哪算哪，但生意做得还不错，大部分时候，食物还是有保障的，种类更称得上丰富。

“每次在荒野、山林赶路，到了最后，各种各样的食物都会剩下一点，这就蛮尴尬的，总不可能每样都做成一道菜或一份主食吧？也就一两口的分量。

“为了省事，我父亲那一代人开始将它们放在一起煮，味道说不上好，但也谈不上难吃。等他们走过的地方多了，见识也多了，做法逐渐有了不小的改进，现在做出来的东西吃起来还算不错，我们管这个菜叫‘杂烩’。”

蒋白棉就特别喜欢这种不同地方的风俗人文，非常感兴趣地说道：“那给我们四份，大份！”

说完，她侧头望向龙悦红和白晨：“你们要吃吗？”

“嗯嗯。”龙悦红用力地点头。对现在的他来说，只要不吃能量棒、压缩饼干和军用罐头，那都是好的。

“我可能吃不了一大份。”白晨斟酌了一下道。

“没事，我帮你吃，实在不行，还有商见曜！”蒋白棉的表情像是在说“没关系，家里养了头猪”一样。

其实，她知道商见曜最近睡觉时都在起源之海内遨游，寻找第二个岛，消耗很大，所以吃得比平常多。

“四大份得算你们两个罐头。”费林报了个价，然后看着商见曜，诚恳地说道，“我打了折的。”

“好吃就行。”商见曜完全不介意。

“这得看合不合你们口味了。”费林绕出乳白色的平台，走到了厨房区域，打开架在电磁炉上的铝制炖锅，从里面盛了四大碗黏糊糊的东西出来。

等他拿着橙色塑料托盘，将“杂烩”端到蒋白棉等人面前，他们才看清楚这种食物究竟是什么样子——它整体呈深琥珀色，属于非常黏稠的液体。

蒋白棉用调羹搅拌了一下，发现里面有肉丁、面粉疙瘩、片状火腿肉、胡萝卜丁，还有不知什么菜的菜头，如此种种，不一而足。

“什么都有。”费林边走回乳白色的平台后方，边笑着说道，“‘杂烩’最大的特点就是，你每次吃的，配料或多或少都不一样，很少重复。”

“这只取决于当时有什么。”蒋白棉说话间，发现商见曜已埋下脑袋，呼啦啦吃了起来，于是不再开口，舀了一小勺深琥珀色的汤汁，送至嘴边，轻轻吹了几下。

然后，她品尝起这种食物。

她的第一感觉是香，接着是淡淡的酸，然后是恰到好处的咸。这三种味道融洽地混杂在一起，将不同食物本身的味道压了下去，让它们夹杂在其中。等到咀嚼时，伴随牙齿与不同食物的“偶遇”，这些味道才依次绽放。

“不错，好吃！”含含糊糊地赞美的是商见曜。如果不是正忙着使用调羹，他可能还会啪啪鼓掌。

“是啊，是啊……”龙悦红很是感动地接话道。

在经历了长途跋涉和单调的食物的折磨后，这样一餐足以抚慰他的心灵。

蒋白棉笑了笑，悄悄地侧头瞄了一眼白晨。

见这个戴着灰扑扑的围巾的组员也在大口大口吃着，表情里透出了淡淡的满足，蒋白棉在心里笑了一声：看来不用帮她吃了。

旧调小组四人对“杂烩”的赞美，让费林颇为开心，觉得他们果然是朋友。

等到吃完晚饭，蒋白棉环顾了一圈，见房车里面已没什么人，遂开口问道：“团长，最近有没有谁找你们留意一些人的下落或行踪？”

正在洗碗的费林抬头望了过来，低笑一声道：“比如说，你们这样的？”

蒋白棉完全没有被戳破后掩饰不住的不自在，笑吟吟地回答道：“是啊，我们这样的人都相信朋友不会出卖我们。”

“朋友可能会，只取决于加不加酬劳。”费林正色道，“但兄弟不会。”

说话间，他抬起了右臂。而商见曜完全不嫌弃他手掌湿漉漉的，啪的一声和他完成了击掌。

完成“仪式”，费林才对蒋白棉道：“暂时没有类似的事情，寻人倒是有，但要找的人的特征和你们完全不符。你们应该也知道，我们无根的人走南闯北，很多成员都会顺便兼职遗迹猎人。他们如果要找谁，肯定会发动整个商团的人帮忙，我不可能不知道。”

“这就好。”蒋白棉笑了起来。

她转而问道：“团长，那你最近有没有碰到过比较奇怪的宗教组织？”

费林回想了一下，点了点头：“有。”

蒋白棉和白晨对视了一眼后追问道：“是哪个教派？”

“叫‘神圣之眼’，崇拜的是掌管七月的执岁‘双日’。”费林未做隐瞒，“他们现在还在营地里传教呢。”

七月的执岁……双日……蒋白棉略感疑惑地问道：“团长，你就任由他们传教？”

费林严肃地说道：“那我肯定不是什么都没有做的。我还帮忙召集人员，提供场地，准备食物……”

见蒋白棉等人渐渐有些迷糊，这个商团团长笑了起来：“因为我就是这个教派的主祭啊！商团里最靠近执岁的那个。”

蒋白棉先是一愣，旋即笑道：“我还以为你连这种生意都做。”

“对对对。”商见曜表示这也是自己的想法。

白晨则略感疑惑地问道：“我听说你们并没有信仰哪位执岁。”

“怎么可能？”费林反驳道，“我们是哪位执岁都信！”

他笑了笑，补充解释道：“作为一个走南闯北、需要和大大小小各种势力打交道的商团，那肯定得到什么山唱什么歌，不能太极端，极端是交不到朋友的。所以只要有人传教，我们多少都会信一点。

“如果不是神圣之眼不准我兼职，我现在可能挂了十几个教派的头衔，什么拂晓晨星的守梦人、荣耀天平的主教、水晶意识教的六识者……只要生意对象有信仰，我就可以是他的同教兄弟。”

龙悦红听得简直目瞪口呆，不敢相信还有这样的人——这也太随便了吧？

这时商见曜一脸向往地问道：“哪家的圣餐最好吃？”

“我觉得是荣耀天平，他们的炸鸡翅是一绝，不过，这个纯粹看个人口味。”嘴边一圈花白胡须的费林和商见曜交流吃圣餐的心得体会。

看到这一幕，蒋白棉深刻怀疑，即使商见曜不用觉醒者能力，应该也可以和费林成为好朋友。

讨论了几句圣餐的味道，费林转而说道：“这么多教派里面，神圣之眼的教义是最适合我的，也最能打动我，所以我勉勉强强入了个教。唉，从此就不自由了。”

他随即“嗯”了一声：“我们明天中午有个弥撒，你们要是感兴趣，可以来旁观一下，就在这里。”

见商见曜跃跃欲试，蒋白棉有点犹豫，费林笑着说道：“我们不强迫人信教，全凭自愿。我们营地至少有三分之二的人不信仰双日呢。当然，要是你们想假模假样地信一信，我也无所谓。”

“好。”蒋白棉答应了下来。

又聊了一阵，他们告辞离开，准备返回吉普车处。走到房车门口时，蒋白棉忽然转身，道：“团长，我还没问你们商团叫什么名字。”

窗外五颜六色的灯光闪烁间，费林沉默了一下，道：“桑梓。”

第 11 章
弥撒

出了房车，蒋白棉又回头看了一眼里面，轻声感叹了一句："桑梓啊……"

在"我在仰望"的歌声中，她的自言自语被完全淹没了。下一秒，她一把按住商见曜的肩膀，将他拉了回来，大声笑道："你刚才已经跳过了！"

接着，她笑吟吟地补充道："我本来想的是，等忙完了正事，吃过了晚饭，就让你放会儿风，娱乐一下。结果你自己把这个机会提前用掉了，而且还没好好珍惜，就跳了一两分钟。"

商见曜的表情变化了一下，他没有掩饰自己的失望和遗憾。

这让蒋白棉的心情愈加美好。她转而对龙悦红和白晨说道："你们还要进去玩一玩吗？"

"我不太喜欢这种娱乐，太吵了。"白晨坦然回答道。

本来有点跃跃欲试的龙悦红见只剩自己一个人，不由得有点害怕，只好快快地道："今天有点累。"

也是，他们长途跋涉了这么多天，哪怕是轮换开车，休息够了，精神状态也会处在疲惫中。

"那就都回去吧。"蒋白棉也不劝说，收回目光，率先走出了这片区域。

商见曜跟在她后面，因嘈杂的音乐声还未远去，故大声问道："组长，你不想跳吗？"

"我这么稳重的一个人，"蒋白棉自夸了一句，"怎么会参与这种乱七八糟的活动？而且我有更好的发泄办法。"

说着，她回头看了三个组员一眼，不怀好意地笑道："等到了野草城，安顿了下来，就得练练格斗，把身手调整到最佳状态，这样才能应付之后的调查中潜藏的危险。”

听到这句话，龙悦红只觉全身都在痛。

说话间，他们回到了停放吉普车的地方，发现营地里有不少人故意路过这边，打量几眼他们的座驾。

“他们对车是真爱啊……”蒋白棉由衷地感慨道。

她没有着急驱赶那些人，而是与他们保持一定的距离，仿佛在思考什么，道：“你们觉得身为神圣之眼教派主祭的费林，会是觉醒者吗？如果是，那他有没有暗中用觉醒者能力影响我们？”

听到这两个问题，龙悦红一惊，忙检查起自己来。

白晨当即回答道：“我刚才仔细观察了一番，没发现费林有异于普通人的地方。”

也就是说，他可能没有付出过代价，也就不会是觉醒者。

“可能是付出的代价不明显。”蒋白棉提出了反驳。她随即半闭着眼睛，不知道在干什么。

商见曜则认真地说道：“我身上没什么不对的地方。”

“我也没有。”蒋白棉睁开眼睛，做出了回答，“那就暂时当费林不是觉醒者吧。”

他们这么聊了一会儿天，等到围观的人群散得差不多了，远处激烈的音乐声也平息下来，蒋白棉才对白晨和龙悦红道：“今晚你们先值守，还是老规矩。”

“是，组长！”龙悦红已非常熟练。

商见曜没有说话，上了吉普车，横躺在后排。与此同时，他捏了一下两侧的太阳穴。

一望无际的闪烁着微光的起源之海内，商见曜以自由泳的姿势，划动双臂，往前游着。大部分游泳姿势，他都是在这段时间里，于心灵世界内学会的。

盘古生物并没有开设游泳课，因为这在地下大楼内根本没有用武之地。商见曜第一次游泳，还是在离开小冲所在的那座城市遗迹、前往祈丰镇的途中，于绿河里完成的。这也是训练的一部分。

他当时的感受是：水太冷。

此时，他漫无目的地游动着，仿佛永远也没有尽头。这对人的心灵同样是一种折磨。

幸运的是，每当体力不支，他会自行退出，不至于“淹”死。枯燥的重复性动作总是让人觉得难熬，但商见曜却非常执着，似乎可以一直这么游下去。

不知过了多久，他眼前突然出现了一片阴影。那是一座很大的岛。它静静地横在水面，上方只有乱石。

商见曜一下变得兴奋，双臂用力交替划动，双脚飞快地打水。很快，他抵达了那座岛，想都没想就攀爬了上去。

下一秒，乱石的缝隙里冒出了一道道身影。这些身影都披着白色的斗篷，躯体完全笼罩在里面。一眼望去，他们的脸部皆藏在白色床单般的斗篷内，黑乎乎一片，看不清楚。

商见曜立刻摆出了格斗的姿势，并准备使用双手动作缺失这个觉醒者能力。可是，当他与其中一道身影相遇，触碰到那顶斗篷后，整个人突然感觉没有了力气。

他开始额头发热，心跳得很快，呼吸时肺部仿佛有风箱在拉动，呼出的气流滚烫。各种疼痛、各种难受的感觉瞬间涌了上来，他的移动随之变得极其艰难，很快他就被那一道道白色的身影淹没了。

商见曜睁开双眼，坐起来大口喘气。

蒋白棉因他的动静而清醒，习惯性地伸手揉了揉眼睛。她想了一下，试探着问道：“发现第二个岛了？”

之前大半个月里，商见曜还未出现过现在这种情况。

“嗯。”商见曜没有掩饰，甚至主动描述起在起源之海的遭遇。

蒋白棉若有所思地反问道：“你觉得你当时的状态是怎么回事？”

“生了重病。”商见曜相当笃定地回答道。

蒋白棉“嗯”了一声，正色道：“会不会是你母亲生病那段时间，你经常进出医院，年纪又小，对疾病产生了恐惧，留下了阴影？”

她刻意不提商见曜的妈妈是因病死亡的，免得刺激到对方。

商见曜沉默了几秒，道：“我看着她被推进去抢救，坐在外面等了很久。”

蒋白棉无声地叹息了一下，转而问道：“那之后你有没有生过病？比较重的病？”

“没有。”商见曜摇了摇头。

“看得出来，壮得跟头牛一样。”蒋白棉可是真见过牛的人。

商见曜没去问壮得跟头牛一样到底是什么样子，他思索着道：“你的意思是，让我生一次大病，在现实里战胜它？”

“我没这个意思！”蒋白棉觉得又好气又好笑，否认道，“这种事情没法控制的，结果很有可能不是你战胜它，而是它战胜你。”

她制止了商见曜提出更多奇葩方案的企图，正色道：“让我考虑几天吧，你也再好好想一想，不要贸然尝试。”

她怕商见曜这种有“精神病”、特别执着的人不会简单地听从自己的建议，又强调了一下他的责任：“我们马上要到野草城了，不能自损实力啊！”

“嗯。”商见曜点头答应了下来。

蒋白棉随即将声音放得柔和了一点：“你再睡一会儿，这次是真正睡觉，补充精力。”

第二天中午，他们如约来到了桑梓商团团长费林的房车处。

此时，外面的椅子和凳子一排排一列列地摆放得整整齐齐。嘴边有一圈花白胡须的费林已套上了一件橘黄色的长袍，神色间多了几分严肃。

“你们来了啊？”见“生死兄弟”和他的团队过来了，费林笑着打起了招呼。

寒暄之后，蒋白棉好奇地问道：“为什么你们的弥撒在大中午？是因为执岁的名字是‘双日’吗？”

“嗯。”费林点了点头，“双日执掌的不仅有最热的七月，还有中午。”

“这样啊……”获得答案的蒋白棉异常满足。

这时商见曜突兀地问道：“你们教派里有觉醒者吗？”

费林忍不住咳嗽了两声：“这种事情，咱们私下再交流吧。”

商见曜环顾了一圈道：“你看，周围都没有人。”

费林被说服了，回应道：“有觉醒者。我见过三四个。”

“你是吗？”商见曜非常直接。

费林飞快地摇了一下头：“当然不是。我可不敢付出代价。”

说到这里，他啧啧出声：“我们教派有个觉醒者，代价是严重脱发。呵呵，到了我们这个年纪，每一根头发都是异常宝贵的，怎么舍得？”

说话间，费林抬手摸了摸夹杂着几根银丝的短发，一脸骄傲。

蒋白棉笑出了声音：“其实这个代价挺好的，不会被针对。”

“是啊，所以我才会说给你们听，要不然还得保密。”费林由衷地赞同，“另外还有一个觉醒者，我们商团的，已经过世了，他的代价是性癖方面出了问题……”

这……旧调小组众人倍感震惊。

不等他们评价，费林抬头看了一眼太阳的位置，笑着说道：“要开始弥撒了，等会儿再聊。”

然后，他伸出两根食指，按在对应的下眼窝处，道：“愿你们双目长明。”

此时房车前方的椅子、凳子上已坐满了人。费林迅速登上房车，站在门口，指着旁边的窗口道：“第一步，行礼。”

直到这个时候，龙悦红才发现房车车窗处贴着两个金色的太阳。它们如同一对散发着光芒的眼睛。

在场的信徒则同时起身，将食指按在了下眼窝处，庄严地赞美道：“神是日与月！”

完成第一步后，费林示意大家坐下，并因有客人旁观，多说了两句：“执岁既是日与月，也代表着神圣的眼睛。他告诉我们，在灰土上，只有具备足够敏锐的眼睛和强壮的身体，才能找到并进入新世界。第二步，正式仪式。这是来自旧世界毁灭前的仪式，是遥远年代里人们尊崇执岁的证明，它历经劫难，依旧传承了下来。各位，做好准备——闭眼！放圣乐！”

音乐随之响起，然后，一道女声回荡开来：“第一节，揉天应穴。”

第 12 章 敲定

伴随着那道女声，在场的神圣之眼信徒们纷纷抬起双手，将拇指按在了眉骨下方。与此同时，他们其余的手指都往上舒展，搭在了额头上。

“一二三四……”

清澈的女声里，他们跟着节奏，神情庄严地揉动起来。

龙悦红嘴巴半张地看着，表情逐渐变得古怪。如果他没有记错，这应该是盘古生物公司的中小学生每天都会做的眼保健操，顶多也就是在动作的细节和名称上有一些不同。

终于，龙悦红反应过来，望向蒋白棉和商见曜。

蒋白棉嘴巴紧紧抿着，脸颊肌肉和脑后的马尾辫都隐约有些颤动。商见曜不知什么时候闭上了眼睛，跟着做了起来，表情异常肃穆。

龙悦红正要与他们低声交流一下，蒋白棉猛然侧头望向他，这个旧调小组的组长旋即抬起右手，在嘴上做了个拉拉链的动作。

龙悦红明白过来，保持住了安静。

白晨略显茫然地看着他们，不明白他们为什么会有这样的反应。

“第二节，挤按睛明穴……

“第三节，按揉四白穴……

“第四节，轮刮眼眶……”

在严肃庄重的氛围里，神圣之眼的弥撒慢慢到了尾声。

在房车门口“领操”的费林睁开眼睛，用吟唱般的腔调说道：“眼睛至圣。爱护眼睛就是爱护你们的生命！”

信众们再次将两根食指放在了下眼窝处，高声回应道：“愿你双目长明！”

费林做出了同样的动作，却没有用同样的语言，而是赞美执岁双日：“神是日与月！”

完成这一步后，他大声宣布：“下面领受圣餐。”

说完，他从房车门口跳下，让开了位置。几名信徒走了进来，从厨房区域端出了一个个橙色的塑料托盘。托盘上放着一个又一个碟子，每个碟子内都有好几个蒸熟的胡萝卜块。

费林看着商见曜等人，以布道般的语气解释了一下：“这是执岁的恩赐，能明亮你们的眼眸。”

“愿你双目长明。”商见曜诚恳地回了一句，但没做动作。

费林相当大方，给每个客人都发了一份圣餐，还配了筷子和调羹。

龙悦红道了声“谢谢”，伸手接过，不快不慢地吃起来。虽然蒸胡萝卜没放调料，吃起来比较淡，可对厌倦了能量棒、压缩饼干和军用罐头的他来说，还是有滋有味的。

圣餐之后，弥撒正式结束，费林走到商见曜等人面前，笑着说道：“对我们这些经常长时间开车的人来说，眼睛真的很重要。这也是我接受神圣之眼的主要原因。你们看，我现在都还没有成为老花眼。”

“确实。”蒋白棉非常理解无根者们更愿意信仰神圣之眼的原因。这是由他们的生活环境和风俗习惯决定的。

商见曜则开口问道：“你没有眼镜吗？”

“有。”费林觉得这是好兄弟的关心，微笑着解释道，“不少势力里，还保留着磨眼镜的设备和工艺，但能像旧世界那样，把你眼睛的情况弄得清清楚楚的，很少很少。而且眼镜终归是外在的事物，我们穿越荒野等地方的时候，可能几天十几天都碰不到一个人类聚居点，就算碰上了，也未必能帮你配眼镜。这样的过程中，要是眼镜摔坏了，那不就等于瞎了嘛，还怎么开车？就算提前弄好备用的眼镜，也防不住你视力又一次下降啊。到时候，眼睛都废了。”

摆完事实，讲完道理，费林笑眯眯地问道：“怎么样？对我们神圣之眼感觉怎么样？要不要加入？”

如果被盘古生物的亲戚朋友们知道我加入了这样一个教派，我肯定会被笑一辈子……蒋白棉腹诽一阵，没直接回答，而是望向商见曜。

商见曜诚恳地说道："我觉得我们和神圣之眼没有缘分。"

"可惜啊……"费林一脸遗憾。

他指了指旧调小组那辆吉普车所在的方向道："你们先过去等我，我换身衣服就来，讨论喷漆的方案。"

"好。"蒋白棉当即答应了下来。

返回吉普车所在区域的途中，龙悦红回头看了一眼，若有所思地对商见曜道："你拒绝他们的原因是，你觉得他们的圣餐不是太好吃？"

"这可能就是没有缘分。"商见曜坦然回答。

"哈哈，我就知道。"龙悦红颇为高兴。他也觉得单纯的胡萝卜圣餐太朴素了，应该吸引不了商见曜。

白晨也算融入了小组，见气氛融洽，不懂就问："你们为什么会对神圣之眼的弥撒有那么大的反应？"

听到这个问题，蒋白棉终于憋不住了，低笑起来，笑得差点走不动路。好一会儿，她缓了口气，道："他们的弥撒我太熟了，公司内部每一个学生都很熟！"

见白晨还有点茫然，蒋白棉打了个比方道："你还记得水围镇的早操吧？这就是公司中小学的一种早操。哈哈，这确实是旧世界遗留下来的，但和执岁没一点关系，结果他们因为它和眼睛有关，将它当成了弥撒。哈哈，我不行了……"

蒋白棉笑得停不下来，龙悦红也忍不住跟着笑了起来。

白晨大概明白过来，想象了一下神圣之眼用水围镇早操当弥撒的场景，脸上也不由得带上了淡淡的笑意。

"万一当初的公司高层都是神圣之眼的人，故意选了这个做眼保健操呢？"商见曜突然反问。

"怎么可能……"龙悦红说着说着，声音渐低。

这种光想一想都觉得很惊悚很可怕。

蒋白棉瞪了商见曜一眼："如果真是这样，我们早就是神圣之眼的教徒了。"

说话间，他们回到了吉普车旁边。

蒋白棉看着自家座驾，逐渐陷入了沉思。

"组长，你在想什么？"龙悦红等了一阵，好奇地问道。

蒋白棉思索着道："我在想，能不能从严重脱发和性癖异常里反推出执岁双日那个领域的觉醒者的能力特点。杜衡说过，代价和能力间应该是有模糊映射的。"

商见曜立刻做出了猜测："能让敌人脱发和变态？"

"这样的能力应该归类在心灵打击上。"龙悦红想象了一下道。

蒋白棉白了商见曜一眼："我是说寻找共同点。不过嘛，还不能肯定费林说的第二个觉醒者也是神圣之眼的教徒。如果确实是，我觉得它们的共通之处是都涉及激素。"

白晨在荒野流浪者里属于基础教育相对比较好的那种，大概知道激素代表什么。她斟酌着道："这范围就大了。"

"确实，但目前资料太少，只能推测到这个程度。"蒋白棉"嗯"了一声又道，"还有，既然他们教义的重点是眼睛，能力可能也会涉及视觉领域。呵呵，如果有神圣之眼的觉醒者能做到近似隐身，我一点也不会奇怪。"

她没说要是遇到类似的觉醒者，该怎么防备。

旧调小组四名成员讨论之间，费林已换上昨天那件黑色皮衣走了过来。他的腰间依旧挂着一个枪袋，里面是蟒蛇左轮。

打过招呼，看了看旧调小组的吉普车，他斟酌着道："喷成军绿色的迷彩怎么样？对吉普车来说，这种比较常见，不会成为别人关注的焦点。"

"可以。"蒋白棉充分尊重"专业人士"的意见。

费林转而问道："你们打算怎么把自己送到野草城去？我们有专门的拖车，可以放吉普车的。"

"不用这么麻烦。"蒋白棉对商见曜的"生死兄弟"说出了自己的想法，"你们派一支不大的车队装作去野草城做生意，我们混在里面就行了。如果你们正巧有这样的计划，那就更好了。"

费林哈哈一笑："还真这么巧！"

笑完之后，他补充解释道："我们正好有一支车队要去野草城，看能不能再多弄回点食物。"

"你们食物储备不够了？"蒋白棉猜到了不是这个原因，但故意这么问。

费林叹了口气道："今年天气不好，很多地方的粮食都减产了。多储备点说不定能救命，或者卖出个好价钱。"

说到后面半句话，他脸上渐渐露出了笑意。

“那我们就跟着你们那支车队走。”蒋白棉没再多问，“我们总计要付多少个罐头？或者，你是不是更想要压缩饼干和能量棒？”

“昨晚的酒和晚饭，今天的喷漆和明天的车队，总计给十个罐头就行了，不够可以拿压缩饼干和能量棒抵。”费林很快报了个数。

蒋白棉松了口气，笑道：“勉强够。”

费林的笑容跟着变得轻松：“那明天上午就出发，中午前肯定能到。”

“这么快？”蒋白棉虽然没打算继续绕路，但也知道，按理来说，接下来起码还有一天的路程。

费林笑了笑道：“前段时间，野草城把浊河上那座断桥修好了，不用再从别的地方绕了。”

浊河是绿河流入乌社荒原后的名称。

蒋白棉点了点头：“好，那就这么定下来了。”

第13章
野草城

第二天上午九点出头，白晨开着做好伪装的吉普车，载着旧调小组另外三名成员和无根者营地的团长费林，跟着一支由五六辆车组成的商队，向着野草城进发。

不知是赶工还是力求真实的原因，重新喷漆后的吉普车很多地方颜色都不太协调，只是大体能看出来是军绿色的迷彩。

这就和灰土上大部分吉普车非常像了——因为这些车一旦碰了磕了，要么没地方修，要么就随便修修，不会讲究那么多。

而费林之所以不坐自己商团的车，是因为他觉得到了野草城，就要和好兄弟商见曜分开了，得抓紧时间和商见曜多聊一会儿。这就导致吉普车的后排硬生生挤了三个大男人，还好，这辆车空间宽敞，不至于因此影响到乘坐体验。

出了营地，绕到另外一边后，龙悦红终于看见了这片区域最重要的设施——水厂。

水厂周围绿树掩映，环境相当不错，看来被“照顾”得很好。

等通过了这个水厂，一个城市废墟逐渐展现在旧调小组所有成员的眼前。这里所有的高楼都已经倒塌。或灰白或棕褐的泥块与倔强地支棱着的腐锈钢筋凌乱地堆砌在一起，被枯黄的爬山虎叶子和各种植物盖着，只隐隐约约显露出部分。

这就像无数被活埋的人死前终于将手探了出来，试图抓住些什么似的。

比起沼泽深处那个城市废墟，这里已经完全看不出旧世界原本的模样。就连遗迹猎人都放弃了这里——剩余的那些东西要么搜集困难，要么毫无价值。

如果没有进过沼泽深处，没有见过旧世界的剪影，龙悦红对于这样的场景，顶多有些感叹，而现在，他心情极为复杂，既有些沉重，又有些悲伤。

“唉……”副驾驶位置的蒋白棉轻轻叹了口气。

费林坐在商见曜和龙悦红中间，眺望着窗外道：“我爷爷还活着那会儿，给我说这是个什么旅游城市。要不然，他们也不会大老远开着房车过来。”

商见曜没接费林的话茬，突兀地说道：“我想放首歌。”

“《回忆过去》那首？”蒋白棉颇为了解地反问道。

商见曜重重点头：“对。”

“算了，算了，影响心情。”蒋白棉摆了摆手，“这条路本来就难开，还是不要干扰白晨了。”

这个被彻底放弃的城市废墟内，由于建筑的垮塌、地面的下陷，许多道路要么被掩埋，要么中断，根本无法通行，车子只能不断地改变路线，一点点前进。

还好，不管是白晨、费林，还是前面带路的无根者们，对这里都还算熟悉，不至于迷路。

“真得感激那些遗迹猎人，把堵在路上的车都弄走了，要不然只能绕过这个城市废墟，那就太耽搁时间了。”在这个过程中，蒋白棉由衷地感慨了一句。

“这也有我们的功劳。”费林笑着摸了摸嘴边花白的胡子，“我们商团有不少车是从这里弄到的，现在都是爷字辈了。”

闲聊间，车队用了一个多小时，慢慢通过了城市废墟中毁坏最为严重的区域，路况逐渐好转，前方甚至还能看到由一根根灰白色巨柱撑起的高架道路，上面异常空旷，受损痕迹也不太明显，只是多有枯败的杂草。

又过了不知多久，车队抵达了浊河旁边。

这里的流水都翻滚着偏黄的颜色，似乎夹杂着许多泥沙。由于是冬季，河床中的不少地方已直接暴露在空气中，满是淤泥。车队的斜前方，一座由一对对墩子撑起的中型桥梁横跨在了两岸。

等过了这座新桥，车队又往前开了十来分钟，一堵十几米高的灰白色城墙映入众人眼中。

“那就是野草城。”费林介绍道。

“有城墙？”龙悦红又诧异又好奇地问道。

他记得教科书上写过，旧世界的城市已经不像古老年代那样还要修筑高大结实的城墙，顶多也就是在学校等地方，为了管理方便，会砌一圈不高的围墙。如果这城墙是旧世界毁灭后建造的，这是多大的工程啊！

费林笑了笑道：“这城墙是刚才那个城市废墟的附属品。在旧世界毁灭前，据说这里是什么古城。”

“旅游景点？为了还原古老年代的风貌，保存和修缮了城墙？”蒋白棉结合自己的知识推测道。

费林“嗯”了一声：“我听说，最早那会儿，许多幸存者准备建立聚居点的时候，有考虑过之前那个废墟，但那里损坏太严重了，而这边有城墙，有自己的水厂，离水电站也近。”

说到这里，他呵呵笑道：“虽然城墙防不了大炮，防不了炸弹，但至少可以挡住野兽、怪物和无心者，让大家获得更多的安全感。”

说话间，车队抵达了野草城的城门口。这里有点拥堵，吉普车的速度一下便放缓了许多。

龙悦红按下车窗，探头望了出去，发现城门口挤了一堆人。他们穿着或破烂或陈旧的衣服，脸庞在冬日的寒风里一片煞白，嘴唇已经有点发青。这些人以中青年男性和女性居多，其次是孩子，没有一个上了年纪的老者。他们的表情或多或少都有些麻木，机械地顺着队伍往前挪动着。

“这是？”龙悦红回头望向费林。

费林半撑起身体，努力往城门位置看了一眼。他很快又坐了下去，叹了口气道：“这都是没什么过冬的食物的荒野流浪者，到野草城来碰碰运气。”

“这里能找到工作？”龙悦红从公司员工的角度问道。

费林自嘲般笑了笑：“运气最好的，被猎人公会收留或者买下作为嫡系培养。运气次一等的，被贵族老爷们看上，成为奴仆。再差一等的，被带到周围各个庄园里，做个农奴。运气不太好的，被做皮肉生意的买回去。运气最差的，就去当矿工……”

听完费林的描述，吉普车内变得极为安静，许久没人说话。

龙悦红看着车子一点一点超越了那些人，却不知自己能做些什么。他收回目光，看了商见曜一眼，只见这个好友一脸肃穆。

终于，蒋白棉打破了沉寂，嘲笑般地重复了一个词语：“贵族。”

“这不是跟最初城学的吗？好歹也是最初城的一分子。”费林对此倒是不甚在意。

龙悦红收拾好抑郁的心情，继续问道："他们为什么还要在门口排队？"

他记得白晨提过，野草城相当开放，没有入城税。

"这么多流浪者，谁知道有没有携带什么传染病？这种时候，肯定得做个基本的检查，要不然大家一起完蛋。"费林对类似的流程相当熟悉。

"嗯。"龙悦红点了下头，转而问道，"咦，怎么没什么老人？"

他话音未落，突然醒悟过来："我明白了。"

这么寒冷的季节，又缺衣少食，年纪稍微大一点的，肯定都走不到野草城，还不如自我了断，把资源留给后代。

这样的认知让龙悦红一阵难受。

费林随即拍了拍龙悦红的肩膀："唉，习惯吧，这就是灰土。等到下了第一场雪，情况还会更糟。"

说到这里，他望了一眼北方："听说黑沼荒野那边已经下雪了……"

"雪灾……"开车的白晨不知回忆起了什么。

蒋白棉随即安慰了她一句："还好水围镇不用担心这些问题了。"

车队又缓慢地挪动了一阵，终于通过检查，进入了野草城。

龙悦红下意识地望向外面，发现道路上铺着或青色或灰白的石砖，显得很是规整，但它们都有些狭窄，仅能勉强并排过两辆车。

路边的建筑都不是太高，最多也就五层，顶部都是飞檐斗拱的建筑形式，底层则是一排排临街的屋子，这和沼泽深处那个城市废墟的建筑很像。同样的，它们都挂着自己的招牌。

龙悦红一眼望去，看到了"老字号面馆""阿秀副食""张记粮油""最初城办事处"和"射击网吧"等名称。就连道旁的电线杆上，也贴着一张张白纸，上面写着"专治疑难杂症"等字样。

除了这些，龙悦红还看到了不少以红河文书写的招牌，其中包括"餐厅""俱乐部""面包坊"等。

直到这个时候，龙悦红才深刻地认识到野草城是最初城的一部分——路上的行人里，黑发棕眼者接近一半，其余者，有金发，有棕发，有蓝眸，有绿眸。当然，因为是冬天，寒风刺骨，外面的路人并不是太多。

“看起来很热闹。”龙悦红感慨了一句。

“这还不算，早两个月，车都没法开。”费林笑着说道，“这里的路原本就不是设计给车通行的，又窄又容易压坏。”

“这样啊……”龙悦红点了点头，再次望向窗外。

那一根根电线杆上，各种电线毫无规则地拉向不同的地方，显得非常杂乱，仿佛分割了天空。

随着车子的前行，龙悦红又看到了一个招牌：南街奴隶市场。

龙悦红一下沉默了。

第 14 章 历史

费林似乎没有察觉到龙悦红的沉默，继续介绍道：“野草城不大，布局很简单，就分个东、南、西、北街。每条街上还有些巷子，喏，只能一辆车进出的那种。

“南街主要是市场。各种各样的东西，你只要找对人，都能买到，包括极乐岛产的……”

费林没有说完，跳过了后面的内容，接着说道：“东街以旅馆、酒店、仓库、停车场为主；西街有猎人公会、酒吧、茶馆、洗浴中心、夜总会；到北街，要先过中心广场和市政大楼，然后是一座不大的桥，桥上有十几二十个全副武装的守卫。北街是贵族老爷、各大庄园主、富有的商人们住的地方，城主府也在那边。”

费林讲的这些内容都是蒋白棉等人知道的，毕竟他们有白晨这个称职的向导，但他们依旧听得很认真，似乎不想放过任何一个细节。

随着车队的前行，费林收回了目光，若有所思地问道：“你们有猎人徽章吗？”

“没有。”商见曜非常坦然。

“没有。”蒋白棉和龙悦红跟着摇了摇头，白晨则没做回答。

费林笑了笑：“如果有机会，还是去注册一个遗迹猎人的身份吧。在别的地方还好，野草城内，没有猎人徽章不是那么方便。”

“这里已经变成猎人公会主导的城市了？”蒋白棉明知故问。她对野草城本身就有一定的了解，而白晨对它更是非常熟悉。

费林认真地想了一下，道：“从某个角度来讲，还真算。”

他笑着解释：“你们知道野草城刚建立那会儿的状况吧？”

“不知道。”开车的白晨率先回答。

以前的她是一个为了生计疲于奔命的荒野流浪者，对野草城的了解更多集中在立刻就能用到的情报上，没怎么关注过它的历史。

见蒋白棉也半侧身体看了过来，费林摸了摸嘴边的花白胡须道：“那个时候，幸存的人们往这里聚集，自然形成了十来个武装团体。经过激烈的火并，最后剩下七个，谁都奈何不了谁。

“加上野兽、怪物、无心者的威胁，他们认识到，再这么斗下去，大家都会死，于是彼此妥协，成立了一个议事会，每个武装团体一票，推举城主，共同对外。”

听到这里，蒋白棉轻轻颔首道：“原始的军事民主制。”

她随即叹了口气，道：“人类文明的循环啊！”

原始的军事民主制……龙悦红在心里重复这几个字，发现每个字自己都认识，但连在一起，就有点难以理解了。

大家都是盘古生物的员工，接受的是相同的教育，为什么组长就能掌握这么多额外的知识?

因为她能看到很多课外书?

龙悦红心中很是不解。

费林也怔了一下，没想到会听到这么一个学术性的表述。当然，以他对各地制度的了解，轻松地理解了这是什么意思。

“不管原始不原始，只要好用就行。”费林表达了自己的想法，继续说道，“这个议事会让野草城度过了最危险的那段时间，并保留了下来。虽然它不能完全消弭内讧，但至少将内讧的程度控制在了一定的范围之内。”

他又望了一眼窗外：“后来，野草城成为最初城的附庸，七个武装团体的首领慢慢变成了这片地区的大贵族。他们各自手下又有一批小贵族，掌管着围绕野草城建立的大大小小的庄园。

“呵呵，‘议事会’也加了个前缀，成了‘贵族议事会’。

“再后来，有一个贵族的私生子依靠自己的努力和家族的资源，爬到了本地猎人公会会长的位置。

“这本来也没什么，但在一次内部的政变里，那一家的主支绝嗣了。为了不让分支继承城主之位，那个私生子得到了认可，成为家主，成为贵族。

“他依靠自己在猎人公会的地位和家族的财产物资，在不引人注意的情况下，逐渐笼络到了一批厉害的遗迹猎人。嗯，这在别的地方，也可以叫雇佣兵，反正我怀疑，这里面很可能有一些觉醒者。

“总之，历经几次内斗，那个私生子被推举为城主，从那之后，贵族议事会的权力开始有名无实，推举制被改成了变相的家族继承制。”

“有种历史重现感！”蒋白棉听完之后，笑了一声，“这就是本地猎人公会比较强势的原因。”

费林点了下头：“对，现在每一任城主都会兼任本地猎人公会的会长。”

“看来在不同的地方，猎人公会也会有不同的改变，我以前还是见识太少。”蒋白棉对能够了解这些非常满足。

白晨则突然问道：“那个私生子就是市政大楼前那个石像？”

“嗯。”费林笑道，“许尔德，被称为野草城至今最伟大的城主。他活着的时候，放开了许多限制，让野草城成为乌社荒原商贸最发达、最有活力、农业基础最好的城市。如果不是这样，今年这种气候，野草城不可能不缺粮食。

“不过，他当选城主后，为下一代铺路时，为了取得最初城的支持，他废掉了野草城不少重要产业，这些行业的产品改从最初城进口，在这一块上，使得野草城完全成为最初城的附庸。但这是好事啊，我们每年都会在野草城和最初城之间跑好多趟。”

作为一个走南闯北的商团团长，他对这些秘闻是信手拈来。说话间，车队拐入了东街，驶到了一家酒店外面。

酒店名叫“美里大酒店”，它占据了三个临街的屋子的三楼、四楼和五楼。

酒店旁边是条巷子，巷子内有一扇对开的铁门，通向一个空旷的、被建筑围起来的院子。

这是独属于酒店的停车场。桑梓商团的车队熟练地驶到了这里。

一个戴着线织瓜皮帽、套着厚厚的军绿色棉大衣的中年男子从岗亭内出来，拉开大门，笑着说道：“你们又来了啊？”

他搓着双手，被寒风吹得有点颤抖。

“这不是看上你家闺女了吗？”前面的无根者一边开着玩笑，一边让车子驶进了停车场。

费林见白晨主动踩了刹车，让吉普车停在了大街上，有点遗憾地问道：“你们打算自己找地方住？”

“是啊，就不麻烦你们了，免得之后有什么事会牵连到你们。”蒋白棉坦诚地说道。

“有什么好怕的？我和小商是兄弟啊！”费林抬手拍了一下商见曜的肩膀。

“就因为是兄弟，才不能连累。”商见曜很认真地回答道。

他随即和费林对视起来，谁也不愿意示弱。

终于，费林叹了口气道：“那你们要万事小心啊，有什么困难尽管来找我，我们应该会在这边待好几天。

“唉，现在的情势逐渐明朗，那些贵族老爷、庄园主应该也能看得出来，收购粮食没那么容易了。”

叮嘱完，他下了车，紧紧握住商见曜的双手，恋恋不舍地说道：“希望还能再见！”

“肯定能再见！”商见曜摇晃着双方紧握的手。

告别了费林一行人，白晨继续往前开。

“现在去哪里？”龙悦红憋了半天，总算有机会询问。

蒋白棉用下巴指了指白晨，道：“让小白自由发挥，随便安排。”

白晨皱了下眉头：“组长，你怎么给我取了外号？”

“小组内部老叫名字不亲近。”蒋白棉笑吟吟地说道，“你也可以叫我蒋姐、棉姐，或者大白。”

“你好幼稚啊。”商见曜有一说一。

蒋白棉抬起左手，让它脱离副驾驶椅背的遮挡。上面细小的电弧一闪而逝。

白晨没有说话，将车子驶到了东街的尽头，沿着城墙边缘的道路，绕回了南边。

见商见曜闭上了嘴巴，蒋白棉思索了好一会儿，继续说道：“等安顿下来，我们先吃午饭，然后按照约定的方式，联络公司的情报人员，在我们预设的地方、预设的时间见面。暗中观察确认那个情报员没有问题、没人跟踪后，就让商见曜上去和他‘交个朋友’……”

这时，吉普车拐进了南街的一条巷子，停在了一排房屋前。

龙悦红探头望向外面，最先看见的是一块招牌——阿福枪店。

招牌之下，白色瓷砖缺损严重的墙上，有人用黑色水笔写了一行字：收坏手枪、坏步枪、坏冲锋枪……

第 15 章
南姨

“他们还懂修理枪械啊？”龙悦红看着驾驶位置的白晨推开车门。他的意思是，这已经不属于简单的修理了。

“吃不了这碗饭，就开不了这样的店。”外面寒风呼啸，白晨忍不住拉了拉脖子上的灰色围巾。

“而且，有的时候，所谓‘坏’的枪未必真的坏掉了，也有的可能坏得不是那么严重。”蒋白棉根据自己的经验和见识推测道，“只是卖枪的人不太懂。”

白晨点了下头道：“这就是最赚钱的部分。”

说完，她关上车门，走向了阿福枪店。

“钱？”龙悦红学过这个名词，但在现实中只见过一次，那就是商见曜从吴守石那里拿到的旧世界硬币。

蒋白棉一边看向挡风玻璃外，一边随口说道：“这里算是大势力的一部分，肯定有钱币流通，只不过局限在内部。其实吧，公司的贡献点从本质上讲也略等于钱，你忘记一般等价物这个概念了吗？”

龙悦红回想了几秒，弱弱地说道：“我们没学过……”

蒋白棉为之语塞，好几秒后才笑道：“回头给你几本书，好好看一下。虽然就公司内部的生活而言，这没什么用，但对经常到灰土上的我们来说，这有助于理解很多事情。而且，如果你能融会贯通，你要调离旧调小组会容易很多，甚至能分配到负责对外贸易的部门去。”

“好啊，好啊。”龙悦红听得眼睛一亮。

虽然他接下来的大半年内肯定都在旧调小组，但人无远虑必有近忧，他还是得为以后转岗做好准备。要不然，他适应了这么高收入的岗位，待遇突然低了，真的很容易失落。再说了，他以后还得支撑一个家庭呢！

蒋白棉笑着点了一下头，然后狐疑地望向商见曜，道："你怎么不说话？"

这家伙越安静，蒋白棉越害怕他弄出什么幺蛾子。

商见曜摸着肚子道："节省精力。"

"也是……"蒋白棉也感觉到了饥饿。这都过了午饭时间好一会儿了。

说话间，白晨从阿福枪店出来，回到了吉普车上。她的后面，一个套着陈旧的防风服的年轻男子跟着走出来，打开了几米外的铁门。这道大门通向枪店所在建筑的后方。

这是一个由好几栋楼围出的方形院子，地面铺着灰白色的石砖，但已破碎了不少，积了一些雨水。

白晨找了个地方将吉普车停好后，边开车门边说道："就是这里。"

蒋白棉轻轻颔首，下车环顾了一圈，将院子四个出口的位置牢牢记在了脑海。

然后，他们跟着白晨，走入了阿福枪店的后门，沿着一截阴冷潮湿的灰白阶梯，上至二楼。这里已有一个看起来三十多岁的女子在等着。

她的黑发高挽成髻，五官谈不上出挑，却有一种难掩的风情。此时她穿着暗红色的棉袄，脖子处有一条深色的围巾，整个人收拾得相当干净。

"南姨。"白晨打了声招呼。

南姨扫了旧调小组众人一眼，什么都没问，指着二楼走廊的尽头，道："你们的房间是最里面的两间。遇到麻烦，可以往院子里跳，也可以往街上跳。钥匙就在门上。"

蒋白棉看了看南姨脖子上的围巾，堆起笑容道："谢谢。"

"又不是白给你们住。"南姨抿嘴一笑，"两个房间，每天一个500克军用罐头，希望你们最后不要欠账。"

蒋白棉语气轻快地说道："放心，实在付不了，我会让他们去找事做的。"

她指的是商见曜和龙悦红。

南姨不甚在意地笑道："在野草城，遗迹猎人的竞争很激烈。有时候，他们甚至都会接帮人送午饭、晚饭的任务。"

她顿了一下，补充道："厕所和浴室都在另外一边，走到底就能看见。如果想洗澡，又怕冷，最好选中午十二点到十二点半、晚上六点半到七点，这些时段，我们刚做好饭，灶台空壁里有足够的热水，可以直接压上来。呵呵，省着点。错过了这两个时间段，就得自己放水到热水器里，用电烧开，然后配冷水调到合适的温度。嗯，现在是冬季，水量不充沛，生活区域每天只供电五个小时，中午是十一点半到一点半，晚上是五点半到八点半，你们自己算好时间。”

对于南姨的提醒，龙悦红等人一点也不意外，毕竟盘古生物内部，能源供给比这还要严格，都是配额制。

“如果我们自己用电烧水，需要额外支付费用吗？”蒋白棉知道白晨可能不是那么好开口，主动揽下了讨价还价的责任。

南姨看了白晨一眼，道：“四次一个罐头。如果想让我们准备你们的饭菜，得提前说。”

确定好细节，蒋白棉挥别南姨，沿着两头只有微弱光芒照入的阴冷过道，走向了房间。

两扇房门相对而立，涂着暗红的油漆，都有一定的损坏痕迹，给人一种很古老的感觉。而屋内的布置都一样：一张高低床、一张靠着窗户的桌子、一个有虫蛀痕迹的木柜和两张方凳。因为这里的气候和环境问题，空气略显潮湿，冷意仿佛能穿过衣服，侵入骨髓。

“还是老规矩，”蒋白棉拔下靠街道那个房间的黄铜色钥匙，“我和商见曜一屋，你们俩一屋。”

她得亲自看着商见曜，防止这家伙脑子一抽，做出什么事情来——比如打开音箱，深夜扰民；比如听到街上有动静，直接跳窗下去“参与”。而白晨很显然是对付不了商见曜的。

不给商见曜说话的机会，蒋白棉翻腕看了一下电子表：“还有十分钟到十二点半，大家抓紧时间洗个战斗澡，换身衣服，然后出门吃饭，联络情报员。”

比起机械表，她反而更喜欢电子表，因为功能更多。

到了今天，旧调小组的成员都足以称得上训练有素，各自只用了两分钟就完成了洗浴，分别换上了更接近普通遗迹猎人和野草城平民的衣服。

商见曜上身是一件深蓝色的短款羽绒服，面料略显陈旧，但整体不是那么干瘪，下身是一条蓝色粗斜纹布做的较厚的裤子，对行动影响非常小的那种。

龙悦红裹着到大腿位置的黑色棉袄，蒋白棉穿的和他同款。白晨则穿着一套刚遮住武装带的灰色防风服。

他们三个的裤子和商见曜的差不多。男士脚踏的都是棕色的高帮皮鞋，女士则是黑色短靴。以上都是公司给冬季需要到地表执行任务的员工发的福利。

“藏好你们的手枪。”白晨拉了拉脖子处的围巾，提醒了一句，“在野草城，有一个比较奇怪的禁令，那就是——不能让巡逻员看到你的武器。”

摆在枪店的不算。

“不禁止，但不能让巡逻员看到？”龙悦红诧异地反问。

“对。”白晨点了点头，“第一次看到，会收缴你的武器；第二次看到，会把你关一个月；第三次看到，会关你三个月，然后将你驱逐出城，并宣布你为不受欢迎的人，这也会导致你在猎人公会的信用积分被扣。”

“好奇怪，直接禁枪不就行了？”龙悦红表示不能理解。像盘古生物内部，就有明确的枪支禁令。

“我不知道为什么。”白晨平静地回答。

蒋白棉笑道：“在很多地方，都有类似的让人感觉奇怪的禁令，而每一条禁令，都有很深刻的历史原因。”

“野草城这样做是为了什么？”龙悦红追问道。

蒋白棉白了他一眼：“我也不知道。希望之后能找到答案。这样的挖掘是一种乐趣。”

其实，她有一定的猜测，只不过在没有把握的情况下，不好说出来。

聊完这个话题，蒋白棉看了一眼摸着肚子疯狂暗示的商见曜，呵呵笑道：“走吧，出去吃饭。”

听到这句话，商见曜率先转身，沿着阴冷的过道，走到了楼梯口。

下至停车的院子后，白晨指了指吉普车：“得拿东西去换钱币。”

“怎么换？”龙悦红向来不懂就问，是个合格的好学生。

“去市政大楼那里，有一排兑换窗，可以用不同的物资兑换本地的钱。如果不怕麻烦，又有熟人，可以去猎人公会或者酒吧、茶馆、夜总会，也可以找地下市场换，会划算一点。”白晨简单地解释道，“在野草城和最初城的势力范围内，明面上所有的交易都只能使用他们的钱币。”

“这样啊……”龙悦红忽然对接下来的事情有了一些期待，因为这都是他不曾经历过的，非常新鲜。

蒋白棉想了想，道：“还是去兑换窗那里吧。联络到公司的情报人员前，最好不要和这边的地下势力有接触。”

白晨没有意见，指着剩余的罐头、能量棒和压缩饼干道：“拿多少？”

“你觉得呢？”蒋白棉一向尊重“权威人士”的判断。

“一半吧。”白晨毫不犹豫地回答道，“这边的钱币价值时常会有波动，还是多留点物资在手上比较安全。”

“波动？”龙悦红好奇地问。

白晨随口回答道：“最初城的钱币，面额最小的是卡斯，其次是德拉塞，最大的叫奥雷。正常情况下，从购买力上讲，公司的一个贡献点约等于2斯，而1塞等于10斯，1奥等于10塞，嗯，也就是说，1奥能买一斤生猪肉，但有的时候，只能买八两，有的时候，又可以买到一斤二两，或者更多。”

卡斯、德拉塞、奥雷都是红河语里的单词，来自最初城刚建立时其中几位首领的名字，1斯、1塞、1奥则是灰土语的简略叫法。

在野草城，官方语言是红河语，但民间以灰土语为主。

“这样的话，有的时候岂不是能赚一笔？”龙悦红敏锐地问道。

“对啊。”蒋白棉笑道，“在旧世界，这是专门的行当，而现在，偶尔这么赚钱没关系，以此为生的，会被直接拖出去枪决。”

“炮决。”白晨纠正道。

这是最初城对类似人员的处罚方式，一次解决一批。

龙悦红“嗞”了一声，结果吸了一大口冷空气到体内，他深刻感受到了什么叫透心凉。

这一次，不需要商见曜暗示，蒋白棉已经听到了不知是谁的肚子发出的咕噜声，笑了笑，结束话题，指着外面道：“把东西搬上！”

第 16 章
图书馆

将需要换成钱币的罐头、能量棒和压缩饼干装入一个没有特殊标记的纸箱子递给商见曜后，白晨把帐篷布抖了开来，遮住了橘子步枪、狂战士突击步枪、暴君榴弹枪、死神单兵火箭筒、各类弹药、急救箱和余下的物资等。

这样一来，仅透过窗户往里看是发现不了什么有价值的物品的。

看到这一幕，蒋白棉微不可察地点了下头，眼神里多有赞许。

整理好后备厢，白晨转身看见了龙悦红颇为疑惑的表情，简单地解释了一句：“大盗好躲，小偷难防。南姨这里不是一个太有秩序的地方。”

蒋白棉笑着补充道：“等会儿回来，有些东西得搬到楼上去，放在自己身边才稳当。”

她没提继续轮流值夜和在二楼监控吉普车的办法，因为接下来他们还不知道会卷入什么事端，保持好精力是相当重要的一件事情。

有的时候，人连续几天睡眠都不充足，即使自己觉得精神奕奕，没什么问题，但遇到突发情况，反应也会慢上半拍，甚至一拍。人是会有错觉的，尤其是在对自我的认知上。

龙悦红似懂非懂地点了下头，看见商见曜已抱着那个纸箱子，走向了靠近阿福枪店的那个院子的出口。

在野草城，各条巷子都比较狭窄，只容一辆车通过，周围的楼房也有十几米高，这就导致每年冬天仅在偏中午的时候，这里的阳光才比较充沛。

但出了巷子，来到大街上，阳光一下就变得热烈，照得人暖洋洋的，风也不是那么刺骨。

“我们两人一队，稍微拉开点距离。四人一组太显眼了。”蒋白棉看了一眼来往的行人，对龙悦红和白晨道。

不需要过多的解释，白晨一下就理解了组长的意思，带着龙悦红，加快了脚步。很快，两队人之间就隔了五六米。

龙悦红很新奇地左右打量起来：“这里没有公共食堂？面馆、餐馆里人还挺多的嘛……”

这不符合他对荒野流浪者聚居点的想象。在这方面，不管是水围镇，还是祈丰镇，都更符合他对荒野流浪者聚居点的想象。

“这里有很多外来的遗迹猎人。”白晨用最简单的话语做出了解释。

龙悦红清楚这个事实，甚至知道野草城是三大势力交界区物资交换的一个中心，每天都有不少人来来往往，只有冬季会冷清一点。可是，他不明白这和自己的问题之间有什么关系。

看了他一眼，白晨进一步说道：“绝大部分外来者在野草城都不会待太久，每次过来，顶多停留两周，不是住小旅馆，就是租短期房，没有做饭的地方。”

“这样啊……”龙悦红终于想明白了。

这是盘古生物内部不可能出现的情况。

就算去别的楼层走亲访友，他们也能很快回家，或者直接留宿，所以，在地下大楼内，没有旅馆，也没有按日计价的出租房。

他们说话的时候，蒋白棉忽然加快脚步赶了上来。她以一种陌生人问路的姿态问道：“这边巷子里，晚上人会比较多吗？”

她指的是南街奴隶市场对面的小巷子。

白晨回忆了一下，道：“冬天的晚上，除了西街，外面都没什么人。”

“谢谢啊。”蒋白棉露出了明澈的笑容。接着，她回到了商见曜身旁。

“组长演得可真像啊！”龙悦红由衷地赞叹道。

白晨没有多说，继续往中心广场走去。

和野草城别的地方相比，这里显得很是宽敞，地面似乎修葺过，相当平整。广场中间有一座石制的人物雕像，是个一手拿枪一手拿书的老者。

他脸形瘦削，套着似乎不太便于行动的带兜帽的长袍，略微凹陷的眼睛正注视着前方来来往往的人群。

“这就是那个私生子许尔德？”龙悦红颇感兴趣地问道。

“嗯。”白晨绕过石像，往正北方的市政大楼走去，“其实，对许尔德最准确的称呼应该是野草城总督，但大家还是更习惯叫城主。嗯……还有个税务官，直接对最初城负责，兑换窗也是属于他的。”

龙悦红本想问什么叫“税务”，可又觉得这一路上，自己问了太多问题，还是下次再问比较好。

没过多久，他们来到了市政大楼前。

这是一栋四层的楼房，整体呈棕黄色，前方有一些花坛。大楼的底层开了近十个窗口，每个窗口前都排着不少的人。

“左边这七个是兑换窗。”白晨带着龙悦红，找了一列等待人数最少的队伍，“前面的黑板上写着不同物资的兑换价，不在上面的物资不能兑换。”

“我们的没问题吧？”龙悦红忽然有点担忧。

“没有任何势力会拒绝食物。”白晨非常笃定。

其实，像他们这样用食物换钱币的属于少数派里的少数。绝大部分人来到野草城，都是为了把别的物资换成可储备的食物，只不过中间得用最初城的钱币做交换媒介。

龙悦红松了口气，好奇地问道：“如果有不能兑换的物资，该怎么办？去地下市场？”

“也可以走街串巷，挨个推销，或者花一点物资，进正规市场摆摊。这都属于比较浪费时间的方法。”白晨左右看了一眼，仿佛想确定其他队伍的长度，“等多来几次，比较熟悉了，就能认识不同物资的收购者，直接和他们谈就行了。”

这时，蒋白棉揣着手，用下巴指了指龙悦红他们所在的队伍，对商见曜道：“你去那里排队。我看到边上有个公共图书馆，进去逛一逛。”

在广场右侧，有一栋有多个入口的白墙楼房。其中一个入口，挂的招牌是“野草城公共图书馆”。

这也是那尊石像代表的伟大城主许尔德的功绩之一。所以石像才一手拿枪一手拿书。

商见曜看了蒋白棉一眼，没有多说，走向了龙悦红他们。

蒋白棉随之吐了口气，看着它在空中蔓延成白雾，然后满意地来到了图书馆门口。

旁边的墙上贴着一张白纸，上面用灰土语、红河语两种文字写道：仅本城公民和正式猎人可以外借。

在这里，猎人徽章真的很有用啊……蒋白棉感慨了一句，走了进去。

这里和盘古生物的图书馆差不多，也是由书架区和阅读区组成，蒋白棉直奔前者。她随意地浏览着，很快来到一个不起眼的角落，抽出了一本颇为陈旧的厚书。

书名用纯粹的红河语写成，翻译过来是《国内收入法典》。

在灰土上，在当前阶段，这是一本毫无用处的书，摆在这里，更多是用来填充书架的，根本不会有人借阅。

蒋白棉迅速翻到书的第650页，将它折了起来。然后，她从衣兜里拿出一张便笺和一支吸水钢笔，躲在被众多书架遮挡的无人之处，唰唰地写下了一句话：晚上八点，南街奴隶市场对面巷子内。

这是与情报人员联络的方式。

如果联络在下午两点前完成，晚上八点就是指当天晚上八点；若是超过了下午两点，则是指第二天晚上八点。

折好便笺，蒋白棉将它夹在了书的中间，然后把那本书推回了原来的位置。

兑换窗前，龙悦红看着手中的钱币，压着嗓音道："这不是纸吗？"

他们的物资总共换了10奥雷，在当天，大概能买到十二斤生猪肉。可这些奥雷只是薄薄的比较有质感的纸，上面有花花绿绿的图案、一个男人的侧脸和"1"这个数字。

"出了最初城的势力范围，它们确实约等于纸。"白晨毫不在意地回答道，"如果有选择，挑最初城铸造的金币、银币会更好。"

可惜，这些可遇而不可求。

"那我们快点去吃午饭吧。"龙悦红忽然有种手里的钱不花出去会很快变成纸的感觉。

这个时候，蒋白棉已经回来，在保持距离的情况下与他们会合。在白晨的提议下，他们回到南街，进了那家老字号面馆，"拼"了一桌。

"他们家的油泼辣子面很好吃。"白晨仿佛回忆起了什么，神情颇为柔和。

“油泼辣子？”龙悦红愕然反问。

这一听就好奢侈！这就是灰土上较大的聚居点的生活吗？

白晨朝老板比了“四碗”的手势后道：“野草城这边很适合种油菜和辣椒，附近不少庄园都有出产，价格压得很低。不过，这种小店，面条不是很好，不像贵族们吃的那么精细……”

说到这里，白晨突然顿住，没再往下讲。

蒋白棉看了她一眼，笑着说道：“我只希望快点弄好，你们看，商见曜都多久没说话了。”

她话音刚落，外面突然有些喧闹。

过了一阵，有人经过，正在弄面的老板随口问道：“发生啥事了？”

路过的人指了指广场方向：“好像是图书馆着火了。”

蒋白棉的眼睛顿时眯了一下。

第 17 章

新手出炉

蒋白棉和面馆里的大部分人一样，只回头望向路边，没离开自己的座位。

没过多久，五十来岁、满身油烟味的老板端着托盘，将四大碗油泼辣子面放到了商见曜等人面前。

勾引馋虫的浓烈香味飘来，蒋白棉忍住了食欲，状似随意地问道：“图书馆烧了？”

“是啊。”老板叹了口气道，“不过我看那边也没啥烟，估摸着火不大。”

蒋白棉瞥了一眼已埋下头呼啦开吃的商见曜，好奇地问道：“最近是经常着火还是怎么的？”

她没有在意这样的问题会让自己像个外来者，野草城人口最多的就是外来者。

“这又不是大热天！”老板摇头否定，“我觉得是那帮疯子干的。”

“疯子？”蒋白棉更加有兴趣了。

老板“唉”了一声：“入冬后，城里突然多了帮坏玩意，见天往你门缝里塞些纸，上面写着什么‘旧世界因为知识而毁灭’‘不要学习任何超过本能的东西’‘远离书本，不要思考’……听听，听听，这是人话吗？这纸不要钱啊？这帮疯子真做得出来烧图书馆的事！”

“贵族老爷们不管？”蒋白棉一边听着商见曜吃面的声音，一边克制住自己，追问了一句。

“都不知道是谁，怎么管？”老板倒是很乐意聊这方面的话题。他鬓角斑白得厉害，头发理得很短，眼角已经有了些许皱纹。

“那倒是。”蒋白棉对野草城的治安情况的预期降低了。这和盘古生物内部肯定是没法比的。

她见老板颇为愤怒，转而问道："你们还挺喜欢那个图书馆的？"

老板在白色的围裙上擦了擦手，道："能不在意吗？孩子们读书认字全靠那个了。"

"野草城没有学校？不该啊。"蒋白棉没听白晨提过这点，默认是有的。

老板看了一眼门口："有倒是有，但在北街，一般人不让进。

"我们这样的普通人家，只能自家孩子自家教。还好我爷爷那代懂很多，我爸也受过正规教育，所以我勉强能把灰土语的大部分字和红河语的大部分单词给认全。

"这教孩子吧，没有书本怎么行？纯靠自己，那效果，唉，别提了！我就指望我孙儿出息，多认点字，多看点书，有机会进市政大楼做事，别像他爹那样，书不爱看，字不爱认，当什么遗迹猎人，把命都给当掉了！"

说到这里，想起图书馆着火的事，老板又恨恨地骂了一句："那帮瓜皮！"

听着组长和老板的对话，龙悦红突然认识到了水围镇能坚持公共教育有多么艰难。在灰土上，受教育不是每个人都能享有的权利，甚至大部分人都没法读书识字。

蒋白棉见有嫌疑不小的"纵火犯"存在，事情更像巧合，于是暗中松了口气，打趣了一句："老板，你这方言还挺杂的。"

"我爷爷那代建立野草城的时候，人都是从四面八方来的，说各种各样的方言，还有讲红河语的，这么听着听着就学会了。"

"几位，吃点什么？"老板看到有新的客人进来，不再闲聊，迎了上去。

蒋白棉瞄了一眼正在刨碗底的商见曜，一把端起自己的面，笑着问龙悦红："味道怎么样？"

"好吃。就是……有点辣……"龙悦红含含糊糊地回答道。

蒋白棉先前聊天的时候就已经把面拌好了，此时面条已吸饱了红油，一口咬下去，又香又辣，咀嚼间则带着淀粉独有的微甜和恰到好处的提味之酸，呼吸中尽是葱香、油香、辣子香混杂的气息。

"就是太少了。"商见曜放下碗筷，"帮"龙悦红补充道。

蒋白棉从不亏待组员，半转过身体，大声喊道："老板，再来一碗，不，两碗。”

她觉得自己吃这么一碗应该也不够，两碗虽然稍微有点多，但可以分给龙悦红和白晨。

就这样，他们吃到额头冒汗。这在寒冷的冬天，是种说不出的享受。

然后，他们一结账，发现花了18德拉塞——小碗的油泼辣子面，一碗是1.5德拉塞，大碗的是3德拉塞，旧调小组共吃了六大碗，总共接近2奥雷了。

拿到找回的两张1德拉塞的纸币后，蒋白棉略显心疼地数了数剩下的钞票：“这钱真不经花啊！”

他们一共才换了10奥雷，一顿饭就吃了差不多五分之一。这点钱也就能撑个两天。

“走吧，去猎人公会看看，拿个徽章。如果之后要待得比较久，还得赚钱养活自己。”蒋白棉对吃得最多的商见曜说道。此时他们已经回到大街上，又变成了两人一组。

商见曜摸了摸肚子，颇为遗憾地说道：“第二碗应该换别的面，有肉的那种。”

“只要你能赚得到钱，下次一定。”蒋白棉倒也不嫌弃这家伙只想着吃。

因为他们旧调小组绕了远路，剩余的食物已经不多，所以他们当前的首要任务是解决生存问题。当然，如果他们能联络上情报人员，大概率有别的获取物资的渠道。

午后的野草城大街上，阳光已经不那么热烈了，呼啦啦的寒风一阵阵往行人的衣服里钻。这就导致很多人若非必要不会出门，街上几乎只有端着冲锋枪的野草城巡逻员和匆忙觅食的遗迹猎人们，异常冷清。

抵达中心广场后，蒋白棉和商见曜拐向了西街，没走几步，他们就看见了占据整整一栋楼的猎人公会。

仿制的飞檐斗拱之下，是斑驳的白色墙体和一颗颗小灯泡拼凑出来的“猎人公会”字样。可以想象，到了夜晚，通电之后，它们会是多么明亮和醒目。

公会的底层，房间全部打通，只留下了支柱和不能打掉的墙，形成了一个非常宽敞的大厅。此时那一排门都敞开着，人们可以随意进出。

不同的门旁边的墙壁和柱子上都书写着同样的黑色大字：“工作时间，上午八点三十分至晚上八点三十分。谨记，本公会事务人员拥有合法持枪权。警告，请自觉维护秩序……”

蒋白棉正在浏览这些内容的时候，从猎人公会内走出来一队人，他们之中有两个相当显眼。

一个是机器人，整体呈银灰色，机身线条流畅，质感明显，眼睛仿佛两颗灯泡，闪动着红色光芒；一个是三十来岁的男子，外表普通，眼神凌厉，右手五根指头偏长且呈铁黑色，而对应的腕关节以上部位被衣袖遮着，无法看到。

“机械手臂……”蒋白棉知道自己的自言自语声很大，只好在心里惊呼。

而来往的遗迹猎人都用羡慕的目光看着他们。白晨的视线同样在跟着他们移动。

“有智能机器人……很厉害啊！”龙悦红由衷地感慨道。

就算它们不是战斗型的智能机器人，那也是野外生存的好帮手！它们不会饿，不会疲惫，不怕毒气，不畏一般的枪械，不惧恶劣的环境，而且负重能力超强。

唯一的问题是要给它们提供能源。

可惜，自从旧世界毁灭后，还能稳定出产智能机器人的地方已不超过三个，随着“古董”们逐渐坏掉或者被毁掉，能拥有这么一个同伴确实值得人羡慕。

过去那些年里，很多人类能撑过种种危险，存活下来，便是因为有智能机器人做伴——即使在旧世界，智能机器人也还没有真正普及。

蒋白棉打量了一阵，收回目光，笑着问身旁的商见曜：“如果给你装机械手臂的机会，你首选什么功能？”

“开罐头。”商见曜非常正经地回答道。

“真实用。”蒋白棉磨了磨牙齿。

说话间，两人已走进了猎人公会的大厅。

这里的天花板上，一盏盏日光灯洒下了偏白的光芒，这里的人似乎一点也不在乎用电问题。

大厅内，中间的圆台外围零散地摆放着多张桌子，每张桌子上都有自带液晶显示屏的机器。而大圆台的上方悬挂着一块巨大的屏幕，屏幕上正比较缓慢地滚动显示着各种任务。屏幕下方则有一个个窗口，每个窗口都摆着黑色的电子仪器。

这么一眼看过去，蒋白棉觉得公会的里面和外面完全是不同的世界，科技含量天差地别。

她随即找了个空着的窗口，拉着商见曜走了过去。

看了一眼窗口后面干净清爽的女孩，蒋白棉笑着说道：“注册猎人。”

“填下表格。如果不会写，我帮你填。”那个女性工作人员递出了两张纸，态度不热情但也不傲慢。

表格的内容很简单，就是名字、性别、年龄等常规项目，蒋白棉拿过窗口处的笔唰唰地填起来。

别说，编假名字还挺费劲的。为了不让商见曜有发挥的机会，蒋白棉帮他完成了填写。

递交表格后，他们依次在窗口那台黑色仪器前拍了照片，录好了指纹。很快，他们得到了两枚猎人徽章。

徽章整体呈黄铜色，正面是模糊的人脸和一把刀、一杆枪，背面镶嵌有芯片。

“你们现在是新手猎人了，努力接任务，很快就能成为正式猎人。”工作人员递出徽章时，说着千篇一律的鼓励话语。

蒋白棉抛了下徽章，笑着对商见曜道：“走，看看有什么任务。”

商见曜随即将徽章别到了胸口，非常郑重。

第 18 章 可惜

“就是个新手猎人，没必要这样吧？”蒋白棉见商见曜将徽章别到胸口，笑着说了一句。

没等商见曜回答，她飞快地补充道：“我懂，仪式感嘛。”

她记得他们当初有过类似的对话。

“你懂为什么还要问？”商见曜似乎完全没听出组长话中“就此打住”的意思。

蒋白棉白了他一眼，往后退了几步，抬头望向悬挂于半空的巨型屏幕。

“不用这么麻烦，那边每台机子都可以看任务。选好之后，在闪红光的地方刷一下徽章就能接了。”刚才帮他们注册猎人身份的女性工作人员见状，略微大声地提醒了几句。

因为见对面两人刚才是自己填写的资料，所以她没说“如果不识字可以选语音”。

“还挺高科技的。”蒋白棉忽然觉得自己表现得有些像土包子。

在盘古生物内部都没这么方便！或者说，类似的部门、类似的地方她还没去过。

那名女性工作人员颇有点自豪地回答道：“整个灰土，像我们这样方便的猎人公会不超过十个。”

啊，她在说什么？蒋白棉摸了摸自己的金属耳蜗，没好意思询问——双方已经有一定的距离，而那个办事员说刚才那句话时没有之前说的声音大。

“她说，在灰土上，这样的猎人公会不超过十个。”商见曜总是能及时帮忙翻译，虽然有的时候别人并不希望他这么做。

“不愧是传闻里快被猎人公会接管的城市……”蒋白棉半是调侃半是感慨地自语了一句。

她领着商见曜来到了大厅中的一张桌子前，拿起了一台薄薄的带液晶显示屏的银白色机器。它就像是纸质笔记本的放大版、金属版。

此时有不少遗迹猎人正站在不同的地方，或用手指快速划过屏幕，或把徽章凑到机器顶端一个闪烁红光的地方。

蒋白棉也算拥有丰富的电脑使用经验，平时经常操控芯片，她只是扫了一圈，就大概明白了该怎么操作眼前的机器。

她按亮屏幕后，按照提示，往上一滑，让任务页面显示了出来。这个时候，她眼角的余光看到商见曜正望向她，拿着一面盒装镜子，一副跃跃欲试的样子。

“你想做什么？”蒋白棉非常警惕。

“欺骗自己，假装是你，然后模仿你的动作，成功学会使用机器。”商见曜非常认真地解释道。

他左右看了一眼，确认没人在周围，就像当初对付乔初和那名让人产生贪欲的高等无心者一样。

蒋白棉没好气地骂道：“思路不要这么复杂！这么简单的事情不要搞得这么麻烦！来，我教你。”

商见曜虽然世面见得比较少，但作为电子系毕业的学生，听蒋白棉简单说了两句后，他就迅速掌握了操作机器的方法。

而直到此时，龙悦红和白晨才走进猎人公会的大厅。

蒋白棉看了圆台区域一眼，收回目光，开始翻看有哪些任务。

“任务描述：北街赵府招募二十名短期雇佣兵……”

“任务描述：历史学者哈罗德正组织队伍，准备于近期前往沼泽1号遗迹，急需有经验者加入……”

“任务描述：一批古物寻求鉴定……”

“任务描述：武器换食物……”

“任务描述：送午餐去荒原岗哨……”

飞快地翻完目前还能接的任务后，蒋白棉忍不住叹了口气：“可惜啊……”

“可惜啊……”一旁的商见曜发出了同样的感慨，但没有模仿蒋白棉的语调。

蒋白棉侧头看向他，笑吟吟地问道：“你在可惜什么？”

“乔初的任务没有了。”商见曜没有掩饰自己的遗憾之情。

“我也在可惜这个。”蒋白棉“唉”了一声，“要不然，以我们掌握的情报，起码能领到四吨面粉，好长一段时间都不用愁吃了，而且瞬间能成为正式猎人。”

她的潜台词是，旧调小组掌握的乔初相关情报，可以让每个人单独去接任务且汇报内容不重样。

而完成一次任务，报酬是一吨普通品阶的面粉和100信用积分——从新手猎人到正式猎人只需要100信用积分。

说到这里，蒋白棉和商见曜异口同声地再次感叹：“可惜啊……”

从某种意义上说，乔初真是一个行走的宝藏。

大致了解了有什么任务，心里有数后，蒋白棉对商见曜道：“走吧，这些都不太合适，明后天再来看看。”

其实，有一部分任务挺适合新手猎人的，也不用离开野草城，但蒋白棉必须先和盘古生物的情报员联络上，确认下一步要做什么后，才能考虑接哪些任务。

这次到猎人公会，她一方面是要注册身份，另一方面是想通过了解有哪些任务，初步掌握野草城当前的状况。

一叶落可以知天下秋，在猎人公会高度发展的野草城，但凡底下有什么暗流涌动，都可以通过发布的任务窥见一二。

总之，蒋白棉这么浏览完，只是觉得北街的局势可能有那么一点点紧张，其他都还好。

“沼泽1号遗迹？”商见曜边跟着蒋白棉走向猎人公会的门口，边疑惑地问道。

“看后面的描述，应该就是我们去过的那个。”蒋白棉对取代号这种事情一点也不陌生。

出了猎人公会，她双手插兜，笑着说道：“到处逛一逛吧，我还是第一次来野草城，之前本来有机会，结果错过了。”

商见曜同样兴致勃勃。

过了一会儿，与他们拉开了一段距离，跟在他们后面的龙悦红疑惑地询问起白晨：“组长这是要去哪里？”

他们怎么漫无目的的样子？龙悦红很不解。

白晨想了一下道：“她应该是为了熟悉这里。”

龙悦红怔了一下，隐约明白了。

这么逛到了下午三点，他们总算返回了阿福枪店，从前门进，从后门出，然后攀登楼梯，开门入屋。

蒋白棉没有说话，从战术背包里拿出一张较大的白纸，边回忆边用钢笔在上面唰唰地画了起来。没过多久，除了北街，整个野草城的布局都在纸上呈现出来。

同时，蒋白棉还在不同地方标注了“有沟渠”“遮挡较多”“附近较混乱”“电线布局很差，容易出故障”等字样。

做完这件事情，她把纸和笔都递给了白晨：“你看看有什么要补充的。哈哈，幸好野草城不大。”

白晨“嗯”了一声，伸手接过纸笔，开始画图和写字。

趁这个机会，蒋白棉对商见曜和龙悦红道：“等会儿好好看一看，记到脑子里。之后可能会分开行动，到时候如果遇到意外，至少得知道该往哪躲，该怎么利用地形。”

龙悦红早已心服口服：“是，组长！”

商见曜则微微皱眉道：“需要躲的是‘意外’。”

不等蒋白棉瞪他，他又自说自话地补充道：“记住之后，可以让‘意外’没法躲，也没法利用地形。”

“明白就好。”蒋白棉懒得多说。

等到白晨完善好地图，大家记住了相应的重点，蒋白棉指着南街奴隶市场对面的巷子，开口问道：“晚上见情报员的时候，我们得分出一组人暗中监控，防备意外。你们觉得哪个位置比较好？”

作为团队的狙击手的白晨指着南街奴隶市场道：“这里，靠左边的楼顶，可以完全控制住对面的巷子。”

蒋白棉点了下头：“如果，我是说如果，公司的情报员真出了问题，那他背后的人会选择的应该也是这个点。我们尽量不要碰上他们，还是选次优的点比较好。

反正我和商见曜可以调整自己的位置，保证你们的视野和弹道不会受阻。”

经过一番讨论，旧调小组敲定了南街奴隶市场右边的楼顶，到时候将由白晨和龙悦红负责监守那里，蒋白棉、商见曜则去见公司的情报人员。

冬天的夜晚总是很早降临，黑暗逐渐笼罩了野草城，一盏盏或偏黄或纯白的灯相继亮了起来。

等到七点四十分，蒋白棉站起身，戴好衣服自带的帽子，对商见曜等人道：“行动！”

第 19 章 可以信任

距离停电时间八点半还有好一会儿，街上的路灯依旧洒落着光芒，为来往的行人照亮脚下的路。

不过，南街还是没法和盘古生物地下大楼内部比的，不少路灯早就坏掉了，间隔几十米才有一个完好的，许多地方只有微光浮动，什么都看不清楚。

白晨在晚饭之前就带着龙悦红出来踩过点，对接下来要怎么做已有好几套方案，行走时自然沉稳无比，仿佛只是一个抱着大件器物归家的女性。

龙悦红毫无疑问有点紧张，但他第一次外出就经历了太多事情，对类似的情况也算有了点免疫力，不至于手脚发软，心跳如擂鼓。

他默默跟在白晨旁边，时不时遮挡一下路人的视线，以免被布包着的橘子步枪太过显眼。

南街奴隶市场的门口有个岗哨，里面两名守卫端着相同制式的突击步枪，漫不经心地扫视着周围，时坐时站。

白晨越过了他们，不快不慢地往中心广场方向走去。很快，她和龙悦红进入了路灯照不到的区域，在昏暗的街边仿佛两道模糊的影子。

就在这个时候，白晨突然转身，来到相邻那栋楼的院子的入口处，一两秒间就灵巧地爬过了铁门。

龙悦红看了心中佩服，因为在这个过程中，白晨还得分心拿稳怀中的步枪。没有耽搁时间，他紧跟着翻过了铁门，没弄出什么动静。

龙悦红和白晨随即进入与南街奴隶市场相邻的楼房，在昏黄的灯光的照射下，沿着阴冷的楼梯，一路来到了顶层。

白晨拿出一截提前准备好的铁丝，插入锁孔，一番捣鼓，就打开了通往天台的门——虽然这栋楼看起来有飞檐斗拱，但那更多是一种装饰，一般大楼楼顶具备的布局它都具备。

上了天台，虚掩住门，白晨和龙悦红在暗淡的月光下，来到了靠近南街奴隶市场那侧。

在这安静的夜晚，在这开阔的地方，他们听到了西街传来的歌声、喊声和各种各样的杂音。

就在这个时候，龙悦红望向南街奴隶市场方向，微侧着脑袋道："那边好像有什么声音。"

他话音刚落，随着西街喧闹声的短暂平息，南街奴隶市场的动静一下清晰了不少。

那是许多道呜呜咽咽的声音。

每一道声音都不大，细弱得仿佛并不存在，可它们重叠在一起后，便在漆黑的夜里静静地荡了开来，低沉的呜咽声中似乎还夹杂着几声撕心裂肺的咳嗽和若有若无的痛哼。

"是那些奴隶在哭。"白晨面无表情地看着下方的市场道。

龙悦红一阵沉默，而后感叹道："真惨啊……可惜我们只有四个人，救不了他们。"

白晨转过脑袋，望向对面的巷子。隔了好一会儿她才说道："这个季节，如果没准备好足够的物资，还不如让他们留在这里。"

龙悦红仔细一想，发现竟然真的是这个道理。可这个逻辑能成立的事实让他比刚才多了不少难以言喻的悲伤。

他看着白晨选好位置，架好橘子步枪，将眼睛凑到瞄准镜前，监控起对面的巷子，自己便也按照吩咐，用望远镜观察起南街奴隶市场另外一边的楼顶和房间。

"没什么发现。"龙悦红反复确认后给出了结论。

"每隔三分钟看一次。"白晨强调道。

"是……"说出第一个字后，龙悦红顿住了。

平时他都是说"是，组长"，这次他不知道该"是"什么了，直接把白晨的名字加在后面，好像不太好。

白晨没有在意，全神贯注地监控着目标区域。

龙悦红跟着望了一下对面，正好看到蒋白棉和商见曜饭后散步般拐入了巷子。

“在前面那个坏掉的路灯旁边等。”蒋白棉头上是黑色棉袄自带的帽子，帽子边缘装饰着一圈棕色的毛，似乎自带瘦脸的效果。

商见曜紧闭着嘴巴，没有胡乱发言，跟随蒋白棉来到了坏掉的路灯一侧，将身体藏入了阴影里。

街上的光芒完全无法照到这边，只有两侧楼房内，有些许灯光溢出，让各种物体的轮廓隐约呈现了出来。

蒋白棉和商见曜不再说话，各自观察一边，注意来往的行人。

每当有人靠近，他们就看向彼此，仿佛正在约会的情侣——他们相信，盘古生物内部那些熄灯之后顶着寒冷也要在角落里见面的男女是有代表性的，地表肯定也存在类似的人，而越是野草城这种相对较安稳的地方，越是如此。对于这一点，白晨没有否认。

时间一分一秒地流逝，很快就到了八点。

又过了一两分钟，一道人影从南街入口走进了这条巷子。

他穿着一件藏青色的棉衣，戴着一顶毛茸茸的皮革帽子，围了条黑色的围巾，略微佝偻着身体，低垂着脑袋，像是一个在寒风中颤颤巍巍的老者。

经过蒋白棉和商见曜时，老者脚下一滑，身体晃动，掉了件东西在地上。他忙蹲了下去，就着两侧楼房的灯光摸索着。

而蒋白棉和商见曜早已看清楚，老者掉的是一个红底无字的徽章。

“你掉的是不是这个？”蒋白棉弯下腰，笑着将自己的红底金字名牌递到了老者的眼前。

那老者看了一眼，抬起脑袋：“是啊。”

暗淡的灯光下，他看着一点也不老，三十来岁的样子，眉毛不浓不淡，五官不丑不帅，属于没什么记忆点的人。

这人回答完，快速捡起自己的徽章，站了起来。

确认对方是公司潜伏在野草城的情报人员后，蒋白棉露出笑容，闲聊般问道：“你是不是已经来这边踩过点，观察过环境了？”

那名情报人员点了下头，随口说道：“不管是衣服的正反穿，还是帽子的增减、围巾的戴法、行走的姿势，都能让你在夜晚变得像另外一个人，不过，这需要一点小技巧。”

蒋白棉安静地听完，突然笑道：“你已经路过这里四次了，对吧？”

那名情报人员愕然看向蒋白棉。

他对眼前的女士察觉到自己来过附近一点也不意外，但对方竟然能准确地说出总共有几次！

蒋白棉笑了笑，看着对方的双脚道：“下次记得换双皮鞋。”

那名情报人员顿时恍然大悟。

蒋白棉“嗯”了一声，点了点头：“确实，多余的鞋不方便随身携带，只能考虑把它弄脏。是不是有点舍不得？”

灰土上，除了那些自诩是贵族的人，哪有人舍得主动糟蹋自己的东西？盘古生物的普通员工们平时过的也是物资较为紧缺的生活，只是比绝大部分荒野流浪者好一些。

“有点。”那名情报人员如实点头。

他没有多说，左右看了一眼道：“这里不太方便交流，我带你们去个地方。”

蒋白棉旋即侧头，看了一眼商见曜。

那名情报人员注意到这一幕，微皱眉头道：“不信任我？”

这时商见曜笑了起来：“怎么会不信任你？你看，我们都是公司的员工，我们的家人都在公司内部，所以……”

那名情报人员的表情逐渐缓和下来：“就是嘛，大家都是可以信任的人。”

他的态度明显热情了一点：“我被派到野草城快两年了，再有一年就能回去。也不知道我家闺女，哈哈，还认不认得我——我出来时她才五岁……”

“这话不太吉利，要少说。”商见曜打断了对方。

那名情报人员愣了愣，下意识地看了商见曜一眼，只见商见曜满脸诚恳。

“也是。”情报人员感受到了朋友般的关怀。

接着，他指了指巷子另外一头：“还是换个地方吧，这里人来人往的。”

情报人员对接头地点有着本能的防备和很高的要求。

因为有了推理小丑这一能力的保障，哪怕对方之前确实不值得信任，现在也变得可以信任了，所以蒋白棉不再犹豫，轻轻颔首道：“好。”

说完，她拿出对讲机，摁下按钮，道：“可以撤离了。”

直到蒋白棉等人完全脱离自己的视线，白晨才收起橘子步枪，离开天台边缘。下一秒，她和龙悦红同时转头，望向另外一侧的南街奴隶市场。

西边依旧喧闹声不断，白晨收回了视线，对龙悦红道：“走吧。”

龙悦红略显沉重地点了下头，跟着白晨原路回到了街上。就在快要离开路灯坏掉的区域时，他们忽然看到黑暗的街边，某个店铺的前方，一道人影弯着腰，鬼鬼祟祟的，不知在做什么。那人似乎也察觉到了白晨和龙悦红的出现，连忙转身，望了过来。

下一秒，他狂奔而逃，飞快地拐入了旁边的一条巷子内。

“小偷？”龙悦红疑惑地猜测道。

白晨没有回答他，走到刚才那道人影所在的位置，弯腰拾起了一沓纸。

第20章

他乡遇故知

东街，一个仓库内，外面的光芒透过玻璃窗照入，部分物品勉强呈现出了自身的轮廓。

“怎么称呼？”商见曜笑着询问起站在光暗交界处的那名情报人员。

“陈旭峰。”那名情报人员坦然回答道。反正他给的不是自己在野草城的化名，不用担心暴露身份。

“蒋白棉。”蒋白棉也简单地做了自我介绍。

商见曜则微微皱起眉头：“这名字有点耳熟。”

不等陈旭峰回应，他主动问道：“你认识陈贤宇吗？”

“啊？我爸啊！”陈旭峰颇为愕然。这还真遇到熟人了！他暗忖。

商见曜顿时笑道：“495层？”

“对对对。我是老陈家最小的那个。”陈旭峰笑着反问道，“你也住在495层吗？”

商见曜重重地点头：“我应该掐过你女儿的脸。”

“什么？”陈旭峰听得有点茫然。

“肉嘟嘟的。”商见曜发着感慨，“差不多两年前，陈爷爷经常带她到活动中心玩，后来她上小学，就没怎么见过了。”

“两年前？啊，那时候我刚被外派到这边，我媳妇平时也得上班，估摸着只能让老一辈轮流带孩子。你们也知道的，公司的幼儿园放学太早了！”陈旭峰大致弄清楚了前因后果。

接着，他狠狠地说道：“你怎么能掐她的脸？那会儿她都是五岁的大孩子了。”

“陈爷爷也有忙的时候，如果我们在，会和她玩游戏，谁输了谁就被掐一下脸或者打一下手心。”商见曜认真地解释道。

“这样啊……”陈旭峰笑了笑道，“我们相差有十岁吧？说不定我也欺负过小时候的你，一报还一报。”

两人愉快地聊着天，愈加觉得彼此值得信任，且必须信任。

蒋白棉虽然能理解陈旭峰离家两年，迫不及待地想了解父母的身体状况、妻子的近况和女儿的成长等，但也知道现在正事要紧，于是打断了这对他乡遇故知的“朋友”的聊天：“陈哥，弄清楚之前那个小组失踪的原因了吗？”

“唉，怎么能叫我哥？你都是一个小组的组长了，怎么着都是D6级了吧？我还差得远。”陈旭峰有点受宠若惊。

蒋白棉没有反驳，很捧场地问道：“你现在几级了？”

“D5级，负责这边的情报网。呵呵，没几个人。”陈旭峰笑着叹了口气，“等做满年限，调回去之后，应该能再升一级。”

盘古生物对外派员工还是相当大方的。

“那也与D6没差多少级啊。”蒋白棉笑着说道，“咱们还是先聊正事吧。”

“嗯。”陈旭峰拿出了一沓资料，回忆道，“在公司通知我之前，我并不知道有这么一个小组要到野草城来，你们应该也清楚，我和他们是两条平行线，谁也不用管谁。”

“是啊，如果不是带着任务来的，我们想要找你们帮忙，得先给公司拍封电报，让上头的人下达命令。”蒋白棉点头附和，“我记得那个小组给公司发的最后一封电报上说已抵达野草城，希望能找到一些经历过旧世界毁灭的老人。”

她怀疑那个旧调小组是在接触到某个老人后发生了意外。

陈旭峰轻轻颔首：“我收到公司电报的时候，他们失踪都超过两周了，很多线索已经断掉了，根本没法调查。”

“不过，还是有点收获。”他话锋一转，道，“他们是一个五人小组，三男两女。我抱着尝试的心态，找人问了问城里各家旅馆、酒店，看那段时间有没有类似的人员入住过，结果还真问出来了！”

“遗迹猎人团队就不能是三男两女吗？”商见曜问道。

陈旭峰笑了一声：“肯定有类似的团队，我们获得的反馈也不止一条。但经过仔细的对比、排除，我确定那个小组住的是美里大酒店，野草城相当好的一家酒店，他们登记的入住时间和公司收到最后一封电报的时间完全一致。”

说到这里，陈旭峰补充解释道：“美里大酒店的人之所以对他们印象深刻，是因为那个小组里女的漂亮，男的英俊，和大部分遗迹猎人不太一样。还真别说，基因改良普及之后，咱们公司的年轻人一出来，那真是一道亮丽的风景线！”

“你也做过基因改良吧？”商见曜突然问道。

陈旭峰怔了一下，长长地叹了口气：“唉，也不知道怎么回事，可能是我爸我妈那个时候年纪比较大了，也可能是个人体质问题，我基因改良的效果不是太好，唯一的优点是非常普通，别人看了不太容易记住脸。嗯，还有，在伪装、跟踪方面有些天赋。”

“至少比一米七五的高……”商见曜诚恳地宽慰道。陈旭峰的身高和蒋白棉差不多。

真是龙悦红的“好朋友”啊……蒋白棉见无人注意自己，悄悄翻了个白眼。

她再次打断了商见曜和陈旭峰的闲聊，主动说道：“那个小组选择住美里大酒店这种地方，说明他们进入野草城的时候，不觉得会有什么危险，也不认为有潜藏的敌人，非常放心，非常光明正大。”

“我也是这么认为的。”陈旭峰回到了正题，“按照这个推断，他们在野草城的后续行动应该也是比较公开的，有机会追查到。”

他拿着那沓资料，继续说道：“我找了猎人公会的内部人员，查询那段时间有没有类似的五人小组接过任务，反馈是没有。”

既然那个旧调小组对自身的行踪没做什么掩盖，那么他们接猎人公会的任务时，肯定也不会刻意分成两三支小队。

不等蒋白棉追问，陈旭峰主动说道：“但查到了他们注册的猎人身份，都已经是正式猎人了。呵呵，你们猜，怎么查到的？”

“用的是真名。”商见曜毫不犹豫地回答道。

陈旭峰怔了一下：“对！他们还挺守规矩的。”

“这说明他们一直以来的行动没遇到什么危险，或者，他们已经把危险全部铲除了，很有安全感。”蒋白棉给出了自己的看法。

这让那个小组在野草城突发意外的可能性提高了不少。

陈旭峰没做评价，转而说道：“我花了点钱，拿到了他们注册猎人身份时的照片和完成的所有任务的清单，你们回去可以好好看一看。”

说话间，他把手里那沓资料递给了蒋白棉。

“好。”蒋白棉伸手接了过来。

陈旭峰回想了一下，又道：“我目前调查出来的线索还有几条：

“一是他们去过飞鸟酒吧，和里面的几个客人发生过冲突，但没闹大。这是他们抵达野草城第二天晚上发生的事情。

“二是他们拜访过本地猎人公会的某位高层。我昨天才问出这件事，具体是谁有待调查。

“三是他们好像进过北街，城主府一个经常出来采买物品的仆人见过类似的组合。

“四……”

陈旭峰说到第四条时，表情变得颇为凝重：“据美里大酒店的服务生说，他们是自己退的房，就在公司要我调查的前两天。”

“也就是说，前面近两周，他们活跃在野草城，却没有回过公司的电报？他们失踪的准确时间并没有我们想象中的那么长？”蒋白棉思索着问道。

那个旧调小组是自带无线电收发报机的，按照规定，差不多一周得和公司联络一次，而且第二周的最后几天，公司主动发了电报询问情况。

“所以很奇怪。”陈旭峰说。

接着，他皱起了眉头：“最近这段时间还有人告诉我，在城内见过疑似雷云松和林飞飞的人，喏，就是照片最上面那两个。”

在当下的光照条件下，蒋白棉根本看不清照片，也就没有去看，她若有所思地自语起来：“也不知道是和这两个人比较像的无关的人，还是有人在假扮他们，或者，他们确实还能自由活动？”

“无法肯定。”陈旭峰没有盲目地下判断。

“还有别的线索吗？”蒋白棉缓慢地吐了口气，问道。

“暂时没有。”陈旭峰摇了下头。

蒋白棉“嗯”了一声，转而问道：“中午图书馆被烧是怎么回事？”

陈旭峰用嘲笑的口吻道：“最近两个月，城里多了帮不要脑子的家伙。就是那些宣扬旧世界因为追求知识，犯了禁忌，才被毁灭的疯子，他们想强迫大家不要再阅读旧世界遗留的书籍。”

聊完了主要工作，约定好了之后联络的方式，商见曜把老陈家的近况给陈旭峰讲了讲，然后两人恋恋不舍地挥手道别。

蒋白棉带着商见曜，绕了四分之一个野草城，终于拐回了阿福枪店所在的巷子。回到租住的房间之后，他们发现白晨和龙悦红正各自看着一沓纸。

“这是什么？”蒋白棉好奇地问道。

“传单。”白晨将手里的纸递给了组长蒋白棉。

蒋白棉和商见曜同时望向纸，阅读起上面的内容：“思考是陷井，知识是毒药……

“不要再处碰书籍……

“不能重倒旧世界复责……”①

“重倒”这个词语上还画了个圈，往外画出一条线，表示修正，而修正的词语是——重稻。

蒋白棉哑然失笑：“他们还真是完美践行着自己的理念。”

① 编者注：此处几条宣传语有意使用错别字，后文再次出现此类宣传语时不再注明。

第21章 确定方向

“这或许就叫知行合一。”龙悦红附和道。那些传单，他看一次就笑一次。

蒋白棉将目光从传单上收回，看了一眼没有说话的商见曜，随口问了一句：“你在想什么？”

“我在想他们家的圣餐是什么。”商见曜的表情非常严肃。

蒋白棉对此一点也不意外，笑了一声，道：“也许他们根本不是宗教组织。再说，这种没脑子的组织，圣餐的质量肯定不怎么样。”

“唉——”商见曜颇为遗憾地叹了口气。

白晨见蒋白棉将传单丢到桌上，若有所思地说道：“最初城也有类似的组织，口号是什么‘头脑无用’‘痴愚是福’‘放弃思考就是拯救世界’……”

“这也有人信？”龙悦红诧异地问道。

他虽然已经看到了实例，但还是觉得不可思议。比起这个，传授育婴知识、倡导自然生育的生命祭礼教团不知道高到哪里去了。

蒋白棉笑着叹了口气：“经历了旧世界的毁灭、长年的战乱、不断卷土重来的饥荒和疾病，只要是看起来像救命稻草的东西，灰土上的人们都愿意去抓住。这至少能让他们觉得未来还是有点希望的。”

龙悦红一阵无语，想说点什么，却又组织不起合适的语言。

“也不知道他们信仰的是哪位执岁，或者什么也不信仰？”白晨转而问道。

“我没接触过类似的组织。”蒋白棉摇了下头。

接着，她笑着看向商见曜：“这种组织，你还是不要混进去比较好，要是被他们‘传染’，没了脑子，那就麻烦了。”

“我可以做他们共同的脑子、唯一的脑子。”商见曜认真地说道。

“真有志向！”蒋白棉打趣了一句。

她将手里的资料分发给组员们后说道：“仔细看一看，我们该讨论正事了。”

至于那个宣扬知识有毒、不要看书的组织，暂时和他们没有什么利害冲突，他们没必要太过关注。

等到所有人都翻完了资料，蒋白棉将陈旭峰讲的话复述了一遍，末了道：“你们觉得该从哪条线查起？”

白晨看着手里的资料，思索着道：“他们接过的任务都属于较为常见的类型，没什么特殊的地方，暂时找不出值得进一步了解的内容。”

“是啊，是啊。”龙悦红说完才想起一件事情，白晨是中级猎人！这是他下午注册猎人身份时发现的。

刚加入猎人公会是新手猎人，信用积分达到100能成为正式猎人，之后，要累积到1000分才能成为中级猎人。

想要成为中级猎人，不是光靠做一两个搜集情报这种任务就能够实现的，每一个中级猎人肯定都完成过几十上百个任务，经验不可谓不丰富。

“我七八年前就注册猎人身份了。”白晨见组长和商见曜望了过来，简单地解释了一句。

“那时候你十八九岁？”蒋白棉问了一句，自嘲般笑道，“每次我都觉得你比我年纪小。”

“可能是身高原因。”商见曜帮忙解释道。

蒋白棉瞪了他一眼：“不会说话就别说。”

她接着问白晨：“你注册猎人身份时用的是真名？”

“不是。”白晨摇了摇头，“那样很多事情做起来不太方便，容易暴露——猎人公会的办事员又不是不能收买。”

“那就好。”蒋白棉欣慰地点头，“真是从小就机智！嗯……之后如果要接任务赚钱，就由你来，中级猎人能接的任务只多不少。”她和商见曜、龙悦红都是新手猎人，信用积分为0，没法接需要一定信用积分的任务。

“好。”白晨微微点头。

蒋白棉转而望向商见曜和龙悦红：“你们觉得哪条线索更有价值？”

她这也算是寓教育于讨论，并试图掀起头脑风暴。

“第五条，疑似雷云松和林飞飞的人还在野草城出没这一条。”商见曜毫不犹豫地回答道，“只要找到了他们，问题就能迎刃而解。”

“那么，该怎么找到他们呢？”蒋白棉笑着追问。

商见曜仿佛早就思考过这个问题：“找地方把照片打印出来，全城发放，询问有没有人见过。”

作为电子系的毕业生，他虽然摸电脑的次数不多，但还是知道复印、打印这些事情的。

蒋白棉听得笑了起来：“很直接的办法。这肯定有效，但也存在两个问题：一是成本太高，我们没那么多物资支撑；二是非常容易打草惊蛇，导致本来可能还活着的雷云松、林飞飞他们被灭口。再说，这么大的动静，说不定会引来野草城上层的关注，带来不好的变化。你们想一想，陈旭峰对野草城的了解肯定在我们之上，他都没有采用这种广撒网的办法，必然是有着很大顾虑的。”

她“嗯”了一声，继续说道：“成本过高和动静太大这两个问题倒是好解决。我们可以到猎人公会发布寻人任务，以食物做报酬。这是很常见的事情，没谁会感觉不对。而且也不用打印或者复印照片，直接将照片扫描上传到猎人公会，让愿意接任务的人记住特征就行了。但是，效率肯定不会那么高，打草惊蛇的问题也没法规避。”

说到这里，蒋白棉叹了口气，呵呵笑道：“如果不是投鼠忌器，打草惊蛇也不是不行。打了草，惊了蛇，让它动起来，才更容易发现它的踪迹。”

龙悦红听完这些分析，觉得学到了很多，并暗自嘀咕起来：“组长这脑子怎么能长得这么七拐八绕的？”

见蒋白棉望向自己，他忙问：“组长，你觉得该从哪条线查起？”

蒋白棉顿时失笑：“你就不能自己先想一想？”

“我和商见曜的意见差不多。”龙悦红赶紧表示自己不是没有想过。

“我不信。”蒋白棉笑吟吟地回应，“他的思路一般人跟不上。”

龙悦红只好补充道：“去飞鸟酒吧，寻找和那个旧调小组发生过冲突的人。”

“这是一条线。”蒋白棉先肯定，后摇头，“不过，这一块，陈旭峰会跟进。他是“地头蛇”，比我们要方便，希望能有所收获吧。呃……北街那条线太宽泛了，不好调查，再说，我们现在也进不去北街，除非去接那个当短期雇佣兵的任务……”

这么一条条排除完，她笑了起来：“只剩下一条线比较明确，那就是雷云松他们拜访过的本地猎人公会的某位高层。”

“可是，我们不知道是谁啊。”龙悦红皱着眉说道。

这还有待陈旭峰做进一步的调查。

蒋白棉笑容不变，道：“是不知道，但我们可以分析啊。那个旧调小组到野草城是要找经历过旧世界毁灭的老人，那为什么会突然去拜访猎人公会的高层呢？是他本身就是这样一个老人，还是他家里有这么一个老人？

“明天去猎人公会看看，弄清楚究竟有哪些高层，一一比对信息。如果没有满足条件的，就找陈旭峰弄这些高层的家庭资料，确认他们的长辈是否还健在。圈定了目标后……”

说到这里，蒋白棉笑得更加灿烂，看向商见曜道：“就轮到你去‘交朋友’了，或者认干爹、干妈、干爷爷、干奶奶。”

不太清楚生命祭礼相关事件各种细节的龙悦红听得目瞪口呆。

“好。”商见曜的眼睛略有点发亮，他似乎想到了什么。

白晨则微不可察地点头，自语道：“现在是新历46年的年末，之前的混乱年代在新历20年左右……年龄不到七十岁的，不算真正经历过旧世界的毁灭……”

年龄不超过七十岁的，就算经历了旧世界的毁灭，也会因为当时年龄太小，记不住遭遇过什么。

而以灰土当前的生存环境，能活到七十岁的人少之又少。

“差不多就是这样。”蒋白棉轻拍了下手掌道，“你们把照片都仔细看一看，记住长相，万一明天出门就遇到了呢？”

“这算是命好还是命不好？”商见曜开口问道。

“这就得看当时的情况了。”蒋白棉理解了商见曜的意思，忍住了看龙悦红的冲动。

如果算命好，那多半碰不上；若是算命不好，那很可能会直接遇到。

龙悦红不想和商见曜扯命好命不好的问题，低头看起了那几张照片：

雷云松二十七八岁的样子，眉毛如剑，长相不错，就是眼睛比较小，给人一种没完全睁开的感觉；

林飞飞看上去比雷云松要大一点，长发，鹅蛋脸，气质温婉，眉毛里依稀有一颗黑痣；

卢继奇看上去三十出头，阳刚英挺，嘴唇较薄，皮肤呈古铜色；

云贺似乎饱经风霜，脸形颇为瘦削，相比盘古生物的员工，他更像地表人，下巴处有一道陈旧的伤疤；

魏钰有一张娃娃脸，形貌相当讨人喜欢，而资料显示，她的身高是一米六六……

看着看着，龙悦红突然说了一句：“他们应该都是结了婚、有孩子的人。”

蒋白棉“嗯”了一声，叹息着说道：“所以才不能鲁莽，不能打草惊蛇。”

第22章 枪击

龙悦红刚想再多看几遍资料，房间内的灯光突然熄灭了。

“到停电时间了？”蒋白棉翻腕看了一下电子表，发现已经八点四十多了。

她顿时笑了起来：“这可比公司人性化多了。”

盘古生物内部，说晚上九点整熄灭路灯，就不会拖到九点零一分，哪像这里，都超时十几分钟了。

“人性化是不是就意味着管理较为松散？”白晨努力去理解组长的潜台词。

蒋白棉“嗯”了一声：“有好有坏吧，具体情况得具体分析。”

“说了等于没说。”商见曜严肃地评价了一句。

接着，他补充道：“我怕白晨不好意思这么说。”

“嚯，还挺热心的嘛。”蒋白棉已经习惯了商见曜类似的表现，只是白了他一眼。

她旋即说道：“都休息吧，今天从早忙到晚的，明天还得做正事。”

“是，组长！”龙悦红下意识地大声回答。

蒋白棉见状，略显无奈地笑道：“不用这么正式。你是想让整栋楼都知道我们是一起的，并且有组长存在吗？呵呵，没事，注意点就好，不同环境有不同环境的要求。”

好在此时刚刚停电，带来了不小的嘈杂声，将这边小小的动静完全掩盖住了。

按照之前的安排，白晨和龙悦红进了靠院子的那个房间。这样一来，真出了什么意外，白晨能第一时间带着龙悦红跳到院子中，回到吉普车内，而蒋白棉、商见曜都有异于常人的感知能力，可以及时防范来自街上的意外。

“你睡上面，还是我睡上面？”目送白晨和龙悦红离开后，蒋白棉指了指房间内的高低床。

“你。”商见曜毫不犹豫地回答。

蒋白棉想了一下，笑着问道：“是担心晚上起夜影响到我？”

“今天吃得比较多。”商见曜诚恳地说道。

“那也行。”蒋白棉忽然想起一件事，“今晚就别挑战第二个岛了，明天得办正事，好好养精蓄锐。”

“好。”商见曜没有犹豫。

“还是分得清事情的轻重缓急的嘛。”蒋白棉笑着夸了一句。

说话间，她走到了靠窗的桌子旁，望了一眼外面。

整个南街和东街已一片漆黑，就连路灯都不再散发光芒。

西街的部分场所依旧有光透出，如同黑暗中的灯塔；北街灯火通明，仿佛星河落到了地上。

“真是泾渭分明啊！”蒋白棉感叹了一声，脱掉外套，攀爬至上铺。

她和商见曜刚躺下没多久，忽然听见几声清脆的枪响。

枪响来自西街。

砰砰几声后，夜晚又平静下来，动感热烈的音乐声不断地从西街传出，居然没有受到枪声的任何影响。

啪啪啪，商见曜突兀地鼓起了掌。

“你鼓什么掌？”蒋白棉懒得去猜商见曜想表达什么，直接开口问道。

“他们真有精神。”商见曜颇有点向往地回答道。

“也许这就是野草城。”蒋白棉闭上眼睛，慢慢酝酿起睡意。

没过多久，距离他们不远的那个城门口也爆发了一阵喧闹，其中夹杂着几声枪响。

“这边为什么也有人开枪？”睡在下铺的龙悦红又担心又好奇地询问起白晨。

他选择下铺是因为白晨擅长狙击，在更高的地方能更好地监控院子内的动静。

“白天进不了城的那些流浪者想趁夜晚闯进来吧。”白晨根据自身的经历和当前的环境猜测道，“然后，守卫就开枪了。”

龙悦红听得心情颇为复杂，既可怜那些在寒冷的冬夜里等死的流浪者，又觉得守卫们开枪是正当行为。

这让他想到了一句话，盘古生物内部，那些在安全部服役较久的员工最喜欢说的一句话：“这倒霉的世界！”

等到城门处的动静平息下来，龙悦红赶紧强迫自己入睡。

就在这时，他听见楼上或者楼上的楼上，传来一阵嗯嗯啊啊的声音，而别的楼房内也有类似的动静传出，若有若无地回荡在院子内。

龙悦红对此并不陌生，毕竟盘古生物普通员工居住的地方隔音都不是那么好。

这让他有点面红耳赤——当下与以往不同的地方在于，他的上铺还睡了个女性。

过了一阵，嗯嗯啊啊的声音相继平息，龙悦红总算松了口气。

可没过几分钟，“吟唱”再次响起。几乎是同时，还有尖厉的怒骂声爆发：“滚蛋！才给了两个馒头就想来第二次！要不要脸？”

龙悦红听得呆住了，好一会儿才支支吾吾地问道：“这、这是什么情况？”

“妓女。”白晨言简意赅地回答道。

盘古生物内部是不存在这种职业的，龙悦红只是通过教科书和字典知道它的意思是什么。

“啊……这……”龙悦红先是一怔，然后自我辩解道，“我还以为地表的人们都忙碌着生存……”

“这本身就是一种生存方式。”白晨不带丝毫鄙夷情绪地说道，“而越是生存压力大，越会在这方面寻求发泄。”

她顿了一下，补了一句：“在野草城，有太多的外来者，太多的遗迹猎人，他们常年流浪于灰土上，有可能几周甚至几个月都没碰过女人。”

龙悦红静静地听完，想说的话最终化成了一声叹息。

夜晚就在平静和不平静交替间流动着，等到龙悦红半夜醒来，整座城市不知什么时候已彻底入睡了。

到了七点半，天刚蒙蒙亮，大地还笼罩在昏暗之中，街上已热闹起来。不少店铺开始卖早餐。其中，生意最火爆的是几家卖窝窝头的店，便宜是他们的特色。

有的店甚至只卖炭烧的热水，1卡斯一杯，是专为吃窝窝头吃到噎住的遗迹猎人们准备的——自来水也是要付费的。

“好干啊！”商见曜连吃了两个黄色的窝窝头后，做出了评价。

这种窝窝头一个得5卡斯，两个就1德拉塞。

正拿起水囊的蒋白棉白了商见曜一眼：“又没人催你，吃这么快做什么？”

“重新体会中了饿鬼道的感觉。”商见曜咕嘟喝完水，认真地解释道。

“你是想说，先适应这种进食方式，等遇到净法的时候，可以在中了饿鬼道后，额外争取几秒钟的时间？”蒋白棉有所悟，反问道。

“有备无患嘛，多算胜少算。”商见曜点了点头。

“你又在复读了！”蒋白棉先是觉得这话有点耳熟，接着才想起自己说过。

她转而笑道：“其实，准备一些容易吞咽的食物，不是更好吗？”

“不能预知什么时候会遇上净法。”商见曜将水囊挂回了武装带上。

“可以一直放在身上不吃啊。”蒋白棉反驳了一句，“不过嘛，在野草城应该是碰不到净法的，这里这么多女性，他根本控制不住自己。”说话间，蒋白棉和商见曜一起沿街边的道路往中心广场走去，目的地是猎人公会。白晨和龙悦红则慢腾腾地吃着早餐，不急着跟上。

走了几十米，蒋白棉看见一个戴宽檐圆帽的男子急匆匆地从巷子内走出来。突然，她伸出一只手，拦住了商见曜，并将目光投向了对面的楼房。

砰！一声枪响后，刚才那个戴宽檐圆帽的男子倒在了地上。整条街道瞬间陷入了寂静，失去了声音。过了几秒，尖叫声、大喊声此起彼伏。

端着冲锋枪的野草城巡逻员们匆忙奔向射出子弹的那栋楼。他们紧贴着墙边行进，防止自己也遭遇枪击。

“还算专业！”蒋白棉非常冷静地评价了一句。她刚才已经注意到，枪手在楼顶天台。

商见曜则莫名其妙地叹了口气：“可惜……”

“可惜什么？”蒋白棉略感疑惑地问道。

“再闯过一个岛，应该就能让他没法扣动扳机了。”商见曜颇为遗憾地回答道。

蒋白棉看了看南街的宽度和楼房的高度，微微点头道：“如果枪手在这几排的四楼，也不是不行。”

南街的宽度大概五米，三层楼差不多十米高，算上窗台的高度，根据勾股定理，就能简单算出狙击手如果位于四楼，且和两人大致平行，则与商见曜的直线距离在十二米左右，刚好处于双手动作缺失能力能辐射到的范围内。

而五楼和天台，就超出这个范围了。

不等商见曜回应，蒋白棉若有所思地笑道："我之前有点忽略这个能力了。在障碍物众多的城市内，在以巷战为主的环境下，它能发挥的作用应该比我预想的要大，尤其在野草城这种楼房普遍不高的地方。"

"可惜啊……"商见曜再次叹气。

"你是可惜现在没有敌人让你尝试？"蒋白棉似乎很了解商见曜。

"嗯。"商见曜诚实地点头。

蒋白棉没去说他，只正色提醒了一句："这里同样适合大部分觉醒者。"

在这里，人与人之间的距离会被建筑物明显压缩。

第23章
公会高层

闲聊中，商见曜和蒋白棉拐入了西街，走向猎人公会。此时天色尚早，公会还没有正式开门，只有几个清洁人员在里面忙碌。

蒋白棉一点也不着急，慢悠悠地绕大厅转了一圈。等回到起点，她对商见曜抱怨道："没有公会高层人员的详细介绍，太不正式了！"

在盘古生物内部，每个部门都要在墙上贴出主要责任人和相关事务负责人的资料。

"可能在楼上。"商见曜抬头看了一眼天花板。

"那贴给谁看啊？"蒋白棉在大厅边缘找到一把椅子坐了下来，"真冷啊！"她搓了搓手，大声感叹道。

"可以起来动一动。"商见曜认真地说道。

蒋白棉刚想说一句"嚯，这意见还挺正常嘛"，就听到商见曜补充道："跳个舞。"

蒋白棉觉得又好气又好笑，说道："等完成了任务，我可以给你放个假，让你想怎么跳就怎么跳，想去哪里跳就去哪里跳！"

商见曜眼睛一亮，陷入了沉思，似乎在考虑怎样才能更好更快地调查清楚另外那个旧调小组失踪的原因。

等到不少遗迹猎人吃过早饭，为生计奔波，来到大厅准备挑选任务后，公会的办事人员才陆续从楼上下来，或进入自己的位置，或启动不同的机器。

蒋白棉见状，站起身来，带着商见曜往大圆台区域走去。

这个时候，一道人影从旁边经过，抢在了他们前面。

因为蒋白棉和商见曜的外形都相当出挑，哪怕做了简单的伪装，穿着和遗迹猎人没什么差别的衣服，也如同黑夜中的萤火虫般醒目，所以那人下意识地侧头扫了他们一眼。

这是一个身高超过一米八，几乎和商见曜等高的男子——在营养普遍不良的遗迹猎人群里，这算是相当少见的身高。

他穿着黑色厚呢子大衣，三十岁左右，黑发蓝眸，五官端正，虽然算不上英俊，但兼具灰土和红河两大人种的特点，轮廓较为深刻，鼻梁特别挺。同时，他举手投足间有种沉稳自信的气质。

目送这名男子走到一个窗口前拿出一枚猎人徽章后，商见曜突然说道："鼻子太尖也不是好事……"

蒋白棉仔细琢磨了一下，才低声笑道："你是想说鼻尖会被吹红？"

刚才那名男子，整体形象不错，一看就不是好惹的那种，唯一的不足在于鼻尖部分红得厉害，略显滑稽。

"外面风太冷。"商见曜点了下头，抬手揉了揉自己的鼻尖。

"你刚进大厅的时候，也没好到哪里去……"蒋白棉话还没说完，就看见那名男子对面的公会办事员站了起来，双手将猎人徽章递出了窗口，显得非常恭敬。

地位不低啊！

蒋白棉无声地感叹了一句，然后往那名男子旁边的那个窗口走去。

"我来。"商见曜快走几步，超越了蒋白棉。

"别。"蒋白棉连忙阻止。

她环顾了一圈，用力压着嗓音道："一般的目标交给我就行了。你别滥用能力，小心暴露自己，好钢得用到刀刃上。"

对觉醒者来说，自身能力的保密同样是一件很重要的事情。如果被敌人知道，那能力不仅难以发挥作用，而且还容易被刻意针对。

"啊？你说什么？"商见曜摸了摸耳朵。

这一刻，蒋白棉终于体会到了什么叫风水轮流转。她咬牙切齿地问道："是我声音太小了？"

"嗯。"商见曜重重点头。

"那我大点声。"蒋白棉恢复了正常音量，"我来！"

说完，不给商见曜抗议的机会，她几步走到了窗口前。里面是个二十岁出头的女孩，短发大眼，长相一般，但整个人收拾得很干净。

她的胸口别着一个名牌，上面写着“苏小曼”三个字。

“我要发布任务。”蒋白棉露出了灿烂的笑容。

面对这种又漂亮又礼貌又飒爽的女性，无论男女，都会自然而然地产生一点好感，苏小曼也不例外。她略显热情地说道：“是什么任务？不同的任务审核时间是不同的，如果你能找到信用积分足够多的猎人做担保，或者有多次发布任务且认真履约的记录，相应的时间会缩减不少。”

“一个很简单的任务，报酬是一个军用罐头。”蒋白棉笑着说道，“我觉得这个任务你也能完成。”

说话间，她从衣兜里掏出了早就准备好的红烧牛肉罐头。

苏小曼见报酬已经到位，更加放心，微笑着问道：“具体是什么任务？”

“我想知道公会有哪些高层。”蒋白棉摆出一副“你懂”的表情，“我刚成为新手猎人，对公会很陌生，想多了解一些。”

苏小曼笑容未变，很是诚恳地提醒道：“虽然克里斯汀娜副会长那里确实有一些保密要求高、不能公开发布的任务，但都不是新手猎人可以接的，你们还是先做些简单的任务，把积分提上来，等成了正式猎人再考虑这方面的事情吧。”

“克里斯汀娜副会长……”蒋白棉重复了几遍，坦然笑道，“你说之前我都不知道还有不公开发布的任务，看吧，我是真正的新手。我想多了解一点公会，主要是怕不小心就得罪了不该得罪的人。我看你好像挺清楚的，要不就接了我们发布的这个任务吧？”

苏小曼接受了蒋白棉的说辞：“这也没什么重要的。克里斯汀娜副会长是从最初城那边调过来的，负责与公会总部和其他地区的公会沟通、协调、合作，同时，她还掌握着所有不便于公开发布的任务，与许多级别较高的猎人有直接联系。”

一个500克的红烧牛肉罐头在野草城至少值1奥雷，有的时候还值更多，对每月薪水不到30奥雷的公会办事人员来说，也算是不小的诱惑。

“她多大啊？”蒋白棉状似随意地问道。

“三十多岁，金色长发，浅蓝色眼睛，个子和你差不多，挺开朗的。”苏小曼大致描述了一下克里斯汀娜副会长的特征，免得眼前的新人得罪了不该得罪的人。

“嗯……”蒋白棉转而问道，“别的高层呢？”

苏小曼详细地说道：“会长是城主兼任的，他叫许立言，年纪和我差不多大，才被选为城主没几年……”

这个情报蒋白棉倒是知道，她甚至清楚许立言是“最伟大的城主”许尔德的孙子——他的父亲许无功同样做过城主，但四十来岁就因病而亡了，那个时候，许立言才十六七岁。

“会长主要负责财务和稽查这两块，很多时候都不会过来，只是派几个手下管理。”苏小曼继续说道，“我们还有两位副会长，一位叫崔恩，一位叫周林峰。崔副会长主要管我们猎人大厅这一摊子事，周副会长管安保，管我们自己的雇佣兵。呵呵，你们也可以加入的，想退也能退。”

“他们长什么样子？”蒋白棉用更加委婉的方式问道。

“崔副会长五十岁不到，是办事员出身，后来做过一段时间的遗迹猎人，对各方面的事务都很了解。他头发一点都不白，只是不多，瘦高个，鼻子有些大……”苏小曼回忆着高层们的长相，“周副会长四十岁的样子吧，很壮很结实，胳膊有我腿粗，头发剃得很短，看起来很凶，但其实挺和蔼的……”

“没有别的高层了吗？”蒋白棉没发现符合年龄条件的人。

苏小曼想了一下，道：“还有王首席，就是我们这边公会的首席猎人。”

首席猎人是猎人公会授予的一种荣誉称号，每个地区只有一个，主要看资历，而不是实力。

“他叫什么？”蒋白棉问道。

“王崇岳。”苏小曼回答道，“他五十多岁吧，不知道的人还以为是一个普普通通的老头。但公会刚建立的时候，他就加入了，后来升到了大师级猎人层次，完成了不知道多少任务。他现在负责公会的培训部门，包括新晋猎人的培训。如果有课，你可以报名学一学，学费只是象征性的。”

“好啊。”蒋白棉轻轻颔首道。

见首席猎人王崇岳也不符合年龄条件，蒋白棉笑着问道：“还有别的注意事项吗？”

苏小曼又说了一堆，而与此同时，越来越多的遗迹猎人走了过来，开始排队。

蒋白棉见状，微笑着将军用罐头推入窗口：“这个任务你完成得很好。”

苏小曼抬头看了一眼不远处的监控摄像头，眼眸微转道：“得正式一点。我马上帮你把这个任务发布上去。”

说话间，她创建了任务。

蒋白棉若有所思地回应道：“任务名就叫‘协助了解公会’。”这样命名不直接指向公会高层。

苏小曼点了点头，很快提交了任务，并做了审核。紧接着，她拿出一个猎人徽章轻轻刷了一下，接下了这个任务。然后，她点击了“任务完成”。

“这样就很正规了。”做完这件事情后，苏小曼露出笑容，拿过那个罐头，“而且我还能积信用分，你也能多一点履约信用。”

最重要的是，这就不算私自交易了。

“不错。”蒋白棉赞了一句。

她转而问道：“刚才那个人是谁啊？我看你的同事对他很尊敬。”

她指的是穿黑色呢子大衣的那个男人。

苏小曼回想了一下，压低嗓音道：“名字我不能说。只能告诉你，他三十岁不到，已经是高级猎人了！”

这是仅次于大师级猎人的层阶，足以说明他在资源、人脉、实力这几方面至少有一方面非常突出。

第24章

意外的线索

高级猎人啊，不知道是哪方面的高级……蒋白棉腹诽了一句，笑着挥了下手：“谢谢啊。”

她抢在后面排队的遗迹猎人变得暴躁前主动结束了询问。

回到大厅边缘的座位区域，蒋白棉见四下无人，遂对商见曜道：“年龄没一个符合的，得找陈旭峰弄公会高层的家庭资料了。”

“也可以直接问他们。”商见曜毫不犹豫地给出了另外一个方案。

“挨个拜访，询问他们有没有见过雷云松和林飞飞他们？”蒋白棉轻松地理解了商见曜的意思。

“对！”商见曜一副跃跃欲试的样子。

蒋白棉顿时笑道：“如果是别人这么提议，我会担心打草惊蛇，或者没法问出真相，但你就不同了。”

那都是商见曜潜在的兄弟姐妹、叔叔阿姨、干爹干妈，短时间内不会有欺骗和出卖他的问题。

“那就在这里等一等吧，看能遇到哪位。”蒋白棉回头看了一眼通往二楼的阶梯，“先别急着上去，这么大一个猎人公会，内部有觉醒者、基因改良者的概率不会低，还是得谨慎点。”

“可以把他们都变成朋友。”商见曜提出了建议。

“然后互相论证，形成闭环？”蒋白棉记得商见曜说过推理小丑的一些要点。

如果一个人成了商见曜的“朋友”，而他周围的人也能证实这是真的，那他很难发现事情的真相，摆脱错误的推理结果。

当然，在实际操作中，这是比较困难的，毕竟商见曜不可能始终跟着一个人，并用推理小丑影响这个人。

就像无根者营地的团长费林，在时常见到商见曜的这两三天内，会始终将他当成自己的“生死兄弟”，而他们的默契也在加深费林的这种认知，并给费林周围的人一个接受商见曜的理由。

等到两人分开一段时间后，即使无根者营地的人对商见曜产生怀疑，但仍然觉得团长和他比较投缘。

即便这样，他们偶然的一言一语也可能会让费林瞬间醒悟，发现真相。这也就是蒋白棉不太赞成商见曜滥用推理小丑的原因。

在他们没有杀人灭口这种前提下，被影响的人迟早会意识到问题，而知道的人越多，商见曜这个能力就越难以保密。

这又不是公司内部，环境封闭，每个人每天能接触到的对象基本固定，不会出现什么意外——商见曜之所以能让生命祭礼教团495楼的成员一直相信他是通过正式渠道加入的新人，是因为相关的人都被他说服了，形成了互相论证的闭环。而不相关的人又不清楚事情的经过，不会关心具体的细节。至于日常生活里接触的邻居和同事，信徒们肯定不可能和他们聊教团的事情。

教团的隐蔽性帮助商见曜完美地掩盖了推理小丑使用的痕迹。

当然，以灰土当前的通信条件，商见曜只要没做出什么造成巨大轰动的事情，哪怕在一个地方泄露了自身能力的特点，换个地方又是一条好汉。

面对蒋白棉的询问，商见曜微微点头道：“这很有挑战性。”

“到时候，他们会不会把你选为公会的会长？”蒋白棉先是开了句玩笑，然后正色道，“你又不清楚这里可能存在的觉醒者有什么能力，还是不要太冒险，万一对方的能力能克制你呢？比如对方是个聋子，比如对方不会好好推理，只想着怎么反驳你。”

“对聋子可以用写的方式，同样有效。”商见曜认真地说道。

至于后面那种情况，他似乎也没有办法解决。

“这也行啊？”蒋白棉若有所思地说道，“核心要素看来不是‘对话’，而是‘交流’。”

说到这里，她突然叹了口气：“可惜啊……”

“可惜我不会手语？”商见曜用一种猜谜般的语气问道。

“不是。”蒋白棉露出了笑容，很是得意，“终于轮到你跟不上我的思路了。我可惜的是有距离限制，要不然你可以靠电话或者电报和人远程交流，完成误导。这在旧世界叫什么来着？好像是……是电话诈骗？”

她话音刚落，猎人公会大厅突然变得喧闹起来。

蒋白棉回头看了一眼那些遗迹猎人，然后循着他们的视线，望向半空悬挂的巨大屏幕。

屏幕上的任务停止了滚动，显示的内容是：

紧急任务：寻找刘大壮被枪杀案的线索。

描述：11月23日上午7点56分，刘大壮在南街遭遇枪击，当场死亡，事发地点是红罗巷外3米。

报酬：只要通过审核，确认有效，一条线索最低10奥雷，最高500奥雷。

任务等级：C，100信用积分。

任务人员要求：无限制。

发布者：野草城城防军司令部。

因为这是官方机构的任务，所以没有公会担保。

在野草城，因为流动人员多，拥有武器者多，所以治安是由城防军负责的。

而500奥雷足以让一个普通家庭在野草城相当宽裕地过上一年，即使最低档的10奥雷，也能让不少已陷入困境的遗迹猎人缓过气来，毕竟对个人来说，这可是接近半个月的伙食费加廉租房房租。

虽然遗迹猎人们都不太想要钱币，他们更希望得到的是物资，但至少在最初城的势力范围内，野草城的钱币的信用度还是可以的，价值波动归波动，幅度并不是太夸张。

“这是刚才那起枪击案啊。”蒋白棉收回了目光。

已来到猎人公会，正在入口处眺望巨型屏幕的白晨则低语了一句：“刘大壮……”

“你认识？”龙悦红敏锐地问道。

白晨点了点头：“刚才没去看是谁，没想到是他。他是野草城地下市场一个比较出名的情报贩子。”

“情报贩子……难怪……”在龙悦红的认知里，这是高危职业。

这个时候，蒋白棉目光一扫，看见有几个人从侧门进来了。

为首者比蒋白棉矮一点，穿着驼色的厚呢子大衣。

她的金发柔顺地披着，眼眸呈浅蓝色，脸上毛孔略大，显得皮肤较为粗糙，是个长相一般但很有味道的三十来岁的女子。

瞬间，蒋白棉将她和猎人公会本地的副会长克里斯汀娜联系了起来。

在看到不少公会人员对她行礼之后，蒋白棉愈加肯定自己的联想了。她旋即侧头对商见曜道：“来了。”

商见曜确认了下目标，迈开步伐赶了过去。

克里斯汀娜旁边，三名穿黑色衣服的壮年男子中，其中一人上前一步挡住了商见曜。在这个过程中，他的手提到了腰间。

“克里斯汀娜副会长。”商见曜用不是太熟练的红河语喊道。

因为他外形出众，也没表现出敌意，克里斯汀娜和善地笑道：“可以直接用灰土语。有什么事吗？”

她的发音字正腔圆。

“克里斯汀娜副会长。”商见曜诚恳地说道，“我是新加入公会的猎人，你也是公会的一员；我是外来者，你也是外来者，所以……”

这番听起来有点没有逻辑的话语让商见曜就像一个急于攀附高层的新晋猎人。

克里斯汀娜表情没什么变化地说道：“所以得互相帮助。”

她旋即微微一笑：“我先要开会，等九点三十分，你到我办公室找我，三楼308室。”

说完，她走向了楼梯口。就在她和商见曜擦身而过时，她突然伸出手隐蔽地拍了一下商见曜的屁股。

始终注意着这边的蒋白棉看到了这一幕，简直惊呆了。还好她心理素质强，没表现出半点异常。

等到克里斯汀娜和她的保镖消失不见了，蒋白棉才靠近商见曜，强忍着笑意道：“有什么感想？”

“大意了。”商见曜如实说道。

“嗯？”蒋白棉隐约猜到了商见曜是什么意思。

“我应该及时喊妈的。”商见曜做起了检讨。

蒋白棉低头笑了两声，稳住了情绪，然后说道：“不怪你，她都没表现出一点异常，显然是个老手。”

安抚完组员，她打趣般问道：“等会儿……你要去吗？”

商见曜陷入了沉思，不知道在想什么。

蒋白棉则收敛起笑容，正色道：“我的意见是别去了。没有什么任务是需要靠牺牲组员来完成的。我们还有很多办法，你也还有很多目标。”

“我可以让她矫情一点。”商见曜缓慢地说道。

“这也是个办法……”蒋白棉轻轻点头，“但还是再考虑一下，慎重一点。”

他们说话间，大厅内的那块巨形屏幕又有了变化：

紧急任务（状态更新）：寻找刘大壮被枪杀案的线索。

进一步描述：案发楼房内有人遇到了枪手……

后面部分是根据目击者的回忆画出来的人像：这是一个身高不矮的男子，戴着一顶鸭舌帽，眉毛有种锐利的感觉，眼睛仿佛没有完全睁开。

蒋白棉只是一眼扫过，整个人就忽然呆住了。

虽然那幅素描画画得不是那么像，但她还是凭借主要特征联想到了一个人：雷云松！失踪的那个旧调小组的组长雷云松！

第25章
经济头脑

不会吧？以蒋白棉的心理素质，她这一刻也有点不敢相信自己的眼睛。

如果只是得知雷云松还活着，还在野草城内，她都能接受，可问题在于，这个邻组组长明明还很活跃，甚至卷入了一场枪击案，却不联系公司、汇报情况。

就算他们的无线电收发报机已经损坏或者丢失，那也可以尝试着弄台新的，或者到地下市场租赁！

难道他们查到了什么之后叛逃了？不，如果是叛逃，他们根本不会留在野草城内，他们应该很清楚，公司必然会追查……除非，这已经变成一个针对公司的阴谋……蒋白棉收回视线，望向商见曜。

商见曜感受到了她的注视，主动问道：“他用杀人来提醒公司？”

“应该没这么复杂。还有，你这个思路有点危险。”蒋白棉思索着道，“我怀疑他们是不是被什么人控制了，然后，那些人用小组其他成员的生命逼迫雷云松帮他们干一些脏活？这一点可以解释，为什么陈旭峰收到的情报是，有人在城内见过疑似雷云松和林飞飞的人，却没提到另外三个。”

另外三个有可能是人质，被关押着！

“太复杂了。”商见曜似乎又开始了复读。

蒋白棉却点了点头：“确实。单纯找人做脏活没必要弄得这么复杂，动机不足。会不会是复仇？刘大壮代表的某些人让雷云松那个小组损失惨重，只剩下了两个人？可是也得先联系公司啊，有公司提供援助，事情会简单很多……”

蒋白棉自语了一阵，吐了口气，道：“在这里瞎想也没用，我们先把任务接了吧。不管怎么说，至少有点线索了。”

商见曜以行动代替了语言，直接走到最近的桌子前，按亮上面的机器，刷过猎人徽章，接下了那个任务。这是一个无条件限制的任务，新手也能接。

等到蒋白棉也接好了任务，金发蓝眼的克里斯汀娜突然回到了一楼。这一次，她没带任何保镖。

看到商见曜后，她微微一笑道："今天就算了，临时有急事。"

说完，这个猎人公会的副会长匆匆走向侧门，离开了大厅。

"急事？"蒋白棉靠近商见曜，若有所思地自语了一句。

不等商见曜回应，她露出些许笑容道："看来你不用冒险了。嗯……从刚才这一幕，你能看出什么细节吗？"

"她只有一个人。"商见曜回答道。

"不错啊。"蒋白棉赞了一句，"一个平时需要三名保镖的人敢独自出门，说明她本身的实力也不会弱，或者说，她要见的人让她非常放心，且距离不远？嗯，相应的事情肯定还牵涉到许多秘密。"

这个时候，蒋白棉用余光看见白晨和龙悦红也接好了任务。

于是，她不再多说，指着门口道："走吧，去看看现场。"

出了猎人公会，回到南街后，蒋白棉第一时间注意到的不是案发现场，而是一堆人，一堆遗迹猎人围在刘大壮中枪倒下的地方，恨不得把路面都翻过来。

"这有什么用？重要的是枪手的位置和刘大壮身上有什么，而不是他倒下的地方。"蒋白棉瞄了一眼，摇了摇头。

刘大壮的尸体早就被城防军的人抬走了。

推测出射出子弹的那栋楼房，蒋白棉带着商见曜进了对应的院子。

下一秒，她被眼前的景象吓了一跳——许许多多的人在一个楼梯口外面排成了长龙！

"这是在做什么？"蒋白棉下意识地问道。

商见曜认真观察了几秒，做出了回答："参观。"

"排队参观天台？"蒋白棉忽然觉得这样的场景有点荒诞和滑稽。接这个任务的遗迹猎人多到超乎想象！

她快走几步，来到队伍最后方，碰了一下她前面的一个男子的胳膊，微笑着问道："这——在等什么啊？"

那男子先是不耐烦地回头，接着露出了笑容："等着和目击者对话，看能挖掘出什么新线索。"

这样一条线索至少能值10奥雷。

"好吧……谢谢啊。"蒋白棉既对这种奇妙的情况有点兴趣，又感觉相当好笑。

她忙对商见曜使了个眼色，带头靠近楼梯口，边走边嚷嚷道："我们住这里的，我们住这里的……"

在零星的"接不接活啊""多少钱一晚"的声音里，蒋白棉和商见曜挤上了楼梯，一路爬到了第四层。

遗迹猎人们组成的队伍在这里收尾，停在了一扇半掩的房门前。

蒋白棉探头看了看，发现那门上有用炭笔书写的歪歪斜斜的字样：枪击案唯一目击者，谈话时间每分钟2卡斯。

1奥雷等于10德拉塞，1德拉塞等于10卡斯。

"还……还挺有头脑嘛。"蒋白棉语气颇有点复杂。

而且这个价格也定得很好，再高一点许多遗迹猎人就要考虑值不值得，或者要不要临时组成更大的团队了。至于现在，他们更相信自己能别出机杼，问出不一样的内容，从而提取出独家线索。

商见曜同样感叹："怎么不一次收一个包子？这样能吃一个月。"

"不腻吗？"蒋白棉随口应了一句，将目光投向了这一层别的房间。

不少人家都半开着门，他们艳羡地望着长长的队伍，时不时有人高喊几声：

"他才不是唯一的目击者！"

"说不定我也看到了，只是现在没想起来。"

"……"

经过了最初的错愕、惊讶和感叹后，蒋白棉逐渐适应了这种状况，相当感兴趣地对商见曜道："在猎人公会主导的聚居点里，市民文化——如果他们算市民的话，也有了不一样的特点。"

这是蒋白棉比较感兴趣的几个方面之一。不过，她没做更多的观察，领着商见曜，抢时间般爬到五楼，登上了天台。

这里的遗迹猎人很少，而且有城防军维持秩序，无人敢破坏现场。

蒋白棉和赶上来的白晨对视了一眼，走到天台的临街护墙前，选了个位置，自言自语："枪手大概是在这里完成射击的。"

白晨靠到蒋白棉旁边，假装自己拿着狙击枪，试了试感觉。

"有点别扭。"她做出了评价。

刘大壮被子弹击中的时候，差不多已走到了南街中央，距离这边的楼房只剩三四米。

这样的角度下，要想从这里命中目标，狙击手得把身体探出天台不少，会呈现出有点扭曲的姿势。

"如果是我，会在刘大壮还没走出红罗巷的时候开枪。"白晨收回视线，补了一句。天台靠左侧区域能监控到整条红罗巷，在那里狙击里面的敌人既轻松，又方便。

"说明枪手在刘大壮还没走出红罗巷的时候，还没走到这个位置，就匆忙完成了射击？"蒋白棉看着商见曜，一本正经地和他讨论。

商见曜认真地回答道："可能他憋不住先上厕所去了。"

"不失为一个理由……"蒋白棉忽然笑道，"等会儿你可以找一找，看天台上和五楼有没有随地排泄的痕迹。"

很显然，这样的痕迹是不会被数量庞大的遗迹猎人们遗漏的。

蒋白棉紧接着说道："换一个角度想，枪手怎么确定刘大壮会从红罗巷出来？如果他很早就知道，又为什么显得这么匆忙？"

提出问题后，她思索着自行做起了回答："会不会枪手还有同伙？他们只知道刘大壮在这片区域，但没有更进一步的情报，于是分散埋伏在对面几条巷子内，寻找目标。等到发现刘大壮的踪迹，他们立刻通过对讲机之类的设备告知枪手，然后枪手从天台某个位置匆忙赶到了这里。"

这个时候，白晨已沿着天台临街这侧来回走了一遍。

她仿佛在和龙悦红对话："另外那侧能监控到黄角巷，但监控不到红罗巷。"

黄角巷和红罗巷是相邻的一条巷子。

听到这句话，蒋白棉顿时恍然大悟："枪手最开始是在监控黄角巷，他的同伴在红罗巷，等获得了确定的情报，他立刻就改变了狙击位……"

她话音刚落，商见曜已走向天台最右侧的那片区域，然后他蹲下来仔细查看地面和墙面。

“有人踩过，有人蹭到过，痕迹比较新鲜。”他如实报告。

不少遗迹猎人随之望向这边，有人迷茫，有人若有所思。

蒋白棉想了想，对商见曜道：“没什么好看的，我们下去吧。”

商见曜没有多说，跟着组长一路下行，回到了南街。

蒋白棉这才露出笑容道：“我们进红罗巷找枪手同伴遗留的线索。”

红罗巷只有两米多宽，底层散布着维修店、旧衣坊等店铺。

此时，有好几个遗迹猎人拿着刘大壮的照片，依次询问不同的店家，想知道他们有没有看见刘大壮在死前和什么人接触过。

蒋白棉见店家们都摇头。

“怎么找？”龙悦红询问白晨。

蒋白棉顿时微微勾起嘴角，笑着对商见曜道：“当然是拿照片问。”

她拿出的不是刘大壮的照片，也不是疑似枪手雷云松的照片，而是另外一个人的照片：那个旧调小组的另外一名成员林飞飞的照片。

第26章 小心求证

瞄到蒋白棉手中的那张照片后，龙悦红一下子恍然大悟：既然出现了疑似雷云松的枪手，那很可能再冒出一个疑似枪手的同伴——林飞飞！

陈旭峰提供的情报显示，那个旧调小组失踪以后，疑似被人看到过的只有这两名成员。

我怎么就没将这两件事情联系到一块？龙悦红忍不住抬手拍了一下额头，觉得自己遇到问题时思维会变得不那么活跃。

商见曜对蒋白棉拿出林飞飞的照片倒是一点也不惊讶，用一种“你果然还是走到了这一步”的语气道：“先从哪里开始问？”

蒋白棉皱了一下眉头：“你是不是想说，之前就说过让我拿着雷云松和林飞飞的照片去问人？现在的情况和昨天能一样吗？而且这又不是广撒网式的询问，在可控的范围内，不用太担心打草惊蛇。此一时彼一时。”

今天他们再找人问有没有见过雷云松就不会有任何隐患了，因为全城的遗迹猎人都在找他。

但对于林飞飞，他们相对就要有所顾忌，因为她还没有暴露。

不给商见曜辩解的机会，蒋白棉扫了一眼红罗巷内的各家店铺，抢先说道：“给我掐个表。”

她旋即走到了接近黄角巷的位置，然后高声喊道：“准备。”

等到秒针接近整点，商见曜兴致颇高地抬起右手，猛然挥下：“开始！”

蒋白棉一下埋低身体，摆动双臂狂奔起来，如同迅猛的猎豹。

龙悦红愕然地看着这一幕，还没来得及去思考组长究竟想做什么，蒋白棉就已经跑到了红罗巷外面，停在了商见曜身旁。

这样的动静自然引来了周围的遗迹猎人和路过的民众的注意，但他们都一脸茫然，仿佛在看傻子。

“几秒？”蒋白棉喘了口气，出声问道。

商见曜将目光从手表上收回：“四秒的样子。”

他这不是电子表，也不是秒表，没法弄得很精确。

“当时枪手还抱着狙击枪，天台上也有不少障碍物，四秒应该不够，以五到六秒算……”蒋白棉边说边来到了刘大壮中枪倒下的地方，然后往红罗巷入口处走了几步，自言自语般道，“给枪手留出瞄准的时间。”

站定之后，蒋白棉抬手翻腕看着电子表，按照回忆中的刘大壮的步幅和步频，往红罗巷内走去。

“一、二、三、四、五、六。”商见曜非常配合地在那里数起了数。

六秒一到，蒋白棉立刻停了下来。

到了这个时候，龙悦红隐约有点明白组长在做什么了：她在还原枪击事件的过程，以此确定刘大壮被枪手的同伴发现时的大致地点！

蒋白棉没再做什么奇怪举动，招呼着让商见曜过去。

旁观的遗迹猎人们则逐渐将目光移开，只少数几个还在注视着这边。他们认为蒋白棉在试图重现事发时的场景，而这已经有资深猎人做过了，没有人找到了什么有用的线索。

等到自身不再受到关注，蒋白棉笑着对商见曜道：“枪手的同伴不可能一发现刘大壮就用对讲机通知枪手，那样刘大壮会察觉，会提前改变路线。”

说话间，她又往前走了一段距离。

“到了这个位置，如果背过身，音量小一点，刘大壮应该就发现不了了。”蒋白棉再次停住，指着街边道，“拿照片去这几家问问。”

说话时她看着的是不远处的龙悦红。

“我？”龙悦红无声地指了下自己。

蒋白棉点了点头，对商见曜道：“得多锻炼啊。”

龙悦红深吸了口气，先走向组长，悄然接过林飞飞的照片，然后进入街边的一家电器维修店。

“老板，你好……”龙悦红颇有些局促地打招呼。

维修店的老板是个二十七八岁的男子，身上有点脏。

他头也不抬地回应道：“没见过，真的没见过！每天早上从我店门口路过的没有一百也有好几十，我哪记得住？什么刘大壮，听都没听过！”

呃，已经有一些遗迹猎人来问过了……龙悦红一听就明白了是怎么回事。

为了不让自己的“单人任务”还没开始就失败，他鼓起勇气，递出照片道：“我不想问刘大壮。”

在有点紧张的状态下，他不知想起了什么，脱口就道：“老板，我是男人，你也是男人……”

老板诧异地抬头，正好看见了林飞飞的那张照片。

他旋即露出了然的神色：“你也被她迷住了啊？哪来的照片？你有相机？这可是好东西啊！”

龙悦红怔了几秒才道：“你见过她？”

他竟然真的见过林飞飞！组长真是料事如神！

店铺外，不远处，面朝道路站着的商见曜突然疑惑自语：“他什么时候把推理小丑学会了？”

“这叫模仿，歪打正着。”蒋白棉吐了口气。一开始就找到了有用的线索让她觉得今天应该会比较顺利。

店铺内，老板欣赏着那张照片，挠了挠头，道：“就早上，也没多久，我开门的时候她就在那棵树旁了，吹着冷风，有点发抖，看着让人心疼。唉，要不是我都拖家带口了，我肯定让她进来等。”

龙悦红见有了收获，整个人都兴奋起来，忙问道：“真的是她？”

“我才见过，还能认错？我记得她这颗痣。”老板指着照片上林飞飞的左眉道。

龙悦红放下心来，追问道：“后来呢？她去了哪里？”

“那边不是有人挨枪了吗？可能吓到她了，她就回去了。”老板指了指自己的右边，“她可能就住这个院子里。”

龙悦红连声道谢，充满成就感地退出了店铺。趁周围没人，他走到蒋白棉、商见曜旁边，归还照片的同时把自己问出来的信息飞快复述了一遍。

说完，龙悦红露出发自肺腑的敬佩的表情，好奇地问道：“组长，你怎么确定这里能问出林飞飞的线索？”

“我不确定啊。”蒋白棉笑着回答。

她看了一眼巷子外的遗迹猎人们，语速很快地解释道：“如果没问出来，就说明我猜错了，那就结合现场情况再换一个方向调查。

“旧世界有句话叫‘大胆假设，小心求证’。在寻找线索这种事情上，千万不要怕犯错，每犯一个错就证明你排除了一个可能，越来越靠近真相了。

“不过，在战场上不能这样，如果犯了错，说不定就没有下次了。”

龙悦红用“又学到了”的语气道：“我明白了。”

他不再停留，和商见曜、蒋白棉分开，回到了白晨身旁。

蒋白棉随即望向林飞飞进入的那个院子，笑着对商见曜道：“该你了。”

目标是守着院子入口的看门老头。

他五十来岁，戴着军绿色的棉帽，穿着蓝色上衣、黑色长裤和棕色棉鞋，显得很是臃肿，完全不讲搭配。

“能用能力吗？”商见曜没急着过去。

“可以。”蒋白棉点了下头，“这里的每一个人都有可能与林飞飞他们的失踪有关，不能大意。”

商见曜先是吐了口气，看着它飘散成白雾，然后略显兴奋地走向了那个楼房围出的院子。很快，他抵达了入口，笑着对坐在岗亭内的看门老头道：“大爷……”

那老头眼睛一瞪，打断了商见曜的话：“想问事情先给钱。你们这些遗迹猎人一个比一个精！”

商见曜酝酿了一阵的推理小丑的说辞顿时被堵了回去。

他也不恼怒，兴致勃勃地问道：“什么都可以问？”

老头怔了一下，总觉得眼前这家伙有点怪怪的。他斟酌着回答道：“得看你能给多少钱了。”

“大爷，你看。”商见曜摆出一副讲价的姿态，“你是男人，我也是男人；你想趁机赚点钱，我也想趁机赚点钱，所以……”

老头迷糊了一下，叹了口气：“唉，穷人就别为难穷人了。

“说吧，要问什么？”

“你见过这个人吗？”商见曜递上林飞飞的照片。

“见过啊，她就住院子里。”老头指着靠黄角巷的楼房道，“看到了吗？那栋。”

“几楼几号？”商见曜进一步问道。

“我听那栋楼的老郑提过，她住二楼，最里面的房间，靠大门那侧。具体对不对，我也不知道。”老头回答道。

“谢谢啊。”商见曜拿出一根能量棒，递给了老头。

这样一来，就算老头事后回忆起来，也不会怀疑自己中了推理小丑的计，只会认为自己是被食物收买了。

果然，老头一看到能量棒，立刻喜笑颜开：“不用，不用。”

他边说不用边接了过去。

有了这笔交易，老头也就没阻止商见曜和蒋白棉进入院内。

到了相应的楼前，上至二楼，蒋白棉没急着找目标房间，而是耐心地等待了一阵。

过了一会儿，她的对讲机发出了提示音，白晨的声音随即响起：“已就位。”

蒋白棉不再耽搁，沿过道走向了靠大门那侧。

刚走几步，她皱起了眉头：“两个房间都没人。”

尽头处共有两个房间，一个靠院子，一个靠黄角巷。

按照蒋白棉的判断，雷云松和林飞飞住的应该是外侧靠黄角巷那间，因为它便于转移。白晨和龙悦红正是去了黄角巷，看看有没有人能跳窗逃离。

“没人。”商见曜道。

蒋白棉旋即加快脚步，来到目标房间前，取下武装带上悬挂的一个小工具，轻松地打开了那把略显古老的锁。

里面的布局和他们租住的地方差不多，也是高低床配桌椅板凳。房间内收拾得很干净，一眼望去，没有遗留任何属于房客的物品。

“难道他们放弃这个地方了？”蒋白棉没有懈怠，仔仔细细地搜查起来。

商见曜更是直接趴在了地上，望向床底。

“有张纸。”他突然说道。

“什么纸？”蒋白棉停下正在搜查的动作。

商见曜探手将那张纸拿了出来，起身展开。

下一秒，他和蒋白棉同时看到了纸的正面写着：

“思考是陷井，知识是毒药……

“不要再处碰书籍……

“不能重倒旧世界复责……”

第27章 扑空

看着商见曜手中的传单，蒋白棉就算心理素质再好，也有点傻眼了。

在等白晨、龙悦红就位的时候，她预想过打开房门后的各种可能，但怎么都没料到会看见这既熟悉又陌生的东西。

“难道雷云松他们的失踪和那群宣扬知识有毒的疯子有关？”蒋白棉自语起来，满是疑惑。

就在一分钟前，两者之间看起来还没有任何联系！

“他们放弃了思考？”商见曜的反问颇有点突兀，就像解开一道数学证明题时省去了中间步骤。

“目前来看，有这个可能。”蒋白棉想了好几秒，微微点头道。

她接着补了一句：“这暂时只是一个猜测，我们现在没法确定这张传单是林飞飞他们不小心遗落的，还是有意放在这儿用于误导调查者的。”

“只要能找到那个组织中的一个成员，问题就解决了。”商见曜相当认真地给出了自己的方案。

“然后你就能混进去，边参加聚会蹭吃蹭喝，边搜集线索寻找真相？”蒋白棉帮商见曜补完了整个计划。

这听起来有些荒诞，就像小孩子玩过家家，但加上商见曜的能力后，就显得合情合理了。

“从他们表现出来的智商水平推测，我能成为分发食物的那个人。”商见曜看了一眼手中的传单，抬起右臂擦了擦嘴角。

蒋白棉闻言失笑，提醒了一句：“文盲不等于低智商。”

“信这套说辞的肯定都很好骗。”商见曜相当有信心。

“这倒也是。能成为这个组织的一员，那都是被筛选过的容易受骗的人。嗯，应该也很容易被吓唬，被引导。”蒋白棉微微点头，转而笑道，“你就不担心他们的组织者，因为他们太好骗，连食物都不给了？”

“太过分了！”商见曜顿时义愤填膺。

蒋白棉沉吟了几秒道：“说正经的，还是要小心。雷云松、林飞飞他们肯定都不蠢，这一点毋庸置疑，但他们为什么会和这样一群人搅在一起？我担心你真要混进去了，智商会被拉到那个组织的平均水平线上。这不是开玩笑的，觉醒者的能力都相当诡异和可怕。”

“污染是相互的。”商见曜郑重地回应道。

蒋白棉一时竟无言以对。

她旋即走至窗前，推开一扇玻璃窗，对下方的白晨和龙悦红摆了摆手，示意他们不用再全神戒备。

然后，蒋白棉和商见曜又搜查了一遍房间，未能发现更多的线索。紧接着，他们用工具打开了对面那个房间。这也是疑似林飞飞的一处住所。

这个房间非常杂乱，各种物品放得到处都是，里面散发出一股淡淡的霉味。

相比较而言，仅有的那张桌子，表面最为整洁，摆的主要是书本、纸和一支中部缠了几圈透明胶带的钢笔。

翻查间，商见曜和蒋白棉发现那堆书大部分都有野草城公共图书馆的印戳，没有印戳的几本则给人阴湿肮脏、陈旧破烂的感觉，不知道是从哪里收来的。

没过多久，他们就确定了这个房间住的是什么样的家庭：由父母和一个孩子组成的简单家庭。父亲似乎是干体力活的，母亲在家里帮人缝补衣服，孩子十一二岁，正在自学知识。

“这样的人应该不会信那帮疯子的那一套。”蒋白棉得出了最终的结论。也就是说，这不是目标房间，他们可以离开了。

商见曜点了下头，突然走到桌子前，拿起了那支钢笔。

“你……要做什么？”蒋白棉放弃了猜测商见曜的思路。

“批改作业。”商见曜头也不回地说道。

“时间可能来不及了，如果错过了后续的线索，调查可能会就此中断。”蒋白棉没直接用组长的权威把商见曜喊回来，而是摆出事实，讲起了道理。

商见曜想了一下，边点头边埋低身体，在纸上快速地写了几个字。

也就是几秒钟的工夫，他放好钢笔，转身回来。

蒋白棉侧过身体望向桌子，看见纸上多了四个端端正正的字：好好学习。

蒋白棉顿时低笑了一声。等到出了这个房间，重新锁上门，她才嘀咕道："这会吓到他们的。"

"恐惧也是一种动力。"商见曜平静地说道。

蒋白棉斜眼看向这个家伙，"嗞"了一声："不用总是把思路弄得这么复杂。"

说话间，两人出了这栋楼，来到了位于黄角巷的那个院子的出入口。

这里同样有一个岗亭，里面坐着一个裹着深蓝色旧棉袄的老头。他脸上皱纹较多，皮肤粗糙得如同橘子皮，但头发一点也不稀疏，也没有白发。

这让人完全没法从外表判断他的年龄。

不需要蒋白棉再吩咐，商见曜直接走了过去，笑着喊道："大爷。"

看门的老头忙将手里的军绿色棉帽戴到头上，嘟嘟囔囔道："别喊得这么亲热，有话就说，要问问题就给钱。"

商见曜不慌不忙地将"你是男人，我也是男人"这些话重复了一遍。

那老头的眉毛一下变得有些"活泼"，他抬手指了指斜对面道："喏，那栋楼，有不少。"

商见曜没去纠正对方的推理偏离了推理小丑的思路，拿出林飞飞的照片道："你见过这个人吗？"

"见过。"老头的声音大了几分，"别想了，别想了，她不是出来卖的。"

说到这里，他压低了嗓音："我怀疑她是北街哪个贵族老爷养在这边的情妇，每隔几天就会有个男人过来找她。"

"你怎么知道？"商见曜好奇地问道。

老头嘿嘿一笑："我和她住一栋楼，还是同一层，怎么会不知道？"

"那你认识老郑吗？"商见曜突然改变了方向。因为红罗巷那个看门的老头说林飞飞的事情大部分是老郑告诉他的。

老头愣了一下："我就是老郑。"

"啊，那没事了。"商见曜回归了正题，"她住在靠黄角巷那个房间？"

“对。”老郑非常肯定。

商见曜继续问道：“总是来找她的那个男人长什么样子？”

“这就没法说了，他每次都戴着帽子，立着领子，还弄个口罩在脸上，鬼鬼祟祟的，一看就是有身份、不想暴露的那种人。”老郑回忆着说道，“他个子倒是挺高的，呃……比你矮几厘米的样子。”

商见曜转而问道：“你今天看到过照片上这个女人吗？”

“看到过啊，八点出头的样子。”老郑笑了起来，“她当时戴了个口罩，棒球帽也压得很低，不熟悉她的人肯定认不出来，但她每天进进出出的，我只凭轮廓就能确定是她。”

很显然，这老头格外注意林飞飞。

“她去哪了？”商见曜追问道。

老郑摇了摇头：“我怎么知道？我就看到她提着一大包东西往南街走。提的是个黑色的旅行包……”

听到这里，蒋白棉无比确定林飞飞已经转移地点了。无论刘大壮死没死，她都会转移。

又问了几个细节性问题后，商见曜拿出一袋压缩饼干递给了老郑。

“小伙子，会做人！”老郑眉眼舒展，夸了一句。

出了院子，蒋白棉、商见曜和白晨、龙悦红在黄角巷一个僻静无人的角落里会合了。

听完蒋白棉的复述，龙悦红颇为惊讶地问道：“竟然牵涉到了那个到处塞传单的组织？”

他怎么看都觉得那组织上不了台面，透着一股搞笑的气息。

“还不确定。”蒋白棉思索着说道，“但不管怎么样，都得联络陈旭峰，让他拍封电报回公司，查询一下类似组织的资料。接下来，我们有可能遇到那帮疯子，早做准备比较好。嗯……等会儿你们就在附近走一走，先别急着问有没有见过提黑色旅行包的女性，重点是观察那些遗迹猎人，看他们能翻出什么线索来。我和商见曜去给陈旭峰留信息。”

“是，组长。”白晨和龙悦红回答。

因为环境限制，他们都没有发出太大的声音。

就在蒋白棉准备再叮嘱几句时，龙悦红忽然有些疑惑地问道：“林飞飞离开那个院子的时候都懂得伪装，为什么在等刘大壮那会儿被人直接看到了脸？”

这有点不合情理。

话音刚落，龙悦红发现商见曜唰地一下看向了自己，看得他有点心虚，总觉得自己是不是又问了一个蠢问题。

蒋白棉愣了两秒，转而笑道：“不错啊，都能注意到这一点了。下次可以再深入地去想一想，把自己放到那个环境下看会做什么决定。”

表扬完后，她才解释道：“如果你是普通的遗迹猎人，到红罗巷问周边店铺的老板们有没有见过刘大壮时，还会顺便问什么问题？”

龙悦红仔细思考了几秒，斟酌着说道：“我会问，有没有见过比较可疑的人。”

蒋白棉露出了笑容：“那是一个有点漂亮、不知在路边等谁的女性可疑，还是一个帽子压得很低、戴着口罩、看不清脸的人可疑？”

龙悦红顿时恍然大悟：“那种情况下，伪装太多反而是一种特征，容易被人记住。”

“是啊。再说，短时间内，除了我们，谁会去问有没有见过林飞飞这样的女人？”蒋白棉笑着补了一句。

接着，她的语气变得有些意味深长：“但之后就不一定了。”

第 28 章
上报

“为什么？”龙悦红表示不能理解。

蒋白棉没直接回答他，转而笑道：“给陈旭峰留下消息后，我会去猎人公会，把林飞飞可能是枪手的同伴的事情报上去。”

龙悦红听得一阵愕然：“这样大家不就都知道了吗？我们可能没什么优势了。”

他们正是因为掌握着这方面的情报，才能领先所有遗迹猎人，于最短的时间内发现事情可能与宣扬知识有毒的那个组织有关。

顿了一下后，龙悦红又问道：“这会不会打草惊蛇，带来不必要的麻烦？”

原本可以隐秘推进的调查，为什么非要弄得尽人皆知？

蒋白棉看了一眼商见曜和白晨，发现一个不知在想什么奇怪的问题，一个若有所思地点了下头，于是她笑了笑，道：“这不是我们不做就不会发生的事情。”

见龙悦红依旧有点蒙，她进一步解释道：“雷云松他们小组到过猎人公会，拜访过某位高层，在这个过程中，很难不接触到里面的办事人员。以他们的长相和气质，他们虽然不至于走到哪里都成为人群的焦点，引来额外的关注，但肯定会给一些人留下不浅的印象。

“另外，陈旭峰还找过一些人帮他在城里寻觅雷云松他们的踪迹，这些人同样知道林飞飞是雷云松的同伴，甚至遇到过疑似雷云松、林飞飞的人。在雷云松的画像被展示出来后，用不了多久应该就有人能回忆起他还有同伴。”

听到这里，白晨插了一句：“猎人公会应该也会把枪手的画像扫描进电脑，看能否和哪个遗迹猎人匹配。这是他们常用的手段。”

雷云松和他的小组成员在猎人公会是留了底的。

见龙悦红逐渐了然，蒋白棉微微一笑道：“既然这件事情迟早会被人知道，甚至瞒不过今天，那为什么不由我们上报，让我们赚这笔钱？”

龙悦红一时竟无言以对。隔了几秒，他犹豫着说道：“总觉得怪怪的，就像在出卖同伴。”

蒋白棉失笑摇头，道：“这叫合理利用。在灰土上是不能有道德洁癖的，某些事情可能需要有灵活性。嗯，原则性的东西肯定还是要坚持的。”

她旋即叹了口气，补充道：“既然纸包不住火，那还不如现在就把相关的情报散布出去，借助大量的遗迹猎人，尽快找到雷云松和林飞飞他们，和潜藏的危险抢时间。在枪手被人目击后，那帮人应该是有这方面的心理准备的，不至于反应过度。”

“确实……”龙悦红被说服了。

这时，商见曜严肃地说道：“还有，最重要的一点是，那些遗迹猎人都是免费的，不需要我们提供报酬。”

需要给报酬的是野草城的城防军!

虽然商见曜的切入角度有些偏离重点，但不管是蒋白棉还是龙悦红、白晨，竟都微不可察地点了下头。

免费的劳动力谁不喜欢?

“再说，我们没多少物资了，鬼知道还要在野草城待多久。”蒋白棉环顾了周围一圈道，“能趁机赚些生活费，那肯定是好的。”

说完，她下达了命令：“我们分头行动。”

龙悦红和白晨回到了南街，在靠近红罗巷的地方来回走动，观察着遗迹猎人们的动向：刚接到任务的部分遗迹猎人再次勘查起事发现场；已问过目击者的那些人拿着素描画依次询问着周围的居民，希望能找出新的目击者；到过天台、发现了相应痕迹的少数人则进入红罗巷，挨家挨户问有没有见过可疑的人……

目光一扫间，龙悦红看到巷子口那个旧衣坊内，老板正坐在收银台后，脑袋一点一点地打着瞌睡。而店铺内，有个穿黑色厚呢子大衣的男子正在挑旧衣服。

这男子三十来岁的样子，黑发，蓝眸，鼻梁特别挺，似乎是个混血儿。

“有生意上门还在睡觉……起太早了？”龙悦红见状，无声地感慨了一句。

这时那名男子挑好了衣服，走到收钱的地方，推了推老板，将她喊醒。

等他们完成了交易，龙悦红移开视线，望向别的地方。

中心广场边缘，一把木制长椅处。

蒋白棉拿着钢笔，以大腿为桌面，在便笺上唰唰地写道：刘大壮被杀案的枪手疑似雷云松。我们据此在红罗巷内找到了疑似林飞飞的人，锁定了她的住处，但她已经转移了。她似乎加入了那个宣扬知识有毒的组织，请立刻向公司汇报，申请查看对应的资料。我们会把这条线索交给猎人公会，并宣称自己之前就受人雇佣，在寻找这几个人。如果可以，请给我们一个不会牵扯到你的、可信赖的雇主，要是不行，我们就坚守职业道德……

简略交代完重点，蒋白棉收起钢笔，折好纸，站了起来。

她对正兴致勃勃地观察来往路人的商见曜道："我很快回来。"

"去图书馆吗？"商见曜突然问道。

"哎呀，不要拆穿嘛，让我保持专业。"蒋白棉的表情略微一滞。

虽然她也知道之前自己去图书馆的借口和对图书馆着火事件的关注，很难不让一直跟着自己的商见曜产生联想，但被这么直接说出来，她还是有点尴尬的。

商见曜随之闭上了嘴巴，抬手做出横向拉拉链的动作。

蒋白棉笑了笑，将双手插入衣兜，不快不慢地走入了野草城公共图书馆，于熟悉的角落里抽出了《国内收入法典》这本书。

书的第1页被人折了起来。

蒋白棉见状，将书竖起，抖了几下。

一张折好的纸飘落而下，掉在了地面。

蒋白棉弯腰拾起，展开一看，发现是来自陈旭峰的信息：刘大壮被枪杀，凶手疑似雷云松。

"他知道得还是挺快的嘛。"蒋白棉无声地自语了一句。她旋即将自己的那张纸塞入了书中，然后展开第1页，折上第650页。

完成了这件事情后，蒋白棉把《国内收入法典》推回了原位。紧接着，她一路走出图书馆，回到了商见曜面前："走吧，去公会。"

她想了想，补了一句："可以说话了。"

商见曜顿时露出笑容，飞快将嘴巴上的“拉链”拉开了。

来到西街，进入公会后，蒋白棉扫了一圈，直奔窗口。

此时大厅内的遗迹猎人并不多，绝大部分人集中在可以自行翻任务、接任务的机器前，并没有到圆台区域，所以蒋白棉无须排队，她来到了那个叫苏小曼的办事员面前。

“我又来了。”她笑容明澈地打起了招呼。

这样的语气，这样的笑容，一下让人感觉心情愉悦，苏小曼不自觉地回以微笑：“这次有什么事？”

“刘大壮那个任务我有新线索。”蒋白棉直接说道。

苏小曼愕然地脱口问道：“这么快？”

距离任务发布还不到一个小时！

“运气好。”蒋白棉含笑说道，“我们之前接过一个找人的任务，那个时候我们都还不是公会的猎人，而需要我们找的几个人之一，越看越觉得像枪手。”

说话间，她把雷云松那张照片递入了窗口。

“这怎么像是公会的身份照？”苏小曼一看就觉得这照片应该是登记猎人身份时拍的。

她迅速调出刘大壮那个任务，比对了一下手中的照片和枪手的素描画像。

“真的很像！”苏小曼抬起脑袋，又惊又喜地说道。

蒋白棉将剩下的四张照片推了过去，压着嗓音道：“这是当时要找的另外几个人。这个人，我们刚才问过了，在刘大壮被枪杀的地方出现过，在红罗巷内。”

她用手指点了点林飞飞的那张照片。

蒋白棉说话的时候，音量控制得不是太好，附近不少遗迹猎人都望了过来，知道她找到了有用的线索。这让他们既羡慕、嫉妒，又充满期待，希望新的线索能让他们找到正确的方向，于后续的调查中分上一杯羹。

苏小曼接过照片，不敢怠慢：“我马上报上去。把你和你同伴的猎人徽章给我。”她有意把照片遮挡起来，不让周围的人看见，以免有人浑水摸鱼。

提交完这条线索，苏小曼松了口气，抬头对蒋白棉道：“接下来要审核线索是否有效，是否重复，具体得多久我也不清楚。不过这是紧急任务，应该很快，可能等一会儿就有答复了，到时候才能知道应该给你们多少奥雷。”

蒋白棉轻轻颔首：“没事，我们可以等。”

拿回自己和商见曜的猎人徽章后，她又笑着补了一句：“等会儿记得把照片还给我，我还得拿着问人呢。”

“没问题。”苏小曼刚才已经发现，这几张照片都来自公会内部，想打印多少就有多少。

蒋白棉走至大厅边缘，和商见曜坐了下来，等待新线索的公布。

过了十几分钟，一个人突然走到了他们面前。

这个人穿着黑色厚呢子大衣，黑发蓝眼，鼻梁高挺，正是之前受到公会办事员礼遇的那位高级猎人。

见蒋白棉和商见曜同时望向自己，他嗓音低沉地说道：“你们在那个女人的房间里找到什么了吗？”

第29章 正式猎人

看着面前的高级猎人，蒋白棉抬起手摸了摸耳朵：“啊？你说什么？”

那位高级猎人本来准备好的说辞，一下被堵了回去。

这个时候，商见曜侧过身体，帮忙翻译道：“他问我们在那个女人的房间里找到了什么？”

蒋白棉做出恍然大悟的样子，噙着笑容道：“我们找到的线索已经提交给公会了。等他们审核完，公布出来你就知道有哪些了。”

那个黑发蓝眸的高级猎人深深地看了他们一眼，不再追问，转过身准备离开。

“真没礼貌啊。”这时商见曜突然冒出了一句话。

“哪里不礼貌了？”蒋白棉相当配合地问道。

“向别人提问前要做自我介绍不是礼貌吗？”商见曜认真地回答道。他似乎完全不担心被对方拖出去打一顿。

那名高级猎人脚步顿了一下，没有转身，闷闷地说道：“欧迪克。”

“他的灰土语说得还挺好的。”商见曜已经在和蒋白棉聊别的事情了。

蒋白棉“嗯”了一声：“他看起来像是混血儿，说不定灰土语才是他的母语。”

欧迪克背对着他们，沉默了几秒，然后迈步离开了。

等到那名高级猎人远离了大厅边缘的座位区域，蒋白棉轻笑出声道：“还挺懂的嘛，嘲讽的本事很不错。哈哈，你自己问人的时候也没做自我介绍啊。”

商见曜严肃地回答道：“兄弟之间不需要自我介绍。”

“……”蒋白棉无从反驳。

她假装没和商见曜交流过这件事情，无聊地动了动腿，等待审核结果出来。

突然，她抬起脑袋，望向大厅的天花板。隔了几秒，她略感疑惑地说道：“上面有一群人经过，里面有一个电信号模式和人类不太一样，甚至不像动物……难道是机器人？”

商见曜同样仰望着天花板道：“都是人类的意识。”

蒋白棉唰地侧头，望向商见曜：“都是人类？”

“我可以在这个距离下让他们变得矫情。”商见曜答非所问。

蒋白棉轻松地理解了他的意思，微皱着眉头道：“人类的意识……非人类的电信号……”

这两个描述组合在一起后，答案似乎只剩下一个：永生人！

或者说，乌社教团的机械修者！

“会不会是老朋友？”蒋白棉自问自答道，“不会，净法在这种环境下早疯了。”

猎人公会的办事员里面有大量女性。

“可以上去问一问。”商见曜提出建议。

蒋白棉瞥了他一眼，根本不屑于回答。她思索着道：“也不一定就是机械修者。并不是所有的永生人都入了教团，也存在一些特例……”

这个时候，楼上的那群人已经脱离他们的感应范围。

因为缺乏足够的情报，蒋白棉没再讨论这件事情。她观察起来来往往的遗迹猎人们，试图总结出一些行为特征。

又过了十来分钟，大厅各处的扩音器传出了声音：“请提交了刘大壮被枪杀案新线索的猎人到11号台苏小曼处领取报酬。”

蒋白棉一下站了起来，拿出自己和商见曜的猎人徽章，快步走到了圆台区域。

“有多少钱啊？”她笑眯眯地询问苏小曼。

苏小曼笑着回答道：“100奥雷。然后，你们团队有两个人，每人都能获得100信用积分。恭喜你们，已经是正式猎人了！”

蒋白棉没有掩饰笑意：“还不错。”

他们四个人，一天光是吃，差不多就得花4奥雷，再算上房租，每天消耗近5奥雷，100奥雷差不多可以让他们再坚持几周。

蒋白棉将猎人徽章交给苏小曼，苏小曼刷了一下后，蒋白棉和商见曜成了正式猎人。接着，他们拿着苏小曼开出的单子和自己的猎人徽章到一楼靠内区域的财务窗口领取了厚厚一沓纸币。

奥雷呈墨绿色，最大面额为10，给他们的纸币中，除了面额为10的，还有面额为5和1的。

回到任务区域，蒋白棉发现自己提交的线索已公布出来了，甚至出现了雷云松、林飞飞他们的姓名。

蒋白棉正打算对商见曜感叹一句，忽然看见那名高级猎人又走了过来。

穿着黑色厚呢子大衣的欧迪克停在他们面前，开口问道："你们在那个女人的房间内什么都没发现？"

蒋白棉这次没有假装听不见，因为对方的声音还挺大的。

她笑了笑道："索取有价值的线索需要给出相应的报酬，这难道不是遗迹猎人们的规矩？"

不等欧迪克回应，她微笑着补充道："我现在已经领取了100奥雷的奖励，之后只收这个价的线索做报酬。"

欧迪克陷入了沉默，没有开口。

"看来你还没有想好，等想好了再来找我们。"蒋白棉一边含笑致意，一边越过了对方。

商见曜跟在她后面，和她一起出了猎人公会。

到了街上，蒋白棉回头看了一眼，若有所思地说道："在新线索公布前，这个高级猎人就知道林飞飞的存在了，而且还确定我们去了林飞飞的那个房间。难道他和本地猎人公会的高层交好，提前知道了我们提交的线索？

"不对，如果是这样，他早就应该清楚，我们只提到枪手的同伴，并没讲后续的搜查情况，看来他知道点什么。或者他发现了别的线索，非常快地确定了枪手有个女性同伴？"

自言自语到这里，蒋白棉侧头望向商见曜，发现他正定定地看着自己。

"怎么了？"蒋白棉话刚出口就觉得自己不该问。

商见曜叹了口气："你刚才把我想说的话都说了。"

“下次给你发言的机会。”蒋白棉敷衍了一句，转而笑道，“你竟然没问我为什么不把林飞飞房间内有那张传单的事情上报给公会。”

商见曜用奇怪的眼神看了蒋白棉一眼：“我又不是龙悦红。”

“不是说不在背后说朋友坏话吗？”蒋白棉先是一愣，然后边往中心广场走去，边笑吟吟地问道。

商见曜认真地回答道：“我只是在如实描述他平时的表现。”

“唉，我做了基因改良才一米七五……”蒋白棉听完之后，非常配合地补了一句。说到一半，她已不可遏制地笑出了声音。

很快，他们回到了南街，找到了白晨和龙悦红。

对视了一眼后，蒋白棉带着他们绕到奴隶市场对面的那条巷子，于一个僻静无人的角落里和他们会合了。她拿出那沓纸币展示道：“100奥雷！”

“有钱了。”龙悦红发自内心地高兴。

“还有，我和商见曜都拿到了100信用积分，成了正式猎人。”蒋白棉笑着补充道。

龙悦红略感失落地说道：“只有我还是新手。”

“下一个线索换你和白晨去提交。”蒋白棉微笑着安慰道。

接着，她把自己提交的情报原原本本地复述了一遍。

听到最后，龙悦红颇为疑惑：“组长，为什么不把那张传单的事情报上去？这样可以发动遗迹猎人，尽快找出那个组织。”

“果然……”商见曜突然冒出了一句在龙悦红听来有些莫名其妙的话。

蒋白棉强忍住笑意，看着有些蒙的龙悦红，无声地吸了口气，然后她解释道：“还不确定那张传单是不是林飞飞有意留下的。而‘有意’也分两种情况，一是有意误导后面的调查者，二是希望留下线索拯救自己。如果是后面那种情况，消息大范围地传播出去后会给林飞飞带来危险。”

“这样啊……”龙悦红再次在心里感慨组长思维缜密。

蒋白棉继续说道：“等公司回了电报，我们掌握了那个组织的具体情况，再结合实际考虑要不要把这条线索提交上去。”

“嗯嗯。”龙悦红心悦诚服。

蒋白棉看了一眼白晨，想了一下道：“你们刚才发现什么没？我们在公会内遇到一个高级猎人，他直接问我们在林飞飞房间里找到了什么。”

分享这件事情的时候，蒋白棉描述了欧迪克的大致模样，想让龙悦红和白晨后续注意这个人。

龙悦红越听越诧异：“我见过这个人！他在红罗巷那个旧衣坊内买衣服。”

商见曜立刻问道：“当时存在什么异常吗？”

“没什么异常啊……”龙悦红回忆着说道，“当时那家店的老板在打瞌睡。”

“有客人的时候打瞌睡？”蒋白棉以疑问的语气重复着这个细节性描述。

“我也觉得有点奇怪，但我们没法知道那个老板昨天晚上究竟睡没睡好。”龙悦红说出了自己的想法，“而且那个人当时什么都没做，还把老板喊醒，支付了衣服钱。”

蒋白棉认真地听完，笑了一声，侧头对商见曜道：“等会儿你去问问那个老板。如果她昨晚睡得很好，刚才却突然控制不住地犯困，那事情就有意思了。”

说到这里，蒋白棉环顾了一圈，笑着说道：“我怀疑那个叫欧迪克的高级猎人是觉醒者，有类似安眠猫和梦魇马的能力。”

第 30 章

交换情报

“啊？”龙悦红回想了一下方才所见的场景，骇然地反问道，“组长，你是说……你是说，当时旧衣坊的老板是被觉醒者的能力影响才打瞌睡的？那个高级猎人通过梦境来获取线索？”

“只能说也许。”蒋白棉相当谨慎地回道，“但如果不是这样，我暂时想不出来那个欧迪克是怎么在线索公布前就确定了枪手有一个女性同伴的，并且一路找去林飞飞租住的房间，发现我们已经搜查过一遍。”

这时安静旁听的白晨插了一句：“能在三十岁左右就成为高级猎人的人，总会有些厉害本事。”只不过有的是在团队势力方面，有的是在人脉资源上，有的是在自身实力上。

“确实。”龙悦红完全能接受一个高级猎人是觉醒者。

要知道，白晨用了那么多年才勉强从正式猎人晋升为中级猎人，而中级猎人和高级猎人之间还隔了一个资深猎人的级别。

越往后，猎人身份的晋升越困难，需要的信用积分也越多，而在前期，如果有的猎人运气不错，也许完成一两个任务就能从新手猎人变成正式猎人。

蒋白棉轻轻颔首，提醒了一句：“等会儿如果发现那个家伙在附近，千万不要走到僻静无人的地方，人越多越安全。”

见龙悦红有点怕，她补充道：“这倒不是说你们会有生命危险，而是怕你们脑子里保存的很多机密守不住。”

人在梦境中很难控制住自己该说什么不该说什么。

交代完这件事情，蒋白棉从那沓纸币里数出50奥雷递给了白晨：“补一些子弹和能够储备一段时间的食物。”

他们一路赶来野草城，虽然没怎么遇到敌人，但还是消耗了不少子弹。因为每隔几天，他们就要停车做一次射击训练，免得手变生，遇到状况时实力下降。

每一个好的枪手，天赋是一方面，依靠大量的子弹“喂”又是另一方面。

“为什么要补食物？”龙悦红不懂就问。野草城有很多吃的，丰富多样。

蒋白棉笑了一声：“可能是我这个人总是会想太多。雷云松、林飞飞的失踪，宣扬知识有毒的组织，情报贩子刘大壮的死亡，公会内疑似永生人的存在，一名高级猎人，这些事情交织在一起，有种山雨欲来风满楼的感觉啊。

“如果不出大事还好，一旦形势急转直下，更多的子弹、更多的食物就意味着我们有更多的生存机会。”

“有道理……”龙悦红想了一下，深表赞同。他觉得这能给自己带来很大的安全感。

蒋白棉转而说道：“你们接下来的任务就是补充物资，我和商见曜回猎人公会看看有什么新线索，等到了中午，没什么人在红罗巷了，再去找旧衣坊老板。”

说到这里，她微微一笑：“寻找雷云松、林飞飞行踪的任务就交给那些遗迹猎人。”

这事没什么取巧之法，主要靠排查，蒋白棉觉得没必要浪费自己团队的精力，反正有大把的“志愿者”。

知道了女性同伴这条线索，那些遗迹猎人用不了多久就能打听到林飞飞戴着帽子和口罩，提着黑色旅行包，离开了租住的地方并进入了黄角巷等信息。

而这样的打扮虽然较为特殊，容易引人关注，但在她未做停留的情况下，还是没多少人会对此印象深刻。行走间，可能只扫到一眼，双方就擦身而过了，因为人大多数时候只会对反复出现在自己视野内的事物比较在意。

和龙悦红、白晨分开之后，蒋白棉、商见曜重返猎人公会，坐到大厅边缘的椅子上等待后续的排查结果。

“有种公会高层的感觉。”等着等着，蒋白棉笑了一声，“我们坐着，别人跑腿。”

商见曜抬头看了一眼天花板：“那我们换个地方？”

“你不担心去了上面，遇到那个叫克里斯汀娜的副会长？也不知道她有没有回来……”蒋白棉轻松地理解了商见曜的意思，揶揄道。

商见曜认真地回答道：“我想过了，我可以和她一起跳舞。”

“这得往哪个方向拗？我是说关系。”蒋白棉饶有兴致地说道，“母子？姐弟？知己？同好？父女？”

她话未说完，就看见那个叫欧迪克的高级猎人从门外进来，环顾了一圈，走向了自己。

穿着黑色厚呢子大衣的欧迪克看了一眼蒋白棉耳中的金属物品，略微放大了音量道：“我可以用那个叫林飞飞的女人最后去了哪个区域的情报和你们交换。但你们需要保证，你们的收获具备价值。”

“这么快？”蒋白棉故意装出了惊讶的表情。

她怀疑欧迪克利用自身的觉醒者能力快速完成了调查，知道了林飞飞离开黄角巷后的去向——许多事情，人类清醒的时候怎么都回想不起来，但做梦时却能清楚地再现这些场景。

商见曜啪啪鼓掌，也不知道在赞美谁。

欧迪克被商见曜的鼓掌弄得有点愣住了，沉默了几秒后才说道：“我有我的办法。”

蒋白棉斟酌了一会儿，道：“好，我保证我们在那个房间里找到了具备价值的线索。如果你不信，我们可以用任务的形式来交易，由公会做担保。”

她提出后面这个建议，为的就是让对方不选，毕竟她还不希望把那个组织也参与进来了的情报弄得尽人皆知，这说不定会给林飞飞他们带来生命危险。

而她之所以相信欧迪克很可能不会选，是因为她从对方做事的风格和当前的地位判断出，这是一个道德感很强且颇为自信的人。

或者，这与他付出的代价有关——旧衣坊老板打瞌睡的时候，他明明可以拿着衣服直接走掉。

另外，如果他确实有能让人入睡和影响人的梦境的觉醒者能力，当时他是在做调查，那获得结果、喊醒对方之后，他就可以离开了，没必要真买一件旧衣服。

欧迪克想了一下道：“不用。如果不等值，我会要回差价的。”

蒋白棉闻言，悄然松了口气，毕竟她原本对自己的推测也没有绝对的把握。而经过这件事情，她对欧迪克这个人的性格特点和行事风格更加了解了。

“成交。”蒋白棉笑了起来。

欧迪克轻轻颔首，指着公会门口道：“去外面说。”

蒋白棉不快不慢地起身，悄悄地和商见曜对视了一眼，用大拇指摩擦了一下食指。她这个手势的意思是启动预案二：做好准备，一有不对，立刻使用能力！

要知道，对方很可能也是觉醒者，且能力与睡眠、梦境有关。

按照蒋白棉的预设，到时候她自己就负责吸引火力，成为对方下手的第一目标，为商见曜争取时间。

她虽然自信，也为对付觉醒者做了不少功课，但在近距离下，还是认为自己没法彻底防范，需要依靠商见曜。

这是因为觉醒者的能力多种多样，连让人心脏骤停、抹去记忆的能力都有，一般人根本防不胜防。

出了猎人公会，来到西街，欧迪克垂着双手，状似随意地说道：“林飞飞提着黑色旅行包，出了黄角巷后先是走到南街，接着到达中心广场，然后转到西街那条巷子。”

说到最后，欧迪克伸出右手，指着斜对面的一个地方。

那是一条巷子的入口，与猎人公会的直线距离在四十米以上，旁边是两个装饰浮夸的酒吧，分别叫“飞鸟”和“野树”。

“飞鸟酒吧……”蒋白棉低低地重复这个名字。

欧迪克以为她在发问，补充道：“那条巷子叫‘野狼’，后来改了名字，里面都是类似酒吧的地方，也藏着野草城的地下交易市场。我费了不小的力气才找到几个目击者，确认了林飞飞的行踪，但到那里就断了。野狼巷的人没这么早起的，不会有目击者，我们现在没法知道，林飞飞究竟是穿过巷子去了别的地方，还是进了里面的某家酒吧。”

“这样啊……”蒋白棉想了一下，从衣兜里取出了那张传单。

“这是我们在林飞飞租住的那个房间的床底下找到的。”她将传单递给了欧迪克，然后认真地关注起对方的神色变化来。

一旦她判定对方与宣扬知识有毒的那个组织有关，就会立刻让商见曜与对方“交朋友”！

欧迪克接过传单之后，展开阅读起来，眉头逐渐皱起：“他们……”

“你认识？”蒋白棉心一紧，开口问道。能在猎人公会一路晋升为高级猎人的强者，不管强在哪个领域，见识应该都不会少。

欧迪克的目光在蒋白棉和商见曜之间来回扫了两圈，他沉吟着说道：“这样的理念，这样的口号，很像一个最近几年在这边较为活跃的宗教组织。”

“叫什么？”蒋白棉本着不问白不问的心态追问道。

欧迪克神情略显凝重地回答道：“反智教。”

第31章
末人

虽然从传单的内容就能想象到那个宗教的名字可能很荒诞，说不定还包含错别字，但蒋白棉怎么都没料到，他们竟然这么赤裸裸地打出了“反智”的旗号，给人一种他们自称弱智还沾沾自喜的感觉。

“为什么叫这个名字？”蒋白棉强忍住笑意，相当严肃地问道。

商见曜抢在欧迪克之前做出了回答：“把大家的智商都拉低了，他们就变聪明了。”

欧迪克看了一眼这胡说八道的家伙，搞不清楚他只是在开玩笑，还是因为智力水平不高适合加入反智教。

缓慢地吐了口气后，欧迪克简单地解释道：“就像很多人都认为的那样，反智教也相信旧世界毁灭，是因为那个时候的人们在各个禁忌领域做着研究，带来了灭顶之灾。

“不过，他们更进一步地觉得，这都是因为人类太聪明了，掌握了太多的东西。如果旧世界的人们不阅读书籍，不学习知识，不增长智慧，不怎么思考，根本不可能去探索禁忌领域，也就不会引发旧世界的毁灭。

“他们还相信，无心病的出现、无心者的存在，除了是灾难以外，也是执岁们给予的启示：只要人类倒退到无心者的智力水平，新世界就将敞开它的大门。

“所以反智教宣扬思考是陷阱，知识是毒药，希望能焚烧掉所有书籍，毁掉一切提供教育的地方，让人们只依靠本能和父母传授的经验生活。

“至于探索未来这种事情，只需要遵从执岁的引导，听从少部分神选者的指挥就行了。

“对他们来说，思考是一种罪恶。”

听到这里，商见曜点了下头，得出结论：“那他们肯定都很好骗。”

“在灰土上，每个人需要担忧的都太多了，放弃思考也许真是一件幸福的事情。”蒋白棉以反讽的语气感叹道。

末了，她又问道：“反智教信仰的是哪位执岁？”

欧迪克沉吟了一下道：“末人[①]，执掌三月的末人。”

“末人……我记得旧世界的哲学著作里有这个名词，指的是卑微、浑噩、平庸、充满奴性的人。”蒋白棉思索着说道。

欧迪克顿时有点诧异，他看了一眼蒋白棉，没有说话。

他并不知道“末人”有这样的意思，在今天之前，他还觉得这个名词充满神秘感，不愧用作一位执岁的称号。

沉默了几秒，欧迪克环顾一圈，道：“差不多了，希望之后还有交换情报的机会。”

蒋白棉回过神来，含笑问道：“你为什么允许我们提这么多问题？我们只给了一条线索啊。”

“你们那条线索的价值在我提供的情报之上。”欧迪克坦然说道。

蒋白棉轻轻颔首，没再多问。

这时商见曜突然开口问道：“你父母中，谁是灰土人种？”

这问题问得欧迪克有点蒙，他不明白话题是怎么转到这个方向的。不过，这不是什么需要保密的事情，他随口回答道：“我父亲。”

“他姓什么？”商见曜一下有些兴奋。

欧迪克愈加不明白对方想做什么，往后退了一步，沉声说道：“欧。”

他对这种反常的情况一向比较警惕，因为他遇到过好些觉醒者，明白有的时候危险就藏在简单的一言一语中。

“噗——”蒋白棉笑出了声音，“原来你的名字……”

原来他姓欧，名迪克，而他的姓和名连起来又有红河语的感觉。

“果然是这样。”商见曜用右拳击了下左掌，摆出一副“我猜对了”的表情。

---

① 与“超人”相对的概念。

欧迪克用看精神病患者的眼神看了蒋白棉、商见曜几眼，最终什么都没说，转身走回了猎人公会的大厅。

蒋白棉目送着他离开，没有侧头地问商见曜：“你竟然没找他‘交朋友’？”

“他回答得实在是太多了。”商见曜叹了口气。

“嗯。”蒋白棉点了下头道，“在使用能力上，还是要有点底线的。你和费林团长‘交朋友’，并不会探听他的私密，主要是为了合作更方便，并保证自身的安全，所以没任何问题。而欧迪克能说的都说了，‘交朋友’只能弄清楚他是不是觉醒者，三个能力分别是什么，代价又是什么，因此在他没表现出敌意的情况下，还是算了，尽量不要打扰无辜者。”

她这是趁机教导商见曜，帮他树立正确的三观。这是组长的责任。

商见曜回了三个字：“王北诚。”

蒋白棉先是恼羞成怒，然后醒悟过来：“我只是口头假设，又没有真正打过他！”

商见曜看了一眼蒋白棉抬起的左手，将目光投向野狼巷：“不知道那些酒吧什么时候开门……”

“你想挨家挨户询问，确认林飞飞的行踪，顺便在每一家都跳支舞？”蒋白棉敏锐地反问道。

商见曜一脸震惊：“酒吧里能够跳舞？”

“别装了，你昨晚又不是没听到音乐声。”蒋白棉无情地戳穿了商见曜的伪装。

虽然公司的基础教育里不会提酒吧里除了可以喝酒外还可以干什么，但到了晚上，西街的音乐声要到凌晨两三点才会完全平息，有脑子的人都会产生一定的联想。

不等商见曜再说，蒋白棉“嗯”了一声：“这事得让小白去做，她对这边的地下交易市场熟，知道该问谁。”

“嗯。”商见曜很是遗憾，但也认可最合适做这事的人是白晨。

“走吧，没必要在公会等了，一时半会儿不会有新线索。”蒋白棉率先走向中心广场，准备做野草城民俗调查。

这是她给自己布置的“课外作业”。

行走间，蒋白棉忽然笑道：“我们小组，除了你，名字里都有颜色，大白、小白和小红，就你不合群。”

“我是阳光的颜色。”商见曜立刻做出了回应。

蒋白棉“嗯”了一声：“也是，曜有阳光的意思……”

到了傍晚，戴着灰扑扑的围巾的白晨领着龙悦红进入了野狼巷。

和上午相比，这里已非常热闹，到处都有音乐声传来。

很多没有牵挂的遗迹猎人出生入死，有今天没明天，手头一旦有点多余的钱、多余的物资，就会想着过来放纵一下。

无论是酒精，还是女人、男人温暖的怀抱，都能让他们暂时忘记生活的残酷，不用去想明天要接什么任务，去哪里冒险，还能不能活着。在猎人公会异常强大的野草城，这也使得本地酒吧、夜总会行业畸形繁荣。

在灰土上，许多流浪者聚居点没有足够的食物的时候，这边还能有多余的粮食和果物用来酿酒。

同时，野草城的市政部门还非常配合地开了绿灯，将这边的街道划在了生活区外，哪怕是冬季也不会停电。

灯光闪动，白晨和龙悦红进入了一家名叫“今天”的夜总会，绕过有不少人疯狂扭动的舞池，来到了吧台前方。

白晨屈起手指，在吧台上连敲了七下，语气平淡地说道：“两杯金奥雷。”

这是一种蒸馏过的葡萄酒，之所以叫金奥雷，是因为它在最初城很流行，像纸币奥雷一样受欢迎。

正在擦着杯子的酒保抬起头，打量了白晨两眼：“我有更好的推荐。”

“是什么？”白晨配合地问道。

酒保笑了起来：“麦穗。你们可以直接去后面品尝。”

他指了指吧台另一边似乎通往厨房的木门。

“好。”白晨转过了身体。

这时酒保也敲起了吧台表面，一共八下，间隔四长三短，交替着出现。

白晨没有回头，知道这是酒保在告诉她：约定的暗号发生了变化，下次要用这个了。

推开那扇疑似通往厨房的门后，白晨和龙悦红通过堆满杂物的房间和一条窄窄的走廊，看到了两个端着冲锋枪的黑衣壮汉。又对了一遍暗号后，他们被放了进去，沿阶梯进入地下室。

这里有一个不小的厅堂，摆放着桌椅板凳等东西，几十个人散坐着，在日光灯的照耀下和身边的朋友谈笑风生。

这看起来就像是举行私人聚会的地方，而不是所谓的地下交易市场，和龙悦红预想的完全不同。

白晨将目光投了过去，寻找着适合询问在酒吧区域有没有见过林飞飞的人。突然，她的目光凝固了。

一张暗红色的长沙发上，一个男人站了起来。

他身高普通，一米七的样子，但胳膊粗壮，身体结实，一看就很有力量。

寒冷的冬日里，这男人只穿了件黑色短袖棉T恤，下面套了条颜色鲜艳的宽松短裤，对寒冷缺乏足够的敬畏。

他剃着光头，头上文着代表最初城的青黑色狼形符号，脸上尽是横肉，属于什么都不做就可以吓哭一个小孩的那一类。

他的背后还杵着两名保镖似的黑衣男人，他们的腰间鼓鼓囊囊的，一看就藏着武器。

这个不太能看出具体年龄的男子一步步走向白晨，露出了讥讽的笑容："你还真逃出来了？你还真敢回这里？"

他的眼神一片冰凉，不含丝毫笑意。

白晨的身体微微战栗起来，整个人竟没有了往日的平静和沉稳。

龙悦红目睹这样的场景，虽然心里也有点害怕，但又觉得自己不能就这么看着。组长说过，我们要互相保护……

龙悦红一咬牙，上前几步，挡在了白晨前面。他的身体同样有点微不可察地在颤抖，但他还是望着那名光头恶男，没有退缩。

呃……其实，我也不是太矮啊！看着对方，他脑海里忽然闪过了这么一个念头。

第 32 章
尤金

光头恶男的气势非常强，白晨觉得他每靠近一步，自己心头就仿佛多了一块巨石，而且让她难以遏制地回想起了她试图遗忘的那些噩梦。她的身体轻轻颤抖着，如同遇到了天敌。

就在这时，她眼前多了一道身影，穿着黑色棉袄、略微佝偻的身影。这身影将光头恶男挡在了她的视线之外，切断了她内心恐惧的来源。

和光头恶男对视着，龙悦红心跳疯狂如打鼓。他不断地催眠自己，假装自己是商见曜，在和别人玩谁先眨眼或谁先移开视线谁就算输的游戏。

光头恶男“呵”了一声，上下打量了龙悦红几眼。然后，他笑了起来：“怎么？想英雄救美？”

说话时他脚步不停，依旧在靠近两人，极有压迫感。他的两名保镖也绕过了暗红色的长沙发，紧跟在他的后面。

龙悦红胆战心惊，不知道接下来会发生什么事情，已有了拔枪的冲动。

只要把眼前的三个人都干掉，事情就解决了！他想。

就在这个时候，从大厅靠内侧区域传来了一道略显苍老的声音：“尤金，别在这里闹事。”

光头恶男尤金缓慢地侧过身体，望向说话的那个人。

那是一个超过了五十岁的男子，裹着厚而蓬松的黑色羽绒服，似乎有点承受不住冬日的严寒和潮湿。

他面容清癯，鬓角有点发白，左手手腕上戴着一块金表，右手手腕上则有一串光润的菩提子。

尤金笑了一声："怎么能叫闹事？我只是试图拿回我丢失的财产。"

说话的半百老者沉声强调道："不管有什么纠纷，都别在我这里解决，外面有的是地方。"

尤金盯着那名老者的眼睛，眼神逐渐凶恶。

那名老者没有移开视线，泰然自若。

"哈哈，好，那我给孙叔你一个面子。"终于，尤金收回了视线。

他旋即望向龙悦红和龙悦红背后的白晨，笑着说道："希望不要在外面碰到。"

龙悦红本想放两句狠话回应尤金，却因为没有经验，没能很快组织好语言，只能眼睁睁看着尤金转过身体，一步步走回暗红色的沙发处坐了下来。

这时白晨碰了一下龙悦红的后背，低声说道："我没事了。"

龙悦红松了口气，侧过身体，让白晨走向那名坐在单人沙发上的老者。

"孙叔。"白晨喊了一声。

孙叔略微眯起眼睛，看了白晨的脸庞几秒，略带歉意地笑道："我这里来来往往的人太多，有点不太记得你是谁了。"

反正进入地下交易市场的人都会尊称他一声"孙叔"。

"没关系。"白晨的目光状似随意地扫过孙叔后面的那排保镖。

接着，她拿出林飞飞、雷云松他们的照片，弯下腰背，道："我接了个猎人任务，想问下他们之中有没有人来过这边的酒吧。"

孙叔接过照片，翻了一下，摇头笑道："有好几个熟悉的遗迹猎人来问过了，可惜，我的几家酒吧、茶馆、夜总会，这几天都没类似的人来过。这个回答免费，因为没什么价值。"

"谢谢。"白晨客气地回道。

孙叔转而笑道："有没有兴趣弄点好货？最近来了批新东西，有最初城刚生产出来的越野车和防弹能力更强的吉普车；有一批包含火箭筒在内的重武器；有灵岛出的刺激的小玩意……"

作为一个多次来过野草城地下交易市场的荒野流浪者，白晨听过灵岛，但了解不多，只知道它又叫极乐岛，位于黄金海岸之外，是一个不算大也不算小的势力的范围。岛上没什么工业，但特别适合种植违禁植物，而灰土上不少人错误地认为这类东西能缓解心理压力。

“有粮食吗？”白晨倒也没急着换个目标询问，反正她也在为小组补充物资。

“有批面粉，但已经被人定了。”孙叔摇了下头。

白晨再次道谢，走向另外一个人，重复了之前的问题。问了一圈后，她没能获得与林飞飞、雷云松相关的情报，只好带着龙悦红离开了。

在白晨询问的过程中，龙悦红总觉得尤金的视线始终落在自己身上，让他有一种芒刺在背的感觉。

出了今天夜总会，白晨沉默着返回南街。龙悦红跟在她旁边，好几次想张口询问，却又闭上了嘴巴。

在这安静的氛围里，他们绕了半圈，确认没有被跟踪后，回到阿福枪店，上了二楼，进了靠巷子的那个房间。

蒋白棉见他们回来了，边关门边问道：“怎么样？”

“都说没见过。”白晨如实回答，“我观察了他们的表情，没发现他们有什么异常。”

她知道，如果有谁收留了林飞飞，肯定不会说自己见过，所以她需要从对方的细微反应来做出判断。

“正常。”蒋白棉“嗯”了一声，“希望其他遗迹猎人能给我们些惊喜吧。”

两人对话的时候，龙悦红看了一眼白晨，不知道要不要把尤金的事告诉组长。

他犹豫间，白晨拉了拉脖子处的灰色围巾，沉默了一下，道：“我在地下交易市场遇到了一个仇家，你们之后要小心点。”

“仇家？”蒋白棉挑了下眉毛。

商见曜也瞬间变得专注。

白晨再次沉默下来，隔了几秒才意味难明地笑了一下：“单方面的仇家。只有我当他是仇家，在他的眼里，我只是一个猎物。”

蒋白棉若有所思，放弃了接这句话，转而问道：“他叫什么？哪个势力的？”

白晨缓慢地吐了口气，道：“尤金。他是最初城一支捕奴队的首领。”

说到这里，白晨抿了下嘴巴，道：“我曾经被他抓住过，当过一段时间的奴隶……”

蒋白棉等人虽然已经有所猜测，但一时不知该用什么语言来回应。

这个时候，白晨抬起右手，取下了缠在脖子上的灰色围巾。

围巾一圈圈被取下后，她的脖子显露出来。或许是很少被晒到的关系，她脖子的肤色比其他露出来的地方明显要白很多，而两侧靠下各有一个青黑色的文身，分别是一个词语和一个数字："女奴""105"。

蒋白棉的眼里流露出了些许怜悯，但很快，她就收敛神色，装作这没有什么大不了的，说道："原来是这样。等回了公司，弄点别的上去，把它遮住就好了。如果你觉得让其他人弄不太放心，我可以学一学。"

她话音刚落，商见曜突然问道："尤金长什么样子？"

因为白晨本来就是让商见曜他们注意点尤金，免得被牵连，所以她没有犹豫，直接描述道："他一米七的样子，剃着光头，光头上面有最初城的狼形符号。他的身体做过一定的机械改造，据说核心是移植了一颗人造心脏，这让他拥有超越人类的爆发力和一些厉害的技能。

"在这方面，他很懂得保密，几乎没人知道是什么技能。他很怕热，哪怕是在现在这种天气，也穿短衣短裤，这可能与机械改造有关。"

蒋白棉边思考边自语："找的便宜工坊，机械部分散热有问题？"

商见曜则追问道："他住哪里？团队有多少人？"

白晨复杂的情绪被这一连串问题冲淡了不少，她狐疑地看了商见曜一眼，道："我也是刚遇到他的，住哪里不知道，但他身边总是会有不少保镖。"

商见曜没再提问，陷入了沉思，蒋白棉瞥了他一眼，忽然对白晨笑道："没事，我们最近都是分开活动的，他应该不知道我们是同伴，倒是你和龙悦红，这几天出门得注意点。

"嗯……既然地下交易市场中没人知道，那我和商见曜去各个酒吧、夜总会逛一逛，看有没有别的线索，也顺便满足他跳舞的愿望。"

白晨先是点头，接着声音不是太大、略显吞吐地说道："尤金也会在城里绑架长得好看的年轻女人和男人，卖给最初城的一些贵族，或者卖给矿上的监工……"

说着说着，她停了下来。

蒋白棉认真地听完，摸了下自己的金属耳蜗，道："没事，我们可是盘古生物的人！"

这句话，她说得杀气腾腾。

说完，她没再耽搁，领着商见曜离开了房间，下楼进了院子。

目送他们的背影消失在门口后，白晨猛地坐到了高低床的下铺，仿佛失去了所有的力气。她的右手于床上乱摸着，仿佛在寻找什么东西。

突然，她的眼前出现了那条灰扑扑的围巾。

龙悦红将它从地上捡了起来。

第33章
行动力

阿福枪店后面的院子里，蒋白棉一边往出口走去，一边斜眼看着商见曜，呵呵笑道：“如果我不带你去，你打算找什么借口？”

“上厕所。”商见曜早有准备般说道。

“上厕所能那么久吗？”蒋白棉觉得又好气又好笑。

商见曜认真地回答道：“便秘。”

蒋白棉下意识地抬手抵住了鼻子和嘴巴。

隔了两秒，她望向旁边，咳了一声：“对了，小白最后说了什么？我只听到一点，没好意思追问。”

商见曜没嘲笑她，严肃地复述了一遍白晨的话。他说话时，蒋白棉的眼睛微微眯起。

等到商见曜说完，她“嗯”了一声，嘴角略微翘起，道：“接下来，你想做什么都可以，我只有两个要求。”

商见曜的眉眼逐渐舒展开来：“好。”

“好你个头！我都还没说是什么要求呢。”蒋白棉没好气地骂道。

她顿了顿，吐了口气，道：“第一，不能影响到调查雷云松他们小组失踪的原因这件事；第二，如果没有把握，为免于暴露自己，就转为搜集情报，之后多的是机会。”

两个要求的核心内容简单来说就是一要慎重，二要隐蔽。

“好。”商见曜还是做出了同样的回答。接着，他转过身体，走向小组的那辆吉普车，打开后备厢，翻出了一顶棒球帽。

“这能遮住什么？嗯……把衣服反过来穿吧。”蒋白棉虽这么说，还是跟着拿了顶棒球帽戴至头上，压低帽舌，挡住了小半张脸。

这样做在光比较暗淡的地方还是有一定的伪装效果的。

商见曜做出同样的动作，然后回答道：“仪式感。”

蒋白棉朝上翻了翻眼睛，懒得再搭理这家伙。出了院子，拐入南街，他们一路走到了野狼巷。

此时还不到八点半，不仅酒吧、茶馆、夜总会这些地方有光芒透出，外面的路灯也还亮着，让来来往往的行人留下了长短不一的影子。

找到今天夜总会后，戴着棒球帽的蒋白棉和商见曜走了进去。这里扑面而来的是与外界的寒风截然不同的热浪，以及响亮的、让人头晕的音乐。

变幻不停、滚来滚去的彩色灯光里，商见曜就像回了家一样，身体跟随旋律很有节奏感地轻轻摇晃起来。

这看得蒋白棉忍不住撇了下嘴。

不过，商见曜没有加入舞动的人群，而是走向靠近吧台的区域，随便找了个地方站着，然后目不转睛地注视着那扇通向地下交易市场的门——这是白晨提到过的那扇门。而且，根据她和龙悦红讲述的内容，商见曜可以初步推断出，白晨他们离开时，尤金还在里面。

至于在白晨他们出了今天夜总会后到商见曜、蒋白棉过来的这段时间内，尤金有没有离开，那就不得而知了。

商见曜抬手看了一下表，大声地对蒋白棉道：“等一个小时。”

一个小时后，如果还没发现目标，那他们就要更换策略了。

“还挺有计划性嘛……”蒋白棉本来想和商见曜讨论一下方案，帮他完善细节，现在却放弃了这个想法，她准备看一看这家伙能弄出什么花样来。

如果他的计划确实有纰漏，那还是只能由她这个组长来“擦屁股”。

在动感的旋律里，蒋白棉也轻轻扭起了身体，以免自己在这个场子里显得突兀，不够合群，引人注意。

在这个过程中，她时不时要打发走过来邀舞的人，顺便帮商见曜挡一挡“桃花”——虽然他们都戴着棒球帽，并且将帽舌压得很低，这里的灯光也偏幽暗、迷幻，让人看不清楚他们的长相，但他们的身材摆在那里，还是能吸引到一些

“蝴蝶”。

过了十来分钟，吧台附近的那扇木门往内打开，走出来三个人。

为首的是个剃着光头、穿黑色T恤和鲜艳颜色短裤的壮汉，背后跟着两名一身黑的保镖。

尤金的特点是如此鲜明，蒋白棉无须再做额外的对比，就直接确定了目标。

她侧头看了一眼商见曜，准备提醒他耐住性子，别急着跟上去，也别当场拔出手枪砰砰乱射。

可商见曜并没有做出蒋白棉担心的行为，他仿佛还沉浸在音乐声里，左右摇摆着身体。

等到尤金三人靠近夜总会的侧门时，周围区域喝酒的人里起来两个，跟在了他们的后面。与此同时，舞池内晃动的人群中，也有两人停了下来，走向侧门。

这都是尤金隐藏在暗处的保镖们。

“可以了。”蒋白棉立刻说道。

可她的声音被喧闹的音乐完全淹没了。

不过，商见曜仿佛也在等待这一刻。他迈开步伐，跟了上去，就像是另一名保镖。前面的人停住，他也停住，前面的人走，他也走。他不仅完全没有掩饰踪迹，一举一动还大有“我就是在跟着你们”的嚣张之意。

这自然瞒不过走在最后面的两名保镖，他们对视了一眼，一个继续往前，一个留在侧门旁，转身堵住了商见曜。

留下的保镖等到商见曜靠近，才在变幻、迷离的灯光中撩起衣服，露出手枪，沉声说道：“兄弟，你要干什么？”

帽子压得很低，大半个脸藏在阴影里的商见曜笑道：“我要干什么？你看——你有武器，我也有武器……”

说这句话的时候，他将右手伸入衣兜，拉出了小半个枪身。

这是冰苔手枪。

这让那名保镖有些紧张，考虑着要不要抢先射击。

商见曜仿佛没有发现气氛的变化，继续说道：“刚才你在跳舞，我也在跳舞，所以……”

那名保镖恍惚了一下，松了口气，道：“你也是老板的暗卫啊？”

“我专门对付有超自然能力的人，平时不在这边。”商见曜认真地解释道，“老板接下来要去哪里？我收到消息，有人要暗杀他。”

那名保镖一下紧张起来：“我们是去停车场，准备回营地。”

“巷子尽头的那个停车场？”商见曜追问道。

得益于之前陪蒋白棉“逛街”，他对野草城北街外的城市布局相当熟悉，而且时不时还拿出那张手绘的地图复习。

换作刚到野草城没多久的其他人，听到停车场，肯定会去东街找。

“对。”那名保镖如实地说道，“那我得赶紧去回报。”

“先别急，不要打草惊蛇，放心，有我在。”商见曜循循善诱，“老板今天用的哪辆车？”

一支捕奴队不可能只有一辆车。

“黑色越野车，很霸气，防弹的那台。老耿在那边等着，一眼就能看到。”那名保镖没有隐瞒。

商见曜点了点头：“你赶紧跟上，等会儿看我手势，第一时间保护住老板。还有，对你旁边的人保密，就说我疑似有精神病。”

“好！”那名保镖转过身体，小跑着追赶前面的尤金等人。

商见曜则侧过身体，对悄然潜至附近的蒋白棉道：“停车场。”

说完，他摆动双臂，狂奔起来。他没有沿尤金他们的路线前行，而是反方向跑回了野狼巷通往西街的那个出口，绕去旁边的巷子。到了那边，他飞快改变方向，奔向了北面，也就是停车场所在的区域。

噔噔噔的脚步声里，商见曜跑得就像一个正被十个全副武装的暴徒追赶的人。当然，确实有人在追他，而且离他越来越近。

蒋白棉的速度竟不比商见曜差，而且她的耐力和爆发力明显更好。

没用多久，他们跑到了巷子的尽头，拐向左边，从野狼巷出口经过，奔入了专门划出来的那片停车场。

这就是熟悉城市布局的好处。

而这个时候，尤金他们才走了三分之二的距离。

他们先是看见一个戴棒球帽的男子在前方狂奔而过，紧接着，有一个戴棒球帽的女人紧追而去。

“这是欠债没还钱？”尤金看得愣了一下，然后笑着猜测道。

这在野草城不算太稀奇的事情。

尤金倒没觉得危险将至，毕竟他也是身经百战，遇到过多次刺杀的人，不认为这么一件透着欢快、滑稽的事情会与自己有关。

又走了一阵，他们来到了停车场入口，尤金对守在岗亭内的老头道：“刚才是不是有人跑进去了？”

尤金虽然没觉得一追一赶的男女有什么问题，但该问的，还是得问一下，小心驶得万年船。

“对，我都还没来得及拦！”老头抱怨道。

然后，他指了个方向：“跑那边去了。”

见他们跑的方向和自家的两辆车不在同一个方向，尤金没再说什么，享受着寒风，进入停车场，踱步至一台比较高大的黑色越野车附近。

这台越野车的两侧玻璃上贴着深色的窗膜，能有效挡住狙击者的视线。

此时戴着线帽的司机正倚在车头，抽着一根简陋的卷烟。

“老耿，有什么人过来吗？”尤金最倚重的那名保镖开口问道。

司机老耿丢下烟头，踩了两脚，呵呵笑道：“没有，我这不是看着吗？”

尤金点了点头，示意两边的保镖做一下基本的确认。

其中一名保镖走了上去，打开后座车门，望向里面。

突然，保镖心里产生了一点不满的情绪：为什么做事的都是我，他们就干看着？为什么老板能吃香的喝辣的，我为他出生入死，却只能拿到一点点？我为什么要这么尽心尽力？能偷懒就偷懒吧！

抱着这样的想法，负责检查的保镖草草结束工作，回头说道：“老板，没问题。”

尤金放下心来，走向车子的另外一侧，准备进入后座。

就在这时，他耳畔传来了砰的声音。

有人在远处开枪！

尤金反应极快，猛地蹲了下去，以防弹车做遮挡。

砰砰砰！枪响不断，地面时有泥土溅起，那些保镖各自找到遮挡处，纷纷拿出枪给予回击。

司机老耿见状，连忙喊道：“老板，快上车，我先带你回营地！”

因为搞不清楚究竟有多少敌人，尤金觉得这不失为一个好办法，于是，他拉开副驾驶位置的门，左手一撑坐了上去。

哐当的关门声响起，那辆越野车发出狂暴的轰鸣声，利箭一般射了出去。它毫不减速，一路冲出了停车场，而后面的枪声还在接连不断地响起。

到了这里，尤金松了口气，侧头望了一眼驾驶座。

他的目光突然凝固了。

他旁边目视前方专注开车的司机戴的不是老耿的那种线帽，而是一顶棒球帽。

这时司机转过了脑袋，露出一张被阴影遮住了一大半的英俊脸孔，嘴角一点点地翘了起来。

第 34 章
灭迹

道旁的路灯光芒照入车内，却被深色的窗膜过滤了，车内显得异常暗淡。

这让那名司机整个人都仿佛笼罩在了阴影里，给人一种难以言喻的恐怖和森冷之感。

这是与近身格斗、持枪互射截然不同的感觉。

尤金背上的汗毛一下竖起，此时的他比以往任何时候都觉得恐惧。他霍然挺身，就要运转机械狂猛反扑。

可是，这个时候，他的双臂怎么都抬不起来，似乎已不再属于他。

他预想的一连串反击还未开始，就遭遇了超乎他想象的阻碍。紧接着，他眼前出现了一个黑幽幽的枪口。

他的额头旋即感受到了金属的冰冷。

“安静一点。”开车的司机毫无感情地说道。

这个司机正是商见曜。

和尤金的司机老耿“交上朋友”，成功说服了对方后，他就蜷缩着藏在驾驶座下方，等尤金一上来，他就立刻起身，发动了汽车。

而来自蒋白棉的远程袭击，让司机老耿愈加相信商见曜的说辞，认为这是一次精心谋划的刺杀，且保镖里有不止一名内奸存在，所以忠心耿耿的他只能让最值得信任的暗卫首领带着老板先行离开。

为了骗过内奸，他还按照吩咐做了开门、关门这个动作，假装自己上了车，实则就地一滚，躲到了附近的车后。

灯光暗淡且场面混乱的情况下，谁还能分得清楚一二三四五？

用冰苔手枪抵住尤金的额头后，商见曜单手操控着方向盘，语气平静地吩咐道：“转过去，背对我。”

听到这句话，尤金眼睛微微一眯，动作缓慢地侧过身体，转向旁边的车窗。

在这个过程中，他一直注意着对方握枪的手，发现它是那样稳定，没有半点颤抖，而放在扳机上的手指明显蓄势待发，一有不对，立刻就会按下。

这让尤金始终没能找到机会。

商见曜保持着当前的姿势又开了一段距离，然后踩下刹车。

几乎是同时，停车场围栏处翻出一道身影，两三步就冲到了越野车旁边，拉开后座的门，跃了上来。

这正是不知什么时候已戴上黑色手套的蒋白棉。

她看了一眼尤金，颇为诧异地开口：“你还没杀他？”

她话音刚落，尤金趁两人交流的空当猛地下滑，让枪口脱离自己的脑袋。与此同时，他身上传出了机械运转的声音。

突然，蒋白棉前倾身体，左手一伸，虚按住尤金的背部。数不清的银白电弧瞬间爆发，跳到了尤金身上，照得车内如同白昼。

尤金身上的机械声一下消失了，就连那颗人造心脏也受到了影响，出现了一定的故障，启动了应激保护措施。

这光头恶男的眼睛逐渐翻白，体表冒出了青烟，还散发着一股焦味。

商见曜见状，收回握枪的手，踩下油门，让车再次行驶起来。

电光逐渐平息，尤金瘫倒在座位上，下身有明显的失禁痕迹。

“做过机械改造的人都比较怕电……”蒋白棉收回左手，甩了一下，道。

因为他们体内的机械零件必须和人体神经连接，存在电流通路。

接着，她没好气地说起商见曜：“不是应该他一上车，你就开枪击毙他，然后驾车突围吗？你不担心他有反扑的手段吗？他可是做过机械改造的人！”

等蒋白棉这一连串话语停止，商见曜才边开车边回答道：“抓活口。”

“下次不要定这么高的目标。”蒋白棉无奈地叮嘱了一句。

接着，她从宽大的衣兜里拿出那个比手掌稍大的蓝底黑面小音箱，将它放到了扶手箱上：“别说，它的录音和循环播放功能还挺管用的，省了我不少子弹。”

说到这里，她专门强调了一句：“不过你也别指望单靠它就能成事，没有实弹射击，那帮老油子是不会被骗到的。嗯，这样的行动得有人配合。”

她之前完全没想到商见曜明明是出来做“黑活”的，竟然还带着小音箱。

幸好这音箱小，便于携带，如果是桑梓商团里的那种，她怀疑商见曜要扛着它做事。

蒋白棉说话间，越野车拐入了一条靠中心广场的巷子，停在了没有监控、没人来往的角落。

“把他弄醒。”商见曜边按开安全带，边请求帮助。

“你还系了安全带？”蒋白棉目睹这个场景，有些想笑。

一个“杀手”，一个“绑匪”，在达成目的、离开现场的时候，竟然非常“遵纪守法”地把安全带系上了！

“也不差这点坏事了……”蒋白棉嘀咕着，探出左手，用电击的方式“叫”醒了尤金。

尤金刚睁开眼睛，就看到了一对幽深的眸子。

商见曜飞快地说道：“你被我绑架了，你的身体受到我的控制，所以……”

尤金本来还有点恍惚的大脑愈加迷糊了。

几秒后，他畏畏缩缩地喊道：“主人。”

商见曜点了点头，将棒球帽的帽舌按得更低。然后，他对蒋白棉道：“把后备厢的衣服给他，让他换上。”

这是他在和司机老耿聊天时确认过的事情：因为偶尔会做绑匪，所以尤金总会在车子的后备厢内放几套用于伪装的衣服。

蒋白棉先确认了一下尤金身上和后备厢内那些衣服里有没有定位装置，然后才随意拿了几件，扔到副驾驶位置。

很快，尤金“自觉”地穿上了黑色长裤、蓝色外套，戴上了棕色渔夫帽和一副普通的墨镜，不再像之前那么特色鲜明。

啪！

蒋白棉拍了一下商见曜的后肩，又好气又好笑地说道：“你让他戴什么墨镜？大晚上的，嫌别人记不住见到过这个可疑之人？你发神经啊，大晚上的让他戴墨镜！”

商见曜相当为难地回答道：“他的眼睛太丑了。”

“那就让他低着头。”蒋白棉语速很快地说道。

而在尤金刚才换衣服的时候，她已打开汽车油箱，借助工具，让里面的燃油流了部分出来。

等到尤金取下墨镜，商见曜收起小音箱后，她环顾了周围一圈，辨别好方向，道：“走！”

一行三人从僻静的角落走向了另外一条没有监控的巷子，彼此友好得就像是刚从夜总会跳舞归来的同伴。

临近巷子口时，蒋白棉拿出一个暗绿色的手雷，扯掉拉环，用左手随意地往后一扔。那手雷准确地落到了车门大开的越野车内。

轰隆！

巨大的爆炸声响起，膨胀的火光点燃了周围的燃油，引发了连锁反应。

轰隆！

正在追寻车辆踪迹的保镖们没有错过这个动静，彼此对视了一眼，拿着枪，狂奔向火光腾起的地方。

枪击停止后，他们才发现明明应该带着老板离开的司机老耿竟然还留在停车场内，正躲于一辆汽车后。

当时气氛异常紧张，大家都很慌乱，本来想抓住老耿这个“内奸”，因为对方率先开枪，高喊“叛徒”，他们只能予以回击，将老耿乱枪打死。

老耿死的时候，一脸的痛苦和疑惑，似乎在奇怪为什么全都是叛徒，一个帮助他的人都没有。

噔噔噔跑了很长一段距离后，保镖们终于看见了正燃烧着熊熊烈火的黑色越野车。

完了……他们脑海里同时冒出了这么一个念头。

阿福枪店二楼，已回到房间的白晨躺在高低床的上铺，睁着眼睛，看着天花板。

她本想直接睡过去，可一闭上眼睛，脑海里就会闪过那些不堪回首的场景。

尤金凶恶的眼神，压在她身上带点机油味道的沉重身体，不服从就会遭受的殴打和惩罚，被拉着头发强行拖走带来的刺痛……全部从她的记忆深处浮现，让她的身体不由自主地颤抖。

那段时间的噩梦经历让她形成了一些不好的应激反应，一看到尤金，她就会忍不住害怕，不敢反抗。

突然，她房间的门被人敲响了。

第 35 章 由此始，由此终

“谁？”一直不敢说话的龙悦红警惕地问道。

“我们。”蒋白棉大声回答。

龙悦红松了口气，走向门口，白晨也翻身下床，准备听一听组长他们找到什么线索了没有。

房门打开后，商见曜从龙悦红身边掠过，堵在了白晨前面。他的棒球帽不知什么时候已经收起，衣服也恢复了正常，不再反穿。隐约间，白晨看见组长蒋白棉旁边还有一个人，一个戴渔夫帽、穿蓝外套的人。

“这是？”她疑惑地问道。

商见曜嘴巴咧开，露出了阳光般的笑容：“给你带了个‘朋友’来。”

白晨顿时有点愕然。她知道商见曜说话经常没谱，让人摸不着头脑，难以理解，可这种时候，组长蒋白棉往往都会补充几句，让人不至于没方向地瞎猜，而现在，蒋白棉什么都没说。等到商见曜侧过身体，让出空间，她终于看清楚了所谓的“朋友”是谁。

壮硕的尤金畏畏缩缩地站在那里，本该凶狠的眼睛中满是无助和恳求，如同一个被“教导”超过一年还没死去的奴隶。

一看到尤金，白晨就开始颤抖，似乎对方下一秒就会给她一巴掌，踹她一脚，逼她做种种恶心又充满侮辱性的事情，而她只要敢做出反抗，就会遭受加倍的惩罚。在最初几次抗争失败之后，她被折磨得头脑都不太清楚，浑浑噩噩的，胆小如鼠，只知道服从。

看见白晨后，尤金仿佛也记起了自己的某种身份，眼神逐渐凶恶，腰背挺直了起来。

就在这个时候，商见曜往他面前走了一步。

尤金的身体也开始颤抖，腰背又佝偻起来，仿佛再也无法承受身体的重量。那双凶狠的眼睛不再充满恶意，而是充满恳求。

如果尤金有尾巴，这一刻，他必然会将它摇晃起来。

直到此时，龙悦红才确认自己没有出现幻觉——

这不是尤金吗？那个可怕的捕奴队首领！他怎么会被组长和商见曜带回来？还一副摇尾乞怜的样子？

他那些保镖呢？他不是做了机械改造吗？

刚才偏北街方向发生爆炸，就是组长和商见曜在对付尤金，袭击尤金的车队？

商见曜对他使用了推理小丑能力了吗？

组长不是说去夜总会跳跳舞、寻找线索吗？怎么一下弄出来这么大的事？而且还表现得就像出门逛街，偶遇朋友，请朋友回家做客一样稀松平常！

另一边，白晨也逐渐回过神来，弄清楚究竟发生了什么。

以她的经验和见识，不难猜到，商见曜和组长出门前说的跳舞和寻找线索，只是一个借口。

他们一开始就是冲着尤金去的，并于几十分钟内就把本身实力很强、受到重重保护的尤金给带回来了。

这比暗杀他不知要难多少倍。

白晨自问，若是没有相应的心理障碍，且有足够的情报支撑，自己也是有机会狙杀尤金的，可要想活捉对方，根本不可能。

身体微微颤抖时，白晨的呼吸粗重了一些，她努力地抬起头与尤金对视。

可四目相接时，尤金的眼神又变得凶狠，他似乎不愿意在曾经的猎物面前露出软弱的神态。

商见曜随即“嗯”了一声。尤金的目光顿时闪烁起来，他慌忙看向地面。

在长时间的对峙后，都没有遭到拳打脚踢、浓痰啐脸，白晨慢慢平静下来，产生了一个认知：那个仿佛永远无法战胜的恶魔似乎只有一具躯壳了，这个恶魔没办法，也不可能再伤害到她了。

白晨的身体逐渐停止了颤抖，她的脸庞逐渐变得扭曲。她的眼睛开始发红，她的呼吸异常粗重。

突然，白晨往左半转身体，绷紧右大腿，带动小腿和脚尖，让腿如鞭子一样抽了出去，抽向尤金的双腿之间。

尤金本能地就要做出躲避，可到了这个时候已来不及了。

啪！他双腿一夹，捂着裤裆倒了下去。

这疼痛剧烈到他连惨叫都发不出来，只喉咙口有些许“嗬嗬”声，如同一只被捏住脖子的公鸡。

“嗞——”龙悦红看得下身一凉，不自觉地偏了偏身体。

蒋白棉则暗自“啧”了一声，没去打扰白晨。

呼呼踢出这么一脚后，白晨弯下腰，将双手撑在了膝盖上，大口地喘着气，仿佛刚刚用尽了全身的力量。

她眼睛里似乎有些雾气，零星有水珠滴落地面。

很快，白晨用袖子擦了一下眼眶，站直了身体。

她看了一眼蜷缩成虾状的尤金，长长地吐了口气，嗓音略有点沙哑地对商见曜和蒋白棉道：“我能找南姨一起来处理他吗？她肯定会保密的。”

想到南姨脖子上那条深色的围巾，蒋白棉轻轻颔首道：“可以。”

白晨立刻出门，沿楼梯走向底层。

“你……你们不会就是为了抓他才出去的吧？”龙悦红发现尤金已因剧痛晕厥过去，忍不住开口问道。

商见曜笑着回答道：“这叫防患于未然。”

“这……会不会太急了？”龙悦红还有点不能接受。

商见曜思索了一下：“这么好的夜晚，不上演恐怖大戏就可惜了。”

蒋白棉悄然翻了个白眼，站在虚掩的门口，注意着外面的动静。

没过多久，白晨带着穿暗红色棉袄的南姨走入了房间。

发髻高挽、风情十足的南姨小心翼翼地关上房门，看着白晨将昏迷的尤金翻到了正面。

她嘴巴一下张开，形成了一个不大的“O”，许久没有合拢。

她的身体慢慢颤抖起来，比白晨之前更加厉害。

抖着抖着，她埋下脑袋，发出了低低的笑声，却又仿佛带着呜咽。笑着笑着，她快步走到尤金旁边，蹲了下来，掀起了他的外套和T恤。

尤金的胸腹随之露出，上面镶嵌着一组组机械零件，在灯光下有着金属的光泽，有些零件上面还有好几个可以打开的孔洞。

“射击孔？”蒋白棉小声自语了一句。

蒋白棉的话语惊醒了南姨，南姨疯了般哈哈大笑：“是他！真的是他！”

笑着笑着，她双腿一软，坐到了地上，从喉咙深处挤出了细若游丝的哭声。

白晨没有阻止，她在等南姨自己平静下来。

南姨慢慢站了起来，对商见曜、蒋白棉和龙悦红重重点头道：“谢谢。”

“应该的。”商见曜非常自然地回答道。

蒋白棉本来想瞪他一眼，可又觉得这样的回答好像没什么问题。

南姨缓了一下，好奇地问道：“你们这次来野草城，就是为了对付他？”

她以为对面的几人是白晨找来的复仇帮手。

“呃……”蒋白棉一下有点犹豫，不知道该不该否定对方的猜测。

而面对这种不方便直接回答的情况，她有非常好的预案。下一秒，她侧过身体，看了一眼商见曜。

商见曜立刻回答道：“顺手。”

南姨后续的话语都被堵了回去。

阿福枪店的地下室内。

尤金缓缓地醒过来，看见了发出昏黄光芒的灯泡。

这是什么地方？他一下子清醒了，开始回忆之前的遭遇。

然后，他记起自己被人袭击，并且主动跟着袭击者来到了某个地方，被白晨一脚踢中了下身。

那一踢带来了他前半辈子从未经受过的剧烈疼痛。

想到这里，尤金再次感受到了下身的不适，那一阵阵刺痛不断袭来。紧接着，他眼前出现了几张脸孔，一个个居高临下地看着他。

其中一张属于之前遇到过的白晨，另外几张他有点熟悉，却一时想不起来。

“呜……呜……”尤金想要说话，却发现嘴巴里被塞了东西，满满当当的。

白晨注视着他，露出些许笑容，道：“不用挣扎，你身上的机械都被破坏了。”

说完，她取下脖子处灰扑扑的围巾，让“女奴”和“105”这两个印记显露了出来。

白晨的旁边，南姨跟着解开了自己的围巾，露出脖子上和白晨相似的青黑色符号：一个是“女奴”，一个是“98”。

站在旁边的另外几个女人也纷纷取下自己的围巾，露出脖子上的印记。

尤金一下明白了是怎么回事，他又想嘲笑，又想讥讽，但又发自内心地感到恐惧。

白晨没有理睬他，侧头看向南姨：“你先来还是我先来？”

南姨沉默了几秒，咬着牙道：“我来。”

她随即提起了放在旁边的雪亮匕首。

尤金知道自己即将有危险，努力让自己的眼神变得凶狠，以此震慑对方，同时剧烈地挣扎起来。

看到那熟悉的恐怖双眼，南姨又不可遏制地颤抖起来。

她颤颤巍巍地举起手中的匕首，喘了几口气，猛地往下刺去……

密室外，蒋白棉和商见曜各自靠在一侧的墙上，安静地听着里面传出的哭声、喊声和骂声。

过了好一阵子，一切终于平息下来。

他们又等了几分钟，南姨打开了门，身上是星星点点的血迹。

“我们今晚就把这个密室封起来，再也没人能打开。”南姨嗓音沙哑地对蒋白棉和商见曜提了一下后续的处理方案。

说着，她叹了一口气，自嘲般笑道：“这里本来是我们害怕尤金的追捕，专门修出来躲避他的地方，谁知道，现在却成了他的墓穴。希望他的灵魂也被封在了这里。”

啪啪啪，商见曜鼓掌，表示她说得很好。

这让在场的其他人都有点愣住了。

“好了，你们忙吧，我们上去了。”蒋白棉赶紧打了个圆场，“有什么需要帮忙的，随时可以来找我们。”

南姨点了点头，笑了一声：“你们的房租就全免了。可惜，今晚没时间，要不然可以让你们好好放松一下。”

蒋白棉顿时咳了一声：“回头再说，回头再说。”

旧调小组几人很快回到了二楼，分别走向自己的房间。

突然，白晨停下了脚步，站在门口。她背对着商见曜和蒋白棉，声音有点低地说道：“谢谢。”

第 36 章
自作孽

“啊？你说什么？”摸着耳朵发问的不是蒋白棉，而是商见曜。

这让白晨的身体僵了一下，然后，她推开房门，走了进去，没再说话。

与此同时，蒋白棉侧过脑袋，怒视着商见曜。

“帮你配音。”商见曜诚恳地说道。

“我虽然确实没听清楚小白说了什么，但猜得到啊。你啊，你把气氛和感觉全部破坏了！”蒋白棉痛心疾首，“这是多好的培养团队凝聚力的机会啊！”

说话间，她打开房门，进了屋子。

等关好了门，她表情一变，笑吟吟地望向商见曜：“说不定你还因此错过了被小白表白的机会。刚才那种情况下，你再说点温暖的或者有英雄气概的话，她一感动，说不定就找我换房间了。”

商见曜严肃地摇头：“不合适。”

“哟，还知道这个？”蒋白棉上下打量着商见曜。

商见曜认真地回答道：“她不喜欢跳舞，我们不合适。”

蒋白棉一时竟不知道商见曜是在开玩笑，还是发自内心地这么认为。

她只好半开玩笑半认真地说道：“我还以为你会说，爱人只会影响你拯救全人类。”

“睡一觉的关系和爱人是不一样的。”商见曜用一种“你是不是阅读理解不过关”的语气解释道。

“分得还挺清楚嘛。”蒋白棉觉得在这样的话题上，自己已没法占据上风，赶紧说道，“你的推理小丑的效果是不是比以前更强了？为什么尤金成为你的

‘奴隶’后，竟然怕成那个样子，就跟真的被调教了很长一段时间一样？还有，你对话的套路好像不再仅限于‘你怎么样，我也怎么样’，不再只是寻找共同点了。”

“之前就可以，但必须是与目标密切相关，且是已经发生的事实。不同的事实会导致不同的推理结果，但未必会如我预期，我得有所选择，或者主动创造。”商见曜先回答的是前面那个问题。

对于后面那个，他的答案是：“我也不知道尤金为什么会变成那个样子。对保镖、司机使用的时候，都没这么厉害。”

蒋白棉坐到了下铺，思索着道：“也是，今晚你用了三次，前面的效果都没这么夸张。或许……推理小丑的效果还和目标本身的认知有关？

“尤金长期捕捉奴隶，调教奴隶，在他心里，肯定对真正合格的奴隶有一个认定的标准。当他自认为是你的奴隶后，就开始用这个标准来规范自己的行为，一看到你就战战兢兢、瑟瑟发抖，不敢反抗。

“换作别人，就算把自己当作你的奴隶，也不会表现得这么夸张，因为他们根本不清楚一个合格的奴隶应该是什么样子，没法在细节上保持与真实的奴隶一致，只能勉强服从你。”

商见曜想了想，道：“有可能。”

蒋白棉“嗯”了一声，继续说道：“这就相当于他被推理小丑影响后，还自我催眠，于是效果好得出奇。”

说到这里，她笑了起来：“这从某种意义上来讲叫自作孽不可活。你说，尤金会不会一辈子都没有调教出过完全符合自己标准的奴隶？结果最后，最符合他的标准的最完美的奴隶竟然是他自己，有意思，真有意思……”

“人生总是充满了宿命感，在这一刻……”商见曜开始改用有磁性的播音腔。

“停，别说了！”蒋白棉立刻打断了他，免得他说出什么不吉利的话语。

商见曜颇为遗憾地坐到了桌前的凳子上。

隔了两秒，他突然说道：“尤金主要负责提供奴隶，那买奴隶的又是谁？”

蒋白棉叹了口气：“这事我已经想过了，先别问，等小白自己说。这可能和她为什么想做基因改造有关……”

沉默了一会儿，蒋白棉看向商见曜，正色说道：“还记得要做什么吗？”

“复盘。每完成一个任务都要复盘。”商见曜熟练地回答道。

“不错。”蒋白棉的眉眼舒展开来，她道，“你从头回想一遍，看看现在有什么遗留的问题容易被人追查到。”

商见曜思索着说道：“最开始用推理小丑影响的那个保镖。

“当时在夜总会侧门门口，灯光偶尔亮偶尔暗，虽然我一直戴着棒球帽，但他比我矮不少，顶多一米七，不排除他看见了我的长相的可能。

“事后，他也会发现自己被影响了，让我的推理小丑能力在一定范围内被曝光。”

蒋白棉点了点头：“没错。”

她旋即笑了一声：“开枪制造混乱的时候，我前几枪瞄准的对象都是他，他应该已经‘死’过好几遍了。”

在商见曜和那个保镖对话的时候，她就记住了对方的长相和身形特征。

“倒是尤金，那些保镖被训练得还算专业，始终挡着他的身体，让我没法击中他，要不然就不用那么麻烦了。”蒋白棉感叹之后，对商见曜道，“继续。”

商见曜抠起了细节：“我们跑向停车场的时候，太引人注目，在事后有可能成为可疑之人。”

“我们跑得那么快，还戴着棒球帽，路灯又不多，不会有谁能看清楚我们的长相。”蒋白棉笑道，“跑的时候，我还故意把腰背埋得比较低，这会让目击者产生视觉差，给出错误的身高描述。”

“难道不是为了赢我？”商见曜略有点诧异。

为了不被蒋白棉追上，他也改用了类似的跑步姿势，那样能跑得更快。

“你当我也有精神病啊？”蒋白棉没好气地回了一句，“那个时候，我们的衣服是反穿的，形象特征和白天基本对不上。”

至于在夜总会时，那样的灯光下，那样的环境中，没和谁贴身跳过舞，始终压着棒球帽的他们不可能被人看到脸，顶多有人会记得有这么两个人存在。

商见曜继续说道：“之后是司机，但停车场内没什么灯光，我也刻意和他保持了一定距离，他应该没看到我的长相，只是可能曝光我的推理小丑能力。

“我告诉了他，保镖里有不止一名叛徒，等那些保镖发现他还在停车场，气势汹汹地过去的时候，应激之下，他很有可能会开枪，引发新一轮的战斗……”

“这个处理得不错。能力曝光也就曝光吧，只要没和你联系起来就行。”蒋白棉夸了一句后道，“那司机躲得太快了，我没能锁定他，要不然可以当场解决。”

她转而问道：“你躲车里的时候，不怕尤金身边有觉醒者，或者他本人是觉醒者，提前感应到车内有人吗？”

当时情况紧急，既然商见曜有信心，她就没再多问。

商见曜相当淡定：“觉醒者应该都可以对自己做一些伪装，不让自己被别的觉醒者感应到。”

“被直接看见了身影，或者听到了脚步声呢？”蒋白棉很有求知精神地问道。

“伪装会失效，只要对方能通过五感确定你的存在，伪装就会失效。”商见曜如实回答道。

“挺神奇啊！”蒋白棉评价了一句。她没再问如果尤金那一伙人能感应电信号会怎么样，因为这是几乎不可能的事情。

在灰土上，能稳定进行基因改良、生产相应原液的仅盘古生物和白骑士团两家，能做基因改造且有不低的成功率的，则只剩下盘古生物。

而能感应电信号的基因改造属于盘古生物秘密开发的项目，技术称不上成熟，但可以称为独有。

当然，蒋白棉对此也不敢打包票，她不确定第八研究院这种比较神秘的地方有没有类似的技术。

商见曜继续复盘。他跳过了为什么不在尤金一上车就开枪的那段，说起了善后事宜：“车上可能留下的痕迹，都被你炸掉了。回来的途中，你也和我们保持着距离，不会让人觉得我们一行有三个人。在没有监控的地方，我们就已经解除了伪装，目击者很难将我们和那边的事情联系起来……”

蒋白棉安静地听完，轻轻颔首道：“差不多就是这样。最大的问题是，你没有直接枪杀尤金，而是试图抓活口，这就带来了很多变数，让事情愈加复杂，还好意外不多，都被解决了。”

批评完，蒋白棉狐疑地看着商见曜道：“除了想抓活口，还有别的目的没有？”

商见曜沉默了一会儿，道：“想吓他。”

“……”蒋白棉一时不知该从何骂起。

就在这个时候，外面有喧闹声传来。

蒋白棉立刻起身，走到桌旁，望向窗外。

此时还没有停电，每条街道上都有路灯亮着，蒋白棉看见两三个端着冲锋枪、穿着橄榄色制服的城防军进入前方的巷子，在询问路人。

城门方向同样亮着灯光，似乎也聚集了不少人，声音嘈杂。

第 37 章 对策

“尤金的捕奴队想全部进城，自己搜捕凶手，拯救老大。”蒋白棉若有所思地点了下头。

这是她根据当前的情况做出的初步判断。

接着，她笑了一声：“还闹得挺大的嘛。”

巷子内的城防军问了几个回家的路人和还开着门的店铺的老板后，转身去了别的地方，显然没什么收获。

而这个时候，城门区域的动静依旧很大。

咚咚咚。

蒋白棉和商见曜的房门被人敲响了。

“谁？”蒋白棉转身问道，一点也不惊慌。

“我。”门外传来了龙悦红的声音。

商见曜这才走过去，打开了房门。

他和蒋白棉能感应到门外有两个人，但无法确认对方的身份，只好开口询问。因为他们刚才把注意力完全放在了巷子内，不知道敲门者是不是从对面房间过来的。

龙悦红进了房间后，有些害怕地问道：“会不会查过来啊？”

他还是比较谨慎的，等白晨进了房间，关了木门，才控制着音量问道。

“如果野草城的人这样都能直接锁定我们，那真是见了鬼了。”蒋白棉相当有信心地回答道。

这顿时让龙悦红心里安定了不少。

蒋白棉看了看眼周略微红肿但整体状态还不错的白晨，笑着补充道：“就算真被发现了，也没什么啊。我们不都有撤退的预案了吗？只不过要带上南姨她们，让她们换个地方开店。”

他们的预案是抢先进入院子，开车直奔东街尽头。

那里有一座平时不开的城门，驻守的城防军相对较少。到时候，他们可以直接用死神单兵火箭筒强行轰开城门，趁夜扬长而去。

在灰土上，这也不是什么少见的事情，许多遗迹猎人奉行的是谁拳头大谁有理的准则，被逼急了什么事都做得出来，大不了以后不到野草城来就是了。

自身实力强大一点的猎人，还能反过来“收割”接了抓捕任务的人。

而蒋白棉他们这种从别处而来，背后有大势力撑腰，于本地没亲朋好友的团队，还能更肆无忌惮一点。

你野草城的规矩和我们有什么关系？

当然，这一切的前提是自身有足够强大的实力，要不然还没闹得起事，就被当场击毙了。

想到有退路，龙悦红愈加安心了。

这时蒋白棉话锋一转：“不过嘛，小白这边倒是有点问题。尤金重遇你之后，不到一个小时就遭到了袭击，难免会有人怀疑你。”

死掉的保镖是从舞池里走出来的那个，不是保护着尤金进入地下交易市场的那两个中的一个。

听到这里，商见曜握起右拳，啪地击了下自己的左掌，一脸的懊恼和遗憾。

“你在……想什么？”蒋白棉开口问道。

“控制住尤金后，我应该把车开回去，把那几个保镖都解决掉。”商见曜露出一副“我还是不够谨慎”的表情。

只要他们都死了，就没有目击证人了，就不会有人能联想到白晨了。

蒋白棉一阵无语。

隔了几秒，她揉了揉额角，叹了口气，道：“这样会有太多的意外，时间拖得越久，我们越难全身而退。再说，那些保镖的实力都不弱，哪怕你有觉醒者能力，也不一定能把他们都干掉，一不小心自己都会有危险。但凡他们逃脱一两个，你的样子说不定就会曝光。”

这个时候，城门区域的动静逐渐平息下来。

蒋白棉转而询问白晨："尤金的仇家多吗？"

"多。和他存在利益牵扯、有动机干掉他的也很多。"白晨平静地回答道，"即使限定在野草城，这样的人和势力也不少。"

蒋白棉轻轻颔首："这样还好。"

她又问起另外一件事情："尤金的捕奴队有多少人？火力怎么样？"

商见曜听到这个问题，眼睛骤然发亮。

白晨思索着道："最初城的捕奴队分两种：

"一种与军队有关，算是半正规的组织。

"一种是靠走关系，弄到捕奴证后，自己组织的队伍。

"尤金的捕奴队属于后面这一种。但就算是这样，这个组织也有五六十个人，有很多辆车，有机枪和火炮，能够摧毁一个普通的荒野流浪者聚居点。"

白晨沉默了一下，补了两句："尤金是最初城元老院一个长老的心腹，他的队伍里可能有管制武器。"

"难怪……"蒋白棉道，"难怪尤金的捕奴队敢冲击野草城。"

当然，这只是她个人的猜测，做不得准，毕竟她没有亲眼看到城门口的情况。

缓慢吐了口气后，蒋白棉微皱着眉头道："我现在犹豫的是这两天让不让小白上街。让吧，肯定有人找她协助调查。

"哪怕她的嫌疑较小，又没在现场出现过，也会经历这么一个流程。而且这又不是在公司内部，那些调查人员肯定什么都会问，什么手段都会使，说不定还会让小白带他们到这栋楼里转一转。

"那就比较麻烦了，一不小心就会暴露。不让吧，这一下突然失踪岂不是更让人怀疑？"

白晨思考了一下，坦然说道："我现在也不知道该选择哪个。"

"没事，容我想想，明早给你答案。"蒋白棉先是宽慰了对方一句，然后环顾了一圈，堆起笑容道，"如果我没想出来，那咱们就集体讨论。"

她话音刚落，房间内的灯就熄灭了。

巷子里的几盏路灯随之被黑暗吞没。

又到了每天停电的时间了。

听到外面的喧闹声逐渐平息，蒋白棉让龙悦红和白晨回房睡觉，不要再忧心这件事情。

等到屋子内只剩下她和商见曜，商见曜突然说道："我有解决的办法。"

"什么？"蒋白棉一下提高了音调。

商见曜平静地说道："趁晚上溜出城，把尤金捕奴队营地的武装人员给端了。只要他们都没了，事情也就解决了。"

没有了苦主，野草城估计就随便调查一下。

"好办法。"蒋白棉啪啪鼓掌，学商见曜学了个十足。

她紧接着说道："现在唯一的问题是，我们两个怎样才能端掉一个营地的武装人员？"

商见曜似乎已想过方案，说道："首先，我假装有线索，和营地入口的守卫搭上话，成为'朋友'。

"接着，再让他带我去见营地现在的负责人，抓住机会，和那个负责人也成为'朋友'。

"然后，以找到线索、准备行动为借口，让负责人把所有成员召集到放弹药的地方。

"最后，我们每人往里面扔一颗手雷，免得出现意外。

"如果你觉得只靠我们两个不行，一对三十太危险，可以把白晨、龙悦红叫上做辅助，一对十五就在可行的范围内了。"

"可行个头啊！"蒋白棉又好气又好笑地骂道，"你以为你是净法，钢筋铁骨，不怕子弹啊？"

骂完之后，蒋白棉又诚恳地说道："其实，这计划还真有可行性，虽然非常疯狂，但似乎能够达到目的。

"唯一的问题是时机不对。"

她正色道："如果尤金的捕奴队没能进城，负责的人又有一定的经验，在仇家众多、敌对势力蠢蠢欲动的情况下，他肯定会让所有手下武装起来，任何敢靠近营地的人都会被直接开枪射杀。

"就算他没有下达这样的命令，现在的营地内也必然是三步一哨，五步一岗，你去见负责人的途中遇到的捕奴队成员不会少。

“你敢肯定，他们不会和你新交的‘朋友’说上几句，从而让推理小丑的影响失效？”

见商见曜隐约有点失望，蒋白棉露出笑容，道：“安心睡觉吧，我已经想好办法了。”

“是什么？”商见曜追问道。

蒋白棉笑了一声：“明早再告诉你，免得你晚上睡不着。”

第二天清晨，六点出头，天还很黑。

商见曜已翻身坐起，等待蒋白棉醒来，告诉他办法是什么。

过了一会儿，蒋白棉从上铺爬了下来，一脸兴奋地对商见曜说道：“我想到办法了！”

商见曜看着她，皱着眉问道：“你不是昨晚就想好了吗？”

蒋白棉一下语塞，这才记起自己在睡前说过什么。

她旋即干笑了两声，道：“我作为一个团队的首领，稳定军心永远是我的第一选择。再说，我这不是已经想到了嘛！办法总比困难多！”

她摆出一副“快问我究竟想到了什么办法”的姿态。

商见曜沉思了几秒，开口问道：“你是不是一晚没睡？”

“这不重要。”蒋白棉的脸差点垮了下去，她勉强才保持住运筹帷幄的高大形象。

商见曜这才转回正题：“是什么办法？”

蒋白棉的笑容逐渐灿烂：“让小白去配合调查。但我们可以提前做点准备，让调查在预想的场景下进行，让结果在我们的掌控之中。”

见商见曜还有点不解，蒋白棉笑着补充道：“小白确实没有袭击过尤金，这是经得起调查的一件事情。

“只要你提前使用推理小丑的能力，让她不再当我们是同伴，让她觉得自己没有参与过后面的行动，甚至不往这方面想，那任何调查她都能通过，包括使用觉醒者能力的调查。

“然后，等到调查结束，消除推理小丑能力的影响。”

说到这里，蒋白棉笑得像只偷到了小鸡的狐狸：“我们还能选择时机，让我们熟悉的人做调查者。比如那个疑似能影响梦境的欧迪克。让人在梦境中保持清醒，你不是有经验吗？”

商见曜一下变得兴致勃勃：“可怎么让欧迪克负责询问白晨呢？”

第 38 章
双重效果

黑咕隆咚的房间内，蒋白棉走向窗边，望着沉寂的巷子，微笑着说道：“这需要主动去创造条件。你想，小白不管是形象特征还是擅长的武器，都和袭击者有天渊之别，而且又是没什么背景的苦哈哈的遗迹猎人，不太可能有强大的势力作支撑，在嫌疑者名单里绝对是排在倒数几位的。甚至可以这么说，她除了和尤金有仇，恰好和对方在出事前有过偶遇，没有任何值得怀疑的地方。

“这样的人，往往在顺带排查时，不会受到多大的重视。我们可以等一会儿，等到城防军和尤金团伙的代表分散出去，调查更具嫌疑的那些人和势力后，让小白去猎人公会主动接下协助调查的任务，显示她的坦荡。然后，她要强调她只信任猎人公会，只在公会内部接受询问。

“在别的地方，这样的要求肯定不会被满足，但野草城不同，猎人公会和城主府在某种程度上是一体的，在猎人公会接受询问和在城防军总部接受询问没有本质的区别。同时，让小白强调她还在为生计奔波，还有任务没有完成，时间非常有限，以此催促猎人公会尽快派人询问她，展开调查。这一点，做过遗迹猎人的都能理解。

“那么，在小白嫌疑不大，城防军和尤金团伙那边又一时派不出合适人手来调查的前提下，猎人公会从内部或者足够信任的猎人里，挑一个擅长盘问和调查的人来负责审问小白，便成了顺理成章的事情。”

商见曜认真听完，点了点头：“这不能保证负责审问白晨的是欧迪克。”

能达到高级猎人层次的强者，在猎人公会看来，都是足够有信用，可以合作的对象。

“肯定不能保证啊，只能说可能性很大。”蒋白棉再次露出了笑容，“你有没有注意到一点，欧迪克存在滥用能力的倾向？这个滥用不是说在不必要的场合对不必要的人使用，而是他似乎很习惯用相应的能力来解决问题，哪怕问题不大，有别的办法……”

说到这里，蒋白棉忽然有点语塞，因为她想到接下来的计划执行时也是比较依赖商见曜的能力的。

不过，她很快就找出了足够说服自己的理由，继续说道：“当时，红罗巷内遗迹猎人不少，来往者众多，欧迪克竟然还敢让旧衣坊的老板沉睡，从而获取相应的场景，找出线索，一点也不害怕暴露。这表明他艺高人胆大，非常自信，不怕意外。

“这样的人在完成别的任务时会有所收敛吗？他会不会已留下了擅于寻找蛛丝马迹、擅于突破他人的心理防线、得到真实回答的名声？而有这样名声的人，会不会成为猎人公会寻找相应帮手时首先考虑的对象？

“我们到时候最好在确认欧迪克在公会大厅内以后，再让小白进来。嗯……本地猎人公会内部应该没有擅长做这方面事情的人，要不然在刘大壮被枪杀案中，就不会是欧迪克率先发现线索了。”

蒋白棉这是将他们小组排除在外了。

商见曜表示赞同，接着说道：“唯一的问题是欧迪克究竟有没有梦境、睡眠方面的觉醒者能力。”

“所以得做两手准备。”蒋白棉早有考虑，笑着说道，“一方面是防类似催眠、魅惑的能力，另一方面是防梦境的影响。”

说完之后，蒋白棉记起一事，连忙问道：“你的推理小丑能叠加效果吗？”

这才是问题的核心。

商见曜思索了一下，道：“我没试过。理论上可以，只是不同效果之间不能彼此矛盾。”

“那等会儿先试一下。”蒋白棉舒了口气。

商见曜又想了一会儿，再次问道：“如果是与记忆相关的觉醒者能力呢？”

他似乎遇到过一个。

“那就没救了，你又不能操控记忆。”蒋白棉摊了摊手，“如果真是这样，小白的真实记忆受到触动，相应的推理小丑就会失效。嗯，让她第一时间求救，我们冲进去把她和小红带出来，开车闯出野草城，而这需要我们提前把吉普车开到离猎人公会最近的能够停车的地方，把所有物资都放在上面。”

这是最坏的打算。

当时蒋白棉虽然给商见曜提了两个要求，让他不能影响到后续的任务，但真正开始行动时，她并没有阻止。

她原本的打算是先搜集情报，等过几天再动手，那样一来，那些人怀疑到白晨身上的可能性就更低了。她甚至还能在袭击尤金的过程中有意留下线索，把祸水引向尤金团伙的对手。

谁知道，商见曜的行动力强得可怕。

她只好想，大不了出城之后，换辆车换个形象做好伪装再进来。

以野草城鱼龙混杂的现状，这不是异想天开。

总而言之，帮白晨出气比完成任务重要！

公司在这里又不是没别的人可用，不是非得让旧调小组来做事。

最后，蒋白棉总结道：“任何事情都不会有百分之百的成功概率，最重要的是做好应对失败的准备。”

等到天色亮了一点，白晨主动过来敲门，说出了自己的想法：“我和龙悦红还是失踪一段时间比较好，这样不会影响到你和商见曜，你们可以继续调查雷云松他们小组的失踪原因。”

她和龙悦红大不了就在南姨这里窝个一两周，说不定还不用这么长时间。

“我也考虑过这个办法，但现在有更好的。”蒋白棉笑着回应道。

她将自己的计划讲了讲，但没说得那么详细，免得影响之后的推理小丑效果。

白晨思考了一会儿，道：“可以试一试。”

龙悦红则有点担忧：“会不会太冒险了？”

“只能说确实有一点，然后，还要和南姨她们把口供对好。”蒋白棉没有强行劝说，看着白晨道，“具体选哪个，由你来做决定。总之，你记住一点，不管采用哪个方案，对我和商见曜来说都没太大区别，重要的是你自己的想法。”

白晨陷入了沉思，好一会儿才道：“目前不知道尤金的‘失踪’事件会发酵成什么样子。如果到了封锁城市、挨家挨户搜查的程度，躲在这里也是有一定危险的，还不如趁早把嫌疑洗清，到岸边看戏。”

“好吧。”龙悦红思绪翻腾了一阵，终于还是做出了选择。

蒋白棉笑着看了他一眼：“不错，胆子越来越大了。我们先出去吧，免得产生干扰。”

房间内很快就只剩下商见曜和白晨。

“开始吧。”白晨平静地说道。

商见曜嘴角挂着微笑，眼神一下变得深邃：“你看，野草城有很多你不认识的遗迹猎人组合，我和蒋白棉也是一个遗迹猎人组合，所以……”

白晨的眼神逐渐变得古怪，她似乎在疑惑自己为什么会在这个房间里。她警惕地看着商见曜道：“你想说什么？”

商见曜进入了提前预想好的角色，笑着问道：“多少钱？”

他话音刚落，白晨突然绷紧大腿，踢出了右脚。

商见曜似乎一直在防范这件事情，及时侧身躲过了这一踢。

“不要有下次了。”白晨警告了一句，准备拉开房门离开。

就在这时，商见曜喊了一句：“等一等！”

白晨回头看着商见曜，眼神非常不善，似乎只要商见曜一句话说得不对，她就会拔枪射击。

商见曜拿出一张便笺，在白晨疑惑的目光里将它折成了小星星。然后，他的眼神再次变得深邃：“我是遗迹猎人，你也是遗迹猎人；我住在南姨这里，你也住在南姨这里；我的衣兜里有一颗纸折的星星，所以……”

说话间，他出示了自己的猎人徽章，并当着白晨的面将纸折的星星放进了自己的口袋内。

这一次，他的推理小丑比以往多了半个条件，这半个条件能引导结果。

白晨恍惚了一下，用梦呓般的口吻道：“我的衣兜里也有一颗纸折的星星。”

商见曜旋即露出笑容：“它是一个重要的道具；它很神秘，涉及超自然的力量；你现在不能去摸它，也摸不到它……

“如果有人审问你，你每隔一分钟伸手去寻找它一次。当你找到它时，它就会提醒你，你在梦中。”

“有病啊！”白晨狐疑地看了他一眼，生气地骂了一句，转身回了自己和龙悦红的房间。

过了十几秒，龙悦红来到这边的门口，探头探脑地问道：“成功了？”

他刚才和蒋白棉在楼梯口等着。

“算是。”商见曜笑着说道。

当白晨不再记得他们是同伴时，与他们相处的记忆也就暂时被隐藏了，包括他们解决尤金的那部分。

等出现了与推理结果相悖的事实，她才会全部想起来。

龙悦红松了口气，转而问道：“是不是该我了？”

“你不用。”商见曜认真地回答道。

龙悦红顿时有了强烈的不安：“你是不是已经对我用过了？”

他记得上次商见曜对付乔初时就是这样。

“别逗小红了！”蒋白棉阻止商见曜做出回答。

她简单地对龙悦红解释道：“你现在是我们和小白联系的纽带，要是你都忘了我们，我们怎么让她按照计划行事？等计划步入了正轨，商见曜会找机会对你使用能力的。”

“好的。”龙悦红明白过来。

第 39 章
同伴

上午九点零五分，猎人公会斜对面的一条巷子内。

龙悦红确认没人跟踪自己后，小心翼翼地跑了进来，对躲在角落里的白晨道："可以去公会接任务了。"

白晨取掉头顶的贝雷帽和脸上的口罩，拉了拉灰扑扑的围巾："好。"

她是觉得有必要去配合调查，把嫌疑洗清，让公会撤掉任务，要不然，一拨又一拨遗迹猎人来找她，真的很烦，而且会带来不必要的危险。

她唯一不能理解的是，龙悦红为什么要坚持先做侦察，后去大厅，那儿又不是龙潭虎穴。但既然公司分配的这名新人有这种谨慎的意识，那还是值得鼓励的。

陪着白晨出了巷子，在陆续扫过来的一道道目光里，龙悦红叮嘱道："等会儿被人询问的时候，每隔一分钟就摸一次衣兜。"

白晨略感好笑地问道："你还真信那个神神道道的家伙啊？"

租住在他们对面的那个家伙明明有张英俊的脸孔，却像个精神病患者。

不过，话说回来，如果不是后来摸衣兜的时候什么都没找到，白晨还真信自己兜里有颗纸折的星星。

可就算是这样，想到那个家伙说的什么等人询问时再摸，什么若是摸到了就表示在做梦，白晨又不那么肯定真的没有纸折的星星了。

她也经历过或听人说过一些神奇的事情，尤其是涉及觉醒者的。

看来我潜意识里还是相信这件事情的……白晨没有多想，在几个遗迹猎人靠过来前，抢先进入了公会大厅。

到了里面，她不那么急了，抬头看着大屏幕上滚动显示、同步播音的内容。

任务：寻找尤金失踪事件的嫌疑人。

描述：一男一女，男的身高一米八左右，穿藏青色的羽绒服，戴着棒球帽；女的身高一米七左右，穿灰色的棉袄，同样戴着棒球帽。

报酬：只要能通过审核，确认有效，一条线索最低10奥雷，最高500奥雷。

任务等级：C，100信用积分。

紧跟着，白晨在大屏幕上看到了自己的照片。

任务：找到遗迹猎人白晨。

描述：女性，曾用名钱白、白枫，涉及尤金失踪事件，身高一米六左右，短发，具体见照片。

报酬：提供线索的，每条有效线索5奥雷；带着白晨到公会或城防军总部的，20奥雷。

任务等级：E，10信用积分。

他们确实在找我……白晨环顾了一圈，注意到有一名穿黑色厚呢子大衣的男子正望向她。她之前见过这名遗迹猎人，刚才也听龙悦红提过他的名字，知道他是高级猎人欧迪克。

白晨不甚在意地收回了视线，走到圆台区域的一个窗口前，平静地说道：“我接任务。”

“哪个任务？”窗口的女性办事员本能地问道。

按照工作守则，他们不能直接让遗迹猎人自己到旁边的机器上操作。

“寻找遗迹猎人白晨。”白晨一点也没有自己说自己名字的古怪感。

“好，请给我猎人徽章。”那名办事员微笑着说道。

她接过徽章，刷了一下，突然愣住了。

过了几秒，她略微抬起头，透过玻璃望向外面：“你……是白晨？”

白晨登记的猎人名字是钱白，但尤金那边提供的是真名。

“对。”白晨相当坦然，“趁机赚一笔。”

那名办事员隔了一阵才反应过来：“那我直接给你选择任务已完成。还有，麻烦你在这里等一会儿，我汇报一下。”

白晨直接说道：“最好让能做决定的人过来，让我配合调查得满足我的条件。”

那名办事员当然没办法直接答应她，拿起桌上的电话，将事情报了上去。

没过多久，一名瘦高的男子在几名保镖的簇拥下来到大厅，走向白晨。

他头发较为稀疏，但依旧乌黑，眼角、嘴边、额头已长出皱纹，最明显的特征是鼻子较大。

“我是公会的副会长崔恩。”这名瘦高的男子点了点头，自我介绍了一句。

接着，他相当有礼貌地说道：“白晨女士，不用紧张，城防军只是找你协助调查。”

白晨自顾自地说道：“我有两个条件。第一，我不放心他们。你也知道，很多地方都发生过找不到真凶就随便拉几个替死鬼，强行指认为凶手的事情，所以我只在公会这里接受询问，配合调查。第二，我还有任务没完成，还要赚钱生存，时间很赶，请快一点。”

猎人公会的宗旨一直都是服务猎人，方便猎人，成为猎人们某种意义上的家。不管这个宗旨有没有真的实现，至少在大庭广众之下，没有哪个公会高层敢直接做出与宗旨相悖的事情，崔恩也不例外。

加上本地猎人公会和城主府有特殊关系，白晨的要求不难满足，崔恩略作沉吟，微笑着说道：“可以。放心，只要你没有做过，公会不会眼睁睁地看着你被冤枉的。”

后面这句话，崔恩说得很大声，周围的遗迹猎人们都能够听到。

有了主管猎人事务的副会长的承诺，白晨放下心来，跟着上了二楼，进了一个不大的房间。

这里只有一张长方形的桌子，两边各放了一把靠背椅。

白晨坐到靠内侧的位置，下意识地伸手，想探入衣兜。

她强行抑制住了自己的冲动，在心中自嘲道：“我还真被那神神道道的家伙影响了……”

她居然到现在都还相信衣兜里会突然出现一颗纸折的星星。

她等了一会儿后，崔恩带着保镖进来了。

崔恩略带歉意地说道：“城防军那边回了电话，说要到下午才能派人过来。你可以先去忙自己的事，到时候再来，怎么样？”

“就算你们不怕我跑掉，我也得担心其他遗迹猎人会不会来骚扰我，还是尽快解决这件事情吧。”白晨相当坚持，坦坦荡荡。

崔恩想了一下："那我再去沟通一下，争取由我们这边的人负责。"

这从本质上来说没什么区别，大家都是在为城主府服务。白晨点了下头，安静地等待起来。

大概一刻钟之后，崔恩回到这个房间，笑着说道："协调好了，我们这边找了专业、可信的人负责后续的询问和调查。"

说完，他介绍起旁边的男子："这位是高级猎人欧迪克，他有一个绰号叫'测谎仪'，没有一句谎言能瞒得过他。"

黑发蓝眸的欧迪克轻轻颔首，算是打过了招呼。

见询问的人已经到达，白晨记起龙悦红的叮嘱，本能地抬起了手，放到了衣兜边缘。

这个时候，崔恩已领着保镖出去，关上了房门。

白晨趁机将手塞入了衣兜。

下一秒，她的瞳孔放大了少许。

她摸到了一个纸折的物品！她真的在衣兜内摸到了一个纸折的物品！

她出门前确认过，原来明明没有的！

"这说明……我在做梦？"相应的回忆涌现，白晨猛然摆脱了一种有些浑噩的状态，发现自己正带着龙悦红走出今天夜总会的大门，身后似乎有来自尤金的凶恶目光注视。

"在做梦……"白晨心一紧，没有表现出丝毫异常，回想起记忆中的场景，沉默地走回了阿福枪店所在的那栋楼。然后，她进入自己的房间，躺到高低床的上铺，痛苦地望着天花板发呆。

就这样，她不知什么时候睡着了，等到醒来，吃完早饭，只见龙悦红走入房间，告诉她公会出了任务，有遗迹猎人在找她，让她出门的时候做点伪装。

在这个回忆过程中，白晨刻意跳过了那个神神道道的家伙，不让有他参与的场景出现。

咚，咚，咚……突然，白晨听到了敲门的声音，一下子醒了过来。她发现自己还在猎人公会那个小房间内。

欧迪克不知什么时候坐在了她的对面，他收起敲桌的手指，平静地说道："你睡着了。你昨晚是不是在纠结尤金的事情，翻来覆去睡不着？"

“对，我恨不得杀了他，可又没有能力，害怕到发抖。”白晨坦然说道，她问心无愧。

欧迪克与她对视了几秒，轻轻地点头道：“你没有撒谎。”

他转而又问了几个问题，都得到了毫无隐瞒的答案。

白晨甚至还取下围巾，让他看了看脖子上的女奴文身。

这让白晨心里隐约觉得有点奇怪，因为她平时最不希望别人看到这个，结果今天做得相当自然。

她对此的解释是，这都是为了尽快摆脱嫌疑。

“我能理解你的痛苦和恐惧。”欧迪克说了句废话，然后起身又道，“你可以离开了。”

“这么快？”白晨颇为诧异。

欧迪克简单地回道：“因为你没有撒谎。”

白晨也不刨根究底，跟着站起来，离开了这个房间。

回到一楼大厅，领了20奥雷纸币、10信用积分的她和还是新手猎人的龙悦红会合，走出公会大厅，拐向中心广场。

途中，白晨遇到了住在对面的那个神神道道的家伙和他的同伴。双方快要擦身而过时，商见曜露出笑容，拿出一个名牌，隐蔽地在胸口比画了一下。

那是一个有着红底金字的名牌，上面写着：盘古生物。

白晨一看到这个名牌，就仿佛接通了记忆的电路，关于商见曜和蒋白棉的事情汹涌地回到了她的脑海。

她紧咬住牙齿，不让自己表露出异常。等到双方已拉开一段距离，她才微动嘴角，抬手挡住略微发红的眼眶。

有同伴的感觉真好！

第40章
危险人物

走出十几米后，蒋白棉没有回头，笑道：“从反应来看，白晨应该已经摆脱影响了。”

不等商见曜开口，蒋白棉转而说道：“他们做事真是粗糙啊，我还以为会顺便询问一下小红，结果就这样结束了，我们白做准备了。”

“这不是好事吗？”商见曜非常配合地反问道。

“当然是好事。”蒋白棉笑道，“我只是想告诉你，千万不要像欧迪克一样，对自己的能力自信过头，该有的流程、该有的步骤还是得有，这能帮助你查漏补缺。嗯……不管是推理小丑还是另外两个能力，在对方提前做好准备的情况下，都能在一定程度上克制你，或者可以不怎么受到影响。”

商见曜侧头看向组长，认真地回应道：“我还有同伴可以信赖，可以保护我的侧翼和后背，可以一起冲锋。”

“你的记忆力不要这么好，好吗？突然这么说，很尴尬的。”蒋白棉体会到了什么叫“以彼之矛攻彼之盾”。

说话间，他们走进了猎人公会，打算根据发布任务的情况把握尤金之死带来的局势变化，找到与雷云松、林飞飞相关的新线索。还没来得及浏览大屏幕上的内容，蒋白棉就看见欧迪克从二楼下来，走向这边。

她露出笑容，主动打起了招呼：“上午好，有什么新线索吗？”

欧迪克摇了下头：“没找到。你们呢？”

蒋白棉坦然说道：“我们昨晚在酒吧附近问了一圈，没有谁见过疑似林飞飞的人。”

欧迪克看了对面两人一眼，突然问道：“尤金的事，不会是你们做的吧？”

嫌疑人刚好是一男一女的组合，且是在野狼巷那边行动的。

蒋白棉笑了起来：“被问到前，我根本不知道这个人。”

欧迪克的目光在商见曜、蒋白棉那比大部分遗迹猎人要干净好看的脸庞上扫了一圈，微不可察地点头道：“你们确实没有动机。”

蒋白棉当然不愿意继续这个话题，噙着笑容道：“我可以给你一份与雷云松、林飞飞有关的情报，但你得承诺拿价值对等的消息来交换。”

欧迪克没有直接答应，反问道：“这是你们之前就获得的情报？”

他不太相信对面的两人能比自己更快找到新线索。在追踪目标的下落方面，他有绝对的信心。

“嗯。”蒋白棉微笑着颔首。

“好。”欧迪克答应下来。

蒋白棉环顾一圈，装作很谨慎的样子道：“雷云松、林飞飞他们在一个多月前，拜访过公会的某位高层。具体是谁，我就不知道了。”

商见曜看了看组长插在衣兜内的左手一眼，没有戳穿她。其实组长是在利用欧迪克完成这条线的调查，因为身为一名高级猎人，欧迪克总是有机会和本地猎人公会的高层打交道。

“拜访过公会高层……”欧迪克若有所思地重复了一遍，表情略有点疑惑。

然后，他礼貌地抬手轻挥了一下：“谢谢，下次见。”

“给我们的消息呢？”蒋白棉倒也不惊讶，只是有点不甘心。

欧迪克嘴角微动，露出些许笑容道：“等我弄清楚了是哪位高层，交流的是什么内容，再告诉你们。这不就是你最想要的情报吗？”

“成交！”蒋白棉笑容不变。

等到欧迪克转身离去，她对身旁的商见曜感慨道：“他还是有点小聪明的嘛……”

“没点小聪明，光靠能力，他早就死了。”商见曜回应道。

“也是……”蒋白棉赞同地点点头。

浏览完大屏幕上滚动显示的任务，蒋白棉翻腕看了一下时间，然后领着商见曜出了猎人公会，走到中心广场，找了张长椅坐下。

又过了一刻钟，她起身道：“我去一下图书馆。”

“那里有厕所吗？”商见曜忽然问道。

“有吧……”蒋白棉不是那么肯定。

商见曜微微点头：“等会儿记得观察一下。喜欢图书馆的人不会弄不清楚这个问题。”

蒋白棉本想笑骂一声“这是什么奇怪的理论”，可仔细一思考，又觉得有点道理。因为图书馆是她和陈旭峰接头、交换信息的地方，所以她总是觉得不能在那里待太久，两次都是匆匆离开的，只注意了一下遇到意外时可能逃跑的路线。

这反而会显得有点可疑。

哪有人进了图书馆不到十分钟就出来，而且还没借书的？

“不错啊，思维变得缜密了。”蒋白棉没吝啬自己的夸奖，然后笑道，“刚才对话的时候，我总有种我们剧本拿反了的感觉。”

商见曜奇怪地看了她一眼：“我就是刚好想上厕所，才想到这个问题的。”

说着，他也站了起来。不等蒋白棉开骂，他补充了一句：“我试着学习你的思维方式。”

蒋白棉的神情变得柔和：“很好，但也不要丢弃了自己的特点，这样才能互补。两个蒋白棉肯定比不上一个蒋白棉加一个商见曜。”

“你忘记白晨和龙悦红了。”商见曜指出蒋白棉的问题。

蒋白棉转动眼眸，看了看上方，懒得和他争辩这个问题。

进了图书馆，等商见曜找管理员问到厕所在哪里后，蒋白棉优哉游哉地逛起书架区域，时不时拿起一本没看过的书翻阅，充分享受着徜徉于知识海洋的快乐。

过了很长一段时间，她才走到熟悉的地方，于熟悉的位置拿起那本《国内收入法典》，取出了里面折好的纸。

她飞快地展开那张纸浏览起来。公司反馈如下：

反智教和痴愚众生教团、真理虚无教一样，都是信仰三月执岁末人的宗教组织，只是三者在具体的理念上有一定的分歧，主要的传播区域也不同，有部分交叉。这个教派认为旧世界的毁灭源于人类的思考和对知识的追逐，希望从根源上解决这个问题。

他们内部有一定数量的觉醒者，表现出来的能力很杂，但可以看出，以与催眠、记忆相关领域的能力居多。

两年前，这个教派在最初城刺杀了主导公民教育的元老院长老索尔斯，受到元老院很大程度的打击，销声匿迹了很长一段时间。据说主导那次刺杀事件的教徒还活着，是一个非常危险、非常极端的人物。那人性别男，外貌不详，身高不详，绰号是神父。

“神父……催眠……记忆……”蒋白棉小声地重复这几个词语，表情变得相当凝重。这一刻，她对雷云松、林飞飞他们的异常举动有了全新的理解。

收起纸，她又在图书馆内逛了一会儿，然后才出去和早就上完厕所的商见曜会合。她没有提刚才收到的那份情报，直接带着商见曜回了阿福枪店二楼。

等关好门，她才拿出那张纸，递给商见曜，道：“你先看一下。”

今天天气偏阴，屋内光线不足，商见曜一直走到窗口，才低头看起纸上的内容来。

“有什么想法？”见他看得差不多了，蒋白棉开口问道。

商见曜认真地说道：“想揍那个叫神父的人。”

对于这样的话语，蒋白棉已经见怪不怪：“又不一定是他在这边主导的。”

“就当是。”商见曜努力地说服组长。

蒋白棉“从善如流”，“嗯嗯”了两声，道：“这么看来，雷云松、林飞飞他们很可能被催眠了，或是被人在记忆里动了手脚，所以他们明明可以自由行动，却不和公司联络。

“问题在于，剩下的那三名组员呢？他们怎么一点踪迹都没有？反智教催眠林飞飞他们又是为了什么？总不至于只是为了找点枪手吧？”

商见曜表示不同意：“以他们的智商来说有这个可能。”

“这就麻烦了，我没法理解这种人的思路……”蒋白棉有点为难地说道，“不过目前看来，反智教只是让普通教徒放弃思考，里面的神选者负责引导，神选者应该不蠢。”

说到这里，她想起一事：“你还记得你在公司内疑似被人袭击的事情吗？”

“记得。”商见曜突然兴致勃勃，“难道他是反智教安插到司命教团里的间谍？”

“倒也不至于……现在看来，虽然每个宗教组织内部的觉醒者的能力大多在相应执岁的领域，但也有不少例外……也不知道是觉醒者能力只能引导，没法精确控制，还是高层有意为之，免得员工的能力太过单一，被敌对势力克制。”蒋白棉思索着说道，“总之，等会儿得提醒小白和小红做点准备，预防被与催眠或记忆有关的能力影响。”

快到中午的时候，白晨和龙悦红回来了，汇报起上午打听到的各种消息：“尤金失踪这件事情上，现在被怀疑的主要有——

“北街赵府的家主赵正奇。他是野草城贵族议事会的一员，也在组织捕奴，和尤金团伙是竞争对手，闹过很多次不愉快。

“地下交易市场的主导者孙飞的弟弟孙竞。他在野狼巷那里有一家酒吧和一家夜总会，养着一帮打手，有点势力。他被怀疑是因为他最宠爱的女儿在两年多前失踪了，疑似被尤金绑架了。

“贵族议事会的某些人。有人怀疑他们故意让尤金失踪，想以此为借口，将那支捕奴队和最初城的军队弄进城来，达成不可告人的目的。”

蒋白棉听完之后，笑着说道：“还真有说服力啊，我差点就信了，如果我们不是真凶的话。”

第41章
三重效果

商见曜立刻附和，一拍大腿道：“我差点以为真凶不是我们。”

这说得好像你只是听说自己袭击了尤金，把他变成奴隶，带了回来一样……龙悦红忍不住腹诽了一句。

当然，他没有和“精神病人”争执这个问题的想法，免得商见曜又开始重复“唉，我做了基因改良才一米七五”这句话。

闲聊的时候，龙悦红询问过商见曜袭击尤金的经过，希望能从中学到点东西。

蒋白棉没理睬商见曜，笑着说道：“现在的状态挺好的，基本不会有人怀疑到我们身上了。怕就怕事情越闹越大，城里的不同势力开始浑水摸鱼，追逐自身的利益，那很容易让野草城变成火药桶，一点就炸。”

说到这里，蒋白棉一点也不见外地看向白晨：“你刚领到的20奥雷也拿去买食物吧，手里有粮，心里不慌。”

“好。”坐在桌前凳子上的白晨点了点头。

蒋白棉随即拿出那张来自陈旭峰的纸，递给白晨：“你们先看一看。”

龙悦红立刻起身，拿起凳子移到了白晨旁边，和她一起看。

“催眠……记忆……难怪……”看到最后，龙悦红发出了恍然大悟的感叹。

他也是恶补过什么叫催眠的。

“这么看来，林飞飞他们确实是受到了反智教的控制，而不是有人栽赃陷害他们。”和以往不同，白晨主动地表达了自己的想法。

“也不能完全排除那种可能，只能说可能性很小，没那么巧。”蒋白棉道。

然后，她斟酌着说道：“从反智教的行事风格来看，他们喜欢走极端，喜欢弄出大事来。从这一点出发，我们是不是可以猜测他们在野草城逐渐活跃，除了想传教以外，也是在准备做某件大事？反智教原本和来自盘古生物的雷云松、林飞飞他们没有任何联系，正常来说，反智教的计划不可能波及他们，除非……”

蒋白棉停顿下来，龙悦红脱口而出：“除非他们偶然间发现了反智教的阴谋？”

“也可能是双方之间存在一个来自野草城的中间人，雷云松、林飞飞他们因此被卷了进去。”白晨跟着猜测道。

商见曜不甘落后，说出了自己的想法：“还有一个可能——反智教发传单的时候，被雷云松他们撞到了，双方起了冲突。反智教的人恼羞成怒，一不做二不休，找教派内部的强者出手，挽回了颜面。”

“这得多暴躁啊？”蒋白棉委婉地做出否定，“虽然这很符合反智教的愚蠢形象，但从他们的教义就能看出，他们的神选者还是挺聪明的，不至于在不必要的情况下节外生枝。”

她环顾了一圈道：“暂时从撞破阴谋和因别的事件卷入这两个方向来调查。”

“是，组长！”龙悦红昂首挺胸地做出回应，因自己的想法得到肯定而高兴。

蒋白棉转而提醒道：“接下来，我们就要开始和这个反智教打交道了，希望能尽快找出他们。在这个过程中，没人能保证安全，你们最好做一点准备，防止自己不知什么时候就被催眠了，或者丢失了重要记忆、多了不该有的记忆。”

龙悦红连忙请教道：“组长，这该怎么做？”

蒋白棉笑了笑：“不用太紧张，你看，尤金那么强势的一个人，不也很快就被解决了吗？”

“组长，你一说‘你看’，我就怀疑自己受到了推理小丑的影响，把商见曜当成了你，把你当成了商见曜……”龙悦红小声回了一句。

“啊？”蒋白棉摸了摸自己的金属耳蜗。

然后，她露出了笑容：“难道我不是商见曜？”

“好啦，开玩笑的。”她收敛笑容，给出了自己的意见，“你们可以准备些能够贴身存放的小字条，用别人看不懂但自己可以理解的方式将几段关键的记忆写上去，并注明‘以此为准’，之后，每隔一段时间看一下，对照着观察自己的状态。”

“好。”白晨略一思索就表示赞同。

蒋白棉看着她，忽然想起一事：“对了，是欧迪克询问的你吧？怎么询问的？依靠梦境方面的影响？”

“嗯，我不知道什么时候就睡着了，也不知道自己在做梦，还好摸到了商见曜那颗纸折的星星，才一下醒过来。”白晨简单地描述道。

“很不容易。”商见曜做出评价。

白晨不知道他指的是什么。

蒋白棉想了想，帮他补充道：“这算是当前情况下，推理小丑最高难度的应用了。它让你潜意识里相信自己身上有这么一颗纸折的星星，于是反映到了梦境中。而在现实里，物质是没法凭空产生的，所以你摸不到。”

“我最奇怪的是，当我在现实里摸不到纸折的星星时，推理小丑不是应该失效了吗？”白晨有点疑惑。

商见曜笑了起来：“很简单，我附加的是三重效果，而不是两重。你还记得你推理出衣兜里有纸折的星星后，我说过的话吗？那同样是一段推理。”

白晨回忆着说道：“你是指‘它是一个重要的道具；它很神秘，涉及超自然的力量；你现在不能去摸它，也摸不到它’？”

啪啪啪！商见曜鼓掌。他兴奋地解释：“第一重效果是让你认为我和组长是陌生人，忘掉相关的记忆；第二重效果是你受我这个陌生人的影响，认为自己衣兜里有纸折的星星；第三重效果是让你得出‘现在摸不着那颗纸折的星星’的结论，这样一来，你在现实里没能找到它后，还相信它会在梦里出现。”

“如果不是后面遇到欧迪克，这个效果是不是永远无法解除了？”白晨追问了一句。

商见曜摇了摇头，道：“你睡一觉，什么都没梦到或者梦到了别的，这个效果就自然解除了。”

见白晨已释然，蒋白棉开始总结：“这么看来，欧迪克的觉醒者能力有强制入睡和梦境干涉两个。呃，梦境里，你是什么感受？”

“摸到纸折的星星前，整个人有点浑浑噩噩，和正常做梦时差不多，知道自己是谁，却对周围环境的变化不觉得有什么异常。”白晨如实说道。

蒋白棉若有所思地自语起来：“这和梦魇马的真实梦境有不小的区别啊。”

“当时在梦境里，你很清醒，觉得就是在现实中。”商见曜热心地帮白晨补充。

蒋白棉轻轻颔首：“因为足够真实，所以在梦里受到的伤害会带到现实世界中来。嗯，欧迪克影响梦境的能力和梦魇马的应该不是同一种，一个可以叫‘真实梦境’，一个只能叫‘操纵梦境’。确实，欧迪克的梦境影响力要弱于梦魇马，但他还有强制入睡这个能力，绝对不能小觑。”

讨论完这件事情，蒋白棉回归正题：“现在最重要的一个问题是，我们接下来该怎么找到反智教的人？”

“停电之后，蹲守他们散发传单的人？呃，野草城现在这种情况，晚上应该有不少巡逻队，他们应该不敢出来了……”龙悦红先行提出了一个可能，又自行做出了否定，“去图书馆周围寻找？他们说不定还会趁混乱再烧一次图书馆。”

“图书馆被烧过一次后，已经由全副武装的城防军负责看守了。”蒋白棉几次进出图书馆，对这方面的事情还是比较了解的。

商见曜随之露出为难的表情：“资料不够详细。如果能弄清楚反智教的圣餐是什么，我们就可以去相应的店铺和市场调查。”

“这倒是个思路。”蒋白棉不得不承认，“精神病患者”总是能想到正常人想不到的方向，“这要么问欧迪克，要么给公司发电报。嗯，无线电收发报机留在了水围镇，我们得自己弄一个无线电收发报机了，不能老依靠陈旭峰。一方面，这容易让他暴露；另一方面，中间环节太多，信息传递不够及时，关键时刻说不定会掉链子。”

她环顾了一圈，继续说道：“除了这个，还有另外一个方向。你们想一想，反智教要摧毁知识，除了针对知识的载体之一图书以外，还会针对哪个群体？”

“老师！”从小接受正规教育的龙悦红一下反应了过来。

蒋白棉满意地点头：“虽然在野草城，正规学校的老师都住在北街，相对安全，但不能忘了另外一些人。

“某些荒野流浪者的聚居点里虽然没有水围镇那样的公共学校，但有一部分人希望孩子至少能识字，所以，在稍有余力的时候，十几个家庭会联合起来，各自出点物资，请一到两位兼职老师教上几个月，之后的安排再根据实际情况而定。

“你们也看到了，野草城的公民的生活状况比绝大部分荒野流浪者聚居点的人要好，野草城的人口也比那里多，那会不会也有一些孩子去不了北街读书、长辈又没时间或者没能力教导的家庭，联合起来请几位老师做短期教育？会不会也有这么一些人，专门以此为生？”

白晨立刻开口道：“有。不少遗迹猎人本身不识字，在猎人公会接任务不是那么方便，光靠听和问又很浪费时间。这样的人如果身上有余钱，也有一定的空闲时间，往往会十几二十个凑在一起，请一位老师专门教常见的字。在野草城，这类老师叫‘临时老师’。”

蒋白棉“嗯”了一声：“那我们分头拜访一下这些临时老师，看他们最近一段时间是否受到过威胁。”

第42章 熟人

出了房间，下至底层，商见曜和蒋白棉迎面碰到了阿福枪店的南姨。

“你们还挺镇定的。”这个风姿绰约的女士目光随意一扫，笑着寒暄道。

“你不也是？”蒋白棉微笑着回应，“别人的事和我们有什么关系？就怕他们把野草城的天给捅破了。”

他们之前已对过口供，大家很有默契地结束了这个话题，一方打算上楼，一方准备外出。

就在这个时候，蒋白棉心中一动，开口问道：“南姨，你知道附近有哪些临时老师吗？”

南姨狐疑地打量起对面的两人：“你们要请临时老师？”

从长相、穿着上看，他们都不像是文盲啊。

“我们主要是想了解这一行，看能不能接这方面的任务。遗迹猎人嘛，有任务可以接，肯定都不愿意错过。”蒋白棉随口编起了理由。

商见曜随即拆台：“你解释得太多了。”

蒋白棉横了他一眼，倒也不是太担心，因为南姨明显是不信她的那番说辞的。

能轻松把尤金绑架回来，没留下什么线索的遗迹猎人哪需要接做临时老师的任务？又不是给贵族老爷们的孩子当家庭教师。

蒋白棉刚才那些话，了解内情的人谁信？

南姨知趣地没追问，笑着说道：“我们这栋楼里就有一个。”

“他住哪里？”蒋白棉追问道。

南姨撩起鬓角垂落的发丝：“她，一位女士。”

“她”这个词，南姨用的是红河语，要不然没法区分。

南姨接着说道：“她不住这边，每天下午两点过来，上一个半小时的课。呵呵，是这个院子里的十几个姑娘联合起来请的。你们昨晚见过的几个都参加了学习，她们在阿福枪店有些分红，手头相对宽裕。如果等会儿你们想去见识一下，我让她们领路。”

蒋白棉知道南姨口中的“姑娘”指的是专职或兼职做皮肉生意的女性。

“好，我们先出去吃个午饭，快两点时到房间来找我们。”蒋白棉看了看商见曜摸着肚子的手，感激地说道，“谢谢啊。”

她似乎已经完全忘记，他们昨晚刚帮南姨一行人报了仇，就像这是一件过去很久很久而不值得一提的事情。

下午一点五十分，商见曜和蒋白棉的房门被人敲响了。而他们早已感应到有人过来了，便等在了门口。

“我刚想出门看看。”蒋白棉笑着对外面的女士解释道。

这个女士是昨晚杀死尤金的人之一，眼睛很大，留着一头刚过耳朵的短发，看起来既知性又年轻，让人难以准确地判断出她的年龄。

“还有十分钟呢。”这个女士寒暄了一句后道，“谷常乐，你们昨晚见过的。”

“我就不自我介绍了，要不然报个假名也没什么意思。你可以叫我大白。”蒋白棉自嘲道，“他嘛，他没名字，叫‘喂’就行了。”

她这是在报复商见曜方才的拆台行为。

谷常乐没接这个话，转过身体道：“在顶楼，那里阳光比较好。”

下午一点半到五点半是没有电的。

看了一眼谷常乐脖子上似乎比以前艳丽了不少的花围巾，蒋白棉快走了两步，与她并肩而行。

蒋白棉职业病发作，颇为好奇地问道：“谷姐，你怎么会想着凑钱请临时老师？”

谷常乐的表情慢慢变得柔和，嘴角微不可察地勾了起来：“我之前一不小心有了孩子，又舍不得把她打掉，就这么生了下来。我不想她将来和我一样，而且我总觉得能识字应该会好一点，能多一些机会。”

蒋白棉附和道：“确实，野草城局势相对安稳，能识字是一个优势。孩子已经去教室了？”

她不知道临时老师讲课的地方叫什么，只能用最常见的名词。

“她才两岁，怎么去？”谷常乐笑了，“我把她放在南姨那里了。”

蒋白棉边爬楼梯，边若有所思地问道：“你是想自己学会了再教她？”

“对啊。我现在还年轻，比较受欢迎，有挑选的余地，收入也还稳定，再加上枪店的分红，能付得起请临时老师的费用。再过几年，等到安安长大，能够自己上课了，谁知道野草城会是什么情况，还有没有现在这种状态。我就想着吧，我先多学点，到时候形势再差也能自己教她。”谷常乐说起了自己的考虑。

“没错，人无远虑，必有近忧。”蒋白棉赞了一句。

啪啪啪，商见曜鼓掌。

这么聊天中，他们来到了五楼，进了一个靠巷子的相对宽敞的房间。

外面的光芒透过四面玻璃窗，将房间中的床铺、桌子、板凳、纸和简易黑板都照得相当明亮。此时，已有七八个女性分别坐在凳子上、床铺边低头看着手中的纸，小声复习着之前学会的文字。

蒋白棉环顾了一圈，拉着商见曜坐到了一个十八九岁的女孩旁边。

这女孩裹着干瘪的白色棉袄，专注地看着上一堂课的笔记。在这冰冷的室内，她略微有点发抖。等到她抬起脑袋，蒋白棉对她露出人畜无害的笑容，道：“你来这里上多久课了？”

女孩模样清秀，就是有点憔悴。她礼貌地回答道：“快两个月了。”

“老师怎么样？”蒋白棉琢磨着问道。

这可能是第一次来的学生最关心的问题。

“很好，很耐心，懂的也很多。”女孩没有吝啬自己的赞美。

这时商见曜插嘴道：“你为什么会想着凑钱请临时老师？”

女孩这才发现不对，看着他，颇为诧异地问道：“怎么会有男的？”

院子内一些做皮肉生意的女性联合起来请老师过来上课，平时课上都没有男人出现。

“我朋友。”谷常乐忙介绍了一句。

女孩的目光在商见曜和蒋白棉脸上扫过，愈加疑惑起来。

她没有多问，叹了口气，回答了商见曜刚才的问题：“我姐姐是在夜总会当妓女的，那边接不接客人，接什么客人，自己说了不算，就跟奴隶一样。她半年前得了脏病，被赶了出来，自己找人治了一段时间也没好，没多久就死了……

“她一直说做这一行没希望，怎么都跳不出去，几年下来说不定哪天就得病死了，让我不要学她。可我有什么办法？我总得先活下去吧？我是自己拉客人，注意着点还好，可一直这么下去也不是办法，总有一天会像我姐姐那样……她死的时候……”

女孩停了下来，低下脑袋，转而笑道：“我就想趁还有点钱，认认字，多学点东西，说不定以后有机会去市政大楼做文员，也能接点不用冒险的遗迹猎人任务，那样就不用再做这一行了。”

“是啊。”蒋白棉由衷地赞同。

女孩还要说点什么，突然看见门口有人进来，于是站起身来，道：“安老师好。”

蒋白棉跟着望了过去，一时竟有点傻眼。

来的临时老师居然是她认识的人——她曾经在黑沼荒野和沼泽1号遗迹遇到过的遗迹猎人安如香。她是吴守石团队的一员，从旧调小组这里知道了吴守石尸体安放的地点。

安如香本来冰冷淡漠的脸上也出现了些许波动：“你们？”

“惊喜吗？”商见曜站了起来，热情地问道。

没穿军绿色迷彩服、一身黑色的安如香张了张嘴，不知该怎么回答。她既警惕，又迷茫。

蒋白棉连忙指着门外道：“出去聊。”

安如香沉默地点点头，在学员们疑惑的目光里走出了房间。

来到这层楼的尽头，蒋白棉率先说道：“我们接了一个调查任务，没想到会遇到你。”

安如香神色一黯，旋即恢复了正常：“从那个遗迹离开之后，我们带着守石回到了野草城，把他……把他安葬在了他出生的地方。我们那趟收获还算丰厚，又只剩下两个人，就干脆各忙各的。我没什么心情，很长一段时间没接任务，后来恢复了一点，随便接了些城内的任务，包括当临时老师。”

“然后你就这么当下来了？”蒋白棉好奇地问道。

在她眼里，安如香是一个非常适合冒险和战斗的女性。

安如香回头看了一眼临时教室，平静地说道："我本来只想当一周，找点事情做。"

"结果喜欢上了这个职业？"商见曜同样很感兴趣地问道。

"谈不上喜欢不喜欢。"安如香的语气没什么起伏。

或许是因为遇到了互相提供过帮助的熟人，她话多了一些，用回忆的口吻继续说道："我是在一个杀手组织中长大的。这没什么好隐瞒的，新世界建立初期，这样的组织不少。后来，那个组织被摧毁了，我侥幸逃脱，开始在灰土上流浪。

"我从小接受的教育就是怎么杀人，哪怕认字也是为了杀人，一旦没有了目标，就不知道该做什么了，找不到……嗯……守石说的存活的意义。直到遇见守石，我才慢慢从那种状态里走出来。可能是我明白得太晚，他没能等到……"

说到这里，安如香沉默了好几秒，然后才道："他死后，我又开始找不到存活的意义了。但我给她们上课的时候，我发现她们看我的眼睛里——有光。"

第43章
曾广旺

蒋白棉知道安如香现在不是在向她和商见曜倾诉什么，而是借这个契机，不自觉地梳理自身凌乱的思绪。

所以蒋白棉没有附和她，没有打断她，也没有去表达自己的观点。

安如香又沉默下来，隔了一会儿道：“我从来没有在我自己的眼睛里看到过那样的光，我想多看看。”

不等蒋白棉和商见曜回应，她语气平静地问道：“你们摆脱那个有魅惑能力的人了？”

“他还欠我们好多东西。”一提到乔初，商见曜就有点激动。

蒋白棉“嗯”了一声：“后来遇上了你们碰到过的那个高等无心者，混乱之中我们脱离了魅惑的范围。不过，还是得感谢你当时的提醒，要不然没那么顺利。”

“应该的。”安如香简洁地说道。

她又回头看了一眼临时教室：“你们在调查什么？我要开始上课了。”

蒋白棉知道安如香这是让他们长话短说的意思，便直接说道：“我们在调查那个乱发传单宣扬知识有毒的组织。你做临时老师这段时间，有没有受到过威胁？”

安如香一下变得警惕起来：“前几天，我的门缝里塞了张纸片，上面写着‘停止毒害人类的行为，否则将遭遇神罚’。他们还把‘遭遇’写成了‘逻迁’，我结合前后的话才读懂。之后便没什么异常了。我在这方面的本能和经验还在。”

“这就是他们的特点。”蒋白棉道。

商见曜也附和道：“智商都比较低。”

蒋白棉想了一下又道：“这几天你注意着点，有什么异常可以来找我们，我们就住这边，和谷常乐是朋友。”

“好。”安如香现在孤身一人，面对有点怪异的事情，倒也不排斥合作。

“没其他事了，你回去上课吧。”蒋白棉刚说完这句话，忽然想到一个细节，问道，“自我们从沼泽1号遗迹分开到现在，还没到两个月吧？”

“勉强一个月。”安如香回答道。

“那你来这里当临时老师有多久了？”蒋白棉追问道。

“差不多三周。”安如香记得很清楚。

“也就是说，之前还有一位临时老师？”蒋白棉记得刚刚那个女孩说过，她来这里上课快两个月了。

“对。”安如香坦然回答，“就是这个人突然辞职，我才接到相应任务的。”

“那你知道他为什么辞职吗？”蒋白棉一下变得有些兴奋。

“我不知道。我不太喜欢聊天。”安如香指了指临时教室，“你可以去问问她们。”

“好。”蒋白棉点头的同时，商见曜已经走向充作临时教室的房间了。

他走到谷常乐面前，蹲了下来，平视对方，说道：“我有一个问题。”

谷常乐突然有些紧张：“什么？”

“之前那个临时老师为什么突然辞职？”商见曜直接问道。

“他没说。”谷常乐看了看周围的女人们，“不过他人还不错，把我们预缴的一周的学费都退了。”

“那你们知道他住哪里吗？长什么样子？”跟着进来的蒋白棉问道。

谷常乐有点茫然地回答：“就普普通通一个男人，叫曾广旺，眼神有点色眯眯的，但上课的时候还是很专心。具体住哪里，我就不清楚了。”

这时，先前和商见曜他们聊天的那个十八九岁的女孩犹豫了一下，道：“我知道。”

“住哪里？”商见曜飞快地转头。

因为他和蒋白棉长得都相当不错，很轻易就能收获善意。那女孩迟疑着说道：“他还没辞职的时候，我在黄角巷那边遇到过他。他……他想和我睡一次，我当时正好有点缺钱，想着是熟人，不怕被抢，就答应了……

“他给钱还是挺大方的。他住在黄角巷和红罗巷之间的那个院落里，靠黄角巷偏左的那栋楼，二单元，四楼，406，对，406。”

听到是黄角巷和红罗巷之间的院落，蒋白棉一下振奋起来。

那是林飞飞曾经租住过的地方！

商见曜诚恳地说了声“谢谢”，然后和蒋白棉一起离开了阿福枪店所在的这栋楼，直奔红罗巷。

守着院子入口的依旧是他们之前见过的那个老头。这一次，商见曜没有说话，直接给他塞了一袋压缩饼干，成功阻止了对方的盘问。

按照那个女孩的描述，他们两人进了对应的单元楼，上至四层。

走了几步，蒋白棉侧头看向商见曜：“房间里有人。”

“嗯。”商见曜表示自己也感应到了。

蒋白棉随即将手探入衣兜，握住了冰苔手枪的枪柄。做好准备后，她来到406室门口，抬起左手，敲了几下。

“谁啊？”听声音，里面的人似乎刚睡醒。

“你爸。”商见曜非常流利地回答道。

这把蒋白棉刚组织好的语言堵了回去。

房间内那个人似乎一下变得很愤怒，忘记了警惕和犹豫，猛地冲向这边，拉开了木门。

这是一个三十来岁的男子，普普通通，没什么特色。

他最先看见的是蒋白棉，整个人一下怔住了，脸上不自觉地堆起了笑容：“有……有什么事？”

看着他略有点色眯眯的样子，蒋白棉肯定他就是曾广旺。

她笑着问道：“曾广旺？”

“对，是我。”曾广旺终于看见了商见曜。面对对方的身高压制，他一下变得警惕起来。

蒋白棉拿出猎人徽章，展示了一下：“我们接了一个调查任务，想找你问点事情。”

“要问事情，那得……”曾广旺搓了搓手。

商见曜的存在让他没敢提更过分的要求。

蒋白棉丢了根能量棒过去，不给对方讨价还价的机会，直接问道：“你之前不是在当临时老师吗？为什么突然辞职？”

曾广旺的脸色唰地变白，似乎回忆起了什么不好的事情。

见他有拒绝回答的倾向，蒋白棉抢先说道：“是不是和‘知识有毒’有关？”

曾广旺愣了好几秒才道：“你们都知道什么？”

蒋白棉没有回应，只是看着他。商见曜则试图和他对视，不让他移开目光。

“进来再说吧。”曾广旺朝门外左右看了一眼，显得畏畏缩缩的。

关好房门后，他来回踱了几步，道：“我之前做了好几家的临时老师，想着天变冷了就不能外出冒险。那段时间，我陆续收到了好几张传单，和街上那些乱发的传单差不多，写的都是什么‘思考是陷井，知识是毒药’。

“我没去管，觉得那就是一帮傻货。后来，有一天我从东街回来，进了黄角巷，还没走到院子入口，迎面过来了一个人……”

曾广旺说着说着，脸上就多了几分恐惧之色。

“那个人比我高一点，和你差不多，穿着黑色的风衣，对，风衣。”他看着蒋白棉，比画了一下，“他整个人很瘦，脸色也不好，看起来憔悴得很，就像正生着大病。”

曾广旺停顿了一下，缓了口气，道：“他走到我面前，看着我说，‘先生，知识是旧世界毁灭的根源，你的行为是在毒害人类，请立刻停止，否则执岁的吊索将为你而来。’”

说完之后，曾广旺仿佛陷入了一场噩梦：“他那双眼睛很吓人，黑色的，明明没什么奇怪的地方，但就是很吓人，让我都记不清楚他长什么样子。我当时没理他，觉得是个疯子。回来之后，到了半夜，我忽然醒来，发现自己正吊在衣柜里，快要死掉了。我明明在睡觉的！

“我拼命挣扎，想要自救，还好，衣柜里的那根木头本身就很破旧了，没过多久就裂开了。而房间内除了我，没有别人！我害怕极了，不敢告诉别人，赶紧把临时老师的任务全部退掉了，损失了好大一笔……”

曾广旺描述这件事情的时候，情绪相当激动，并拉开了床边暗红色衣柜的门，里面那根横木有清晰的裂痕。

催眠？蒋白棉若有所思地点了下头。

她侧过脑袋，看了商见曜一眼，发现这家伙已走向曾广旺并诚恳地说道：“你这是撞鬼了。”

“不会吧……”曾广旺原本是不信这个的，但现在有点信了，“那……那该咋办呢？”

他这段时间每天疑神疑鬼，睡也睡不好，吃又吃不香，连接任务的心思都没有，全靠积蓄顶着过日子。

“尽快搬家。”商见曜认真地给出了建议。

本想阻止商见曜的蒋白棉闭上了嘴巴，她觉得这是个好建议。

不管是从摆脱反智教那群人的视线来讲，还是从脱离熟悉的环境、避免某些暗示再次发作来讲，这都是最容易实行的一个办法。

“好吧……”曾广旺犹豫着说道。

告别了曾广旺，蒋白棉和商见曜沿着楼梯一路下行。

快走到一楼时，蒋白棉终于开口了：“你觉得警告曾广旺的那个人是谁？”

商见曜露出了笑容：“神父，我想揍的那个神父。”

第 44 章
交汇的线索

蒋白棉闻言失声笑道："你倒是信心十足啊。"

她随即补了一句："这也是好事，至少我们遇到困境，变得沮丧、没有斗志的时候，你还能信心满满，感染全组。这就叫理想主义乐观精神。呃，这话你是不是曾经说过？"

商见曜点了点头："我不介意你引用。"

蒋白棉白了他一眼，走出了楼梯口。她环顾了一圈，若有所思地说道："这个院子里可能还有反智教的一些信徒。警告曾广旺的人说不定也藏在附近。"

被控制的林飞飞住在这里，被警告、差点自己吊死自己的曾广旺也住在这里，如果不是纯粹的巧合，那就说明这片区域的反智教信徒人数众多。

抢在商见曜给出建议前，蒋白棉叹了口气："可惜没有照片，要不然就能找门卫询问了。挨家挨户排查太耗费人力，不是我们能完成的，而且也容易打草惊蛇，带来意外。"

商见曜眼睛一亮，飞快地说道："我可以把警告曾广旺的人画出来，按照他的描述。"

"那还是算了。"蒋白棉想起商见曜画过的画，直接拒绝了他的自荐。

她想了一下，道："去猎人公会找欧迪克，说不定他有办法从曾广旺的梦境里把那个人的形象勾勒出来。"

"希望。"商见曜一脸遗憾。

两人出了位于黄角巷的那个门，拐向南街，往中心广场走去。

就在他们准备转往西街时，侧前方突然传来一声巨响。

轰隆！蒋白棉和商见曜各自做出条件反射，一个翻滚着蜷缩到了长椅后，一个原地趴着，假装自己是具尸体。

他们这样做倒不是说能挡得住子弹，而是为了避开可能存在的袭击者的视线。

爆炸声过后，中心广场变得喧闹起来，尖叫声、大喊声、急促奔跑的脚步声不绝于耳。

见没有激烈的战斗发生，蒋白棉离开躲藏处，望向爆炸发生的地方。

那是野草城公共图书馆。

那栋建筑的玻璃窗已全部被震碎，有乌黑的烟雾和赤红的火苗从里面冒出。附近不远处的消防队飞快赶了过来，用各种办法灭起了火。好几个满身血污的人陆续被抬了出来，有的还在呻吟，有的已经没有了动静。

蒋白棉看了跟着站起的商见曜一眼，脑海里浮现出一个名词：反智教！

她将视线从受损不算太严重的图书馆收回，习惯性地观察起周围的情况。

突然，她的目光停在了一个地方。

东街和中心广场的交界处，一群见警报已经解除的人正在围观。这群人的边缘，有一个穿着黑色风衣的男子。

他双手插在衣兜里，差不多有蒋白棉高，留着略显凌乱的短发，整个人显得很瘦，脸色异常苍白，像是大病初愈，或者还没有痊愈。

似乎感受到了蒋白棉的注视，他侧过脑袋，回望过来。他的眸子近乎纯黑，如同一个能埋葬他人灵魂的深渊。

这男子嘴角微翘，露出了一个难以捉摸的笑容。然后，他挤进人群，消失在了蒋白棉的视线里。

“你看到了吗？”蒋白棉默然几秒，转头问起商见曜。

“看到了。”商见曜的双臂不知什么时候已摆出了奔跑的预备姿势，但他的双腿却没有迈开。

蒋白棉顿时笑道：“我还以为你会冲过去揍他一顿。”

商见曜奇怪地看了蒋白棉一眼，回答道：“追不上。”

“也好，至少这样一来，就没有暴露你知道他是危险人物这件事。”蒋白棉又看了一眼火势得到控制的图书馆，缓慢地吐了口气道，“希望里面的书损失不多。”

这可是野草城不少孩子的希望。

单纯教识字，临时老师便可做到，可要想让孩子们学到更多，没有书本肯定是不行的。

蒋白棉没有再多说，带着商见曜走入西街，进了猎人公会。

她正想着如果在大厅内找不到欧迪克，该怎么给对方留消息，就发现这个高级猎人坐在她和商见曜平时喜欢待的边缘区域，不知在等谁。

“我们有新线索。”蒋白棉走了过去，笑着说道。

“我也有。”穿厚呢子大衣的欧迪克站了起来。

“你是在等我们？”蒋白棉一下明白了。

“你应该在门口等，那样我们一眼就能看见了。”商见曜热心地出起主意。

欧迪克没有理他，直接说道：“我已经问出来是本地公会哪位高层见过雷云松、林飞飞他们了。”

问出来的？恐怕是靠梦境能力找出来的吧……但蒋白棉表面不动声色地追问道：“谁？”

“崔恩，负责猎人事务的崔恩副会长。”欧迪克指了指通往二楼的阶梯，“我带你们去见他。”

蒋白棉没急着提穿黑色风衣男子的事情，对商见曜使了个眼色，让他做好准备。然后，他们一起上了二楼，在一个只有一张长桌和几把椅子的小房间内，见到了本地猎人公会的副会长崔恩。

他身材瘦高，鼻子很大，头发虽然稀疏，但依旧乌黑。

商见曜端详了他一阵，突然问道：“你是不是染过发？”

崔恩张了下嘴，忘了本来已组织好的语言。隔了几秒，他骄傲地摸了摸自己的头发：“没有。”

“这样啊……”商见曜似乎有点遗憾。

蒋白棉严重怀疑他是在遗憾没能给“生死兄弟”费林，也就是无根者商团的团长招揽到染发生意。

欧迪克没有浪费时间，打破了奇怪的静默：“我刚才和崔副会长交流过了，他在差不多一个半月前见过雷云松、林飞飞他们。”

崔恩对欧迪克颇为信任，身边竟没有跟着保镖，他指着长桌对面的椅子道：“坐吧。”

等到蒋白棉和商见曜飞快地坐下，崔恩叹了口气，道：“这件事情，我本来不想提的，它没什么价值，只会给大家带来不必要的麻烦，结果，欧迪克不知怎么就查出来了。”

“大概一个半月前吧，”这个副会长回忆着说道，“那是一个上午，我助手告诉我，有人想找我谈一个大任务。我当时没什么事，我助手也说他们看起来有点背景，所以就答应了。然后，我在办公室见到了你们说的雷云松、林飞飞他们。他们其实没有大任务要谈，目的是了解机械天堂的事情。”

“机械天堂？”蒋白棉略感诧异。

这是掌握着智能机器人生产技术和众多工厂的大势力，位于旧山山脉南端的入海地，而盘古生物在旧山山脉西北端。

他们相对比较神秘，和外界的交易主要靠机器人军队负责，没有其他势力进过他们的实控区域。

“对。”崔恩颇有点疑惑地回答道，“我也不知道他们为什么想了解机械天堂，为了这个，还愿意拿出不菲的报酬。可惜，我和机械天堂没什么接触。别看大厅里摆的都是机械天堂的产品，但负责相应事务的是总会长和本地会长。所以我只能让他们试着找关系去北街，拜访会长。”

本地猎人公会的会长就是城主许立言。

“难怪……”蒋白棉解开了心中的一个疑惑——雷云松、林飞飞他们为什么会进入北街。

他们是去城主府求见本城城主、猎人公会会长许立言的。

崔恩端起面前的白瓷茶杯喝了一口茶：“之后我就没见过他们了，但我可以确定一点，他们后来离开了北街。

“因为担心这件事情会给会长带来不必要的麻烦，我叮嘱了我的助手和相关的办事员不要把这个消息外泄出去，也不知道欧迪克是怎么查出来的。”

显然，崔恩对欧迪克突然知道了这个秘密耿耿于怀。

这时欧迪克轻轻颔首，暗示蒋白棉他们，崔恩没有撒谎。

蒋白棉随之看着崔恩，微笑着说道：“我们大概了解了。实在是太麻烦你了，崔副会长。”

“没事，如果能因此调查清楚刘大壮的死因，我甚至会表示感谢。”崔恩起身，送蒋白棉、商见曜等人出了房间。

到了外面，走向楼梯时，蒋白棉笑了笑，目视前方道：“再交换一次情报？”

“可以。”欧迪克没有拒绝。

蒋白棉“嗯”了一声：“我们找到了一个被反智教威胁过的临时老师。”

她略去前因后果，把曾广旺的住址和遭遇描述了一遍，并重点提到了图书馆爆炸后，围观的人群里有一个穿黑色风衣的神秘男子。

“这个风格……”欧迪克的神色逐渐变得凝重，“很像之前在最初城活跃过的神父。”

商见曜的表情一下变得兴奋。

第 45 章
城外

蒋白棉瞪了他一眼，让他克制住自己，然后对欧迪克道：“该你了。”

欧迪克看着面前的楼梯，沉默了一下道：“我来野草城不是偶然的，是被请来的。我追查刘大壮的死因，不是因为刚好碰到，也不是因为他是一名情报贩子。”

说到这里，欧迪克迈步走下楼梯，留下了一句话：“他暗中在为城主服务。”

听到这句话，蒋白棉一下感觉到所有的线索在脑海里交织了起来，距离勾勒出答案似乎已经不远。

之前，蒋白棉一直感觉已发生的事情之间缺乏必要的联系——雷云松、林飞飞他们和反智教明面上不存在任何交集，看起来是风马牛不相及的两方，却又奇异地联系在了一起。

而现在，她终于找到了缺失的那个点，连接两边的那个点：野草城城主、本地猎人公会会长许立言！

边走边想之时，蒋白棉对前方的欧迪克道：“你是被城主请来的？”

欧迪克未做回答。蒋白棉若有所思地自语道：“我想和城主见一面，这样也许能弄清楚很多事情。”

欧迪克还是没有说话，径直走入了公会大厅。

野草城城门口，白晨开着吉普车，带着龙悦红，慢慢地驶了出去。

他们在寻找临时老师的过程中，发现了一件值得注意的事情：一个叫作黄明堂的临时老师，本该在昨天结束假期，回来给孩子们上课，结果一直没有出现——他每旬能休息一天。

按照几个家长的说法，黄老师已经教了他们孩子快一年，收费合理，工作负责，之前从来没有出现过类似的情况，而且经常在某些家庭暂时陷入困境时，允许他们拖欠学费一段时间。

这些家长原本打算再等两天，如果黄明堂老师还没回来，就去公会发布任务寻找他，虽然给不了多少报酬，但至少能让遗迹猎人们攒点信用积分。

在野草城，本该由市政厅、城防军承担的一些事务已逐渐转移到猎人公会，以发布任务、完成任务的形式进行。

正好撞上白晨、龙悦红这一组遗迹猎人过来调查，那些家长干脆委托他们专程去公会大厅发布任务，报酬是2奥雷、10信用积分。

白晨和龙悦红根据家长们提供的线索，很快找到了黄明堂租住的地方。从那里的门卫处得知，这个临时老师在正式休假的前一天晚上，去了他位于城外的家，之后似乎一直没有回来。

黄明堂的父母在城外的一个庄园内做仆人，他从小在那里长大，得益于仁善的庄园主人，识过字，读过书。

后来，他陪着少主人当了一段时间的遗迹猎人，立了些功劳，被恩准成为自由的公民。他不太喜欢打打杀杀，也不愿意去荒野冒险，最终选择靠做临时老师养活自己。

事不宜迟，白晨决定抢在天黑前去城外那个庄园问一下。

在城门口堵了几分钟后，军绿色的吉普车出了野草城。

副驾驶位置上的龙悦红下意识地望向外面，被眼前的场景惊呆了。

好多人!

城外有好多人!

他们或跪或坐地待在道路两侧，人群远远地延伸开去，难以数清。

在更远一点的地方，有他们挖的地窝、临时搭建的简陋帐篷，这里仿佛已成为形态不同的荒野流浪者聚居点。

这些人脸色青白、表情麻木地看着前方，在寒冷的风中瑟瑟发抖，却没人说话。时不时有几声孩童的哭喊响起，但也显得有气无力。

每当有人带着全副武装的保镖走入他们中间，来来回回挑选时，他们的脸上才会出现些许希望。

当几个幸运儿被买走时，剩下的人同时露出了失望的神色，继而又恢复了麻木的表情。

“这都有传染病吗？不像啊……”龙悦红自言自语。

他记得他们来野草城的那天，聚集到这边的流浪者们只要检查过没有传染病，都是能被放入城内寻找机会的。

白晨让车子的速度变快了一点：“太多了。这么多人如果拥进城里，就是无数颗随时会爆的炸弹。”

龙悦红仔细一想，明白过来：“所以只能让他们待在外面，让想买的人自己出来挑？”

白晨点了点头：“野草城容纳不下这么多奴隶，只能看最初城那边能不能及时派人过来收。尤金的捕奴队本来能包一批，现在就不清楚了。”

听到这里，龙悦红突然有些诧异：“你的意思是，杀了尤金这么一个恶人，反而会造成一批无辜者死亡？”

白晨用一种前辈的口吻说道：“你要习惯这种事情。尤金虽然是一个该被千刀万剐的恶棍，他的目的也只是赚钱，但在当前的环境下，他确实能给不少人带来一线生机。”

不是所有被买下的人都会被送去矿山，几年后就死去的。

龙悦红沉默了，好半天才道：“这浑蛋的世界！”

“尤金的捕奴队可能很快就会有新首领。赚钱的机会，他们应该不会放过。”白晨也看了一眼侧面，“这么多人，每天还有新的流浪者过来，如果再过几天还不解决的话，可能会有大的骚乱……”

她见过类似的事情，那才叫真正的人间惨剧。

说话间，吉普车终于驶出了这片区域，拐向浊河。绕过一片凋敝的林子，又开了四五分钟后，龙悦红看见了许许多多的田地。

冬日的它们同样显得荒芜。

很快，吉普车抵达了庄园门口，被一队持枪的守卫拦了下来。

白晨拿出猎人徽章，说明了要找黄明堂的父母。他们没有被允许进入庄园，但一名守卫帮他们传了信，叫出了那对夫妇。

黄明堂的父母看起来有五十来岁，头发已白了不少。

“阿堂没回去？他前晚就走了啊！”听完龙悦红的讲述，黄明堂的母亲顿时有点焦急。

白晨微皱眉头道：“他走之前有什么异样吗？”

“没有。”黄明堂的母亲连连摇头，“我就催了一下他找媳妇。”

黄明堂的父亲看起来老实巴交的，裸露在外的皮肤晒得有点黑，不少地方甚至出现了干裂。

他回忆着说道：“阿堂不到五点就急着走了，从这儿到城里，光靠步行得大半个小时，天黑之后还会有些饿极了的野兽……”

说到这里，黄明堂的父亲忧心忡忡地说道：“他不会是遇到了那些野兽吧？”

白晨和龙悦红对视了一眼，道：“我们沿途找一下。”

在那对夫妇期盼的眼神里，白晨和龙悦红上了车，原路返回。

这一次，他们开得比之前慢了很多，密切注意着周围的环境，时不时下车检查一番。

过了一会儿，吉普车回到了那片林子外。

虽然树叶都掉得差不多了，但树木错落排列，更深一点的地方，外面还是看不太清楚。

白晨停下吉普车，对龙悦红道：“看着车。”

龙悦红对此已非常熟练，他拿着冰苔手枪，站到吉普车旁边，警惕地防备四周。白晨同样拔出了枪，脚步很慢地走进了林子。她绕过一株粗壮的树，瞳孔顿时有点放大。

林子的深处，一根离地面不算高但看起来很结实的树枝上，一个穿着暗红色棉袄的男子挂在那里，没有半点动静。

他的脖子处勒着一根棕黄色的皮带，他的裤子似乎随时会脱落。

呜的风吹过，这男子轻轻地晃动起来。

阿福枪店二楼。

“黄明堂上吊‘自杀’了？”蒋白棉听完白晨的回报，心有余悸地说道，“曾广旺的运气还真不错。”

她旋即把自己这边的进度也讲了一遍。

“那个反智教就跟疯了一样。”龙悦红由衷地感叹了一句。

他现在一回想起黄明堂父母看见儿子尸体后的反应，就有些难过。

商见曜看了他一眼：“你什么时候产生了他们不是疯子的错觉？”

“我……我最开始以为他们只是一个文盲组织，没事烧烧书。”龙悦红承认自己没见过世面。

“纵火已经是重罪了。”蒋白棉说了一句，转而提醒道，“你们最近也要注意点，那个神父很危险，很危险。”

龙悦红一颗心提了起来：“接下来怎么办？”

“暂时只能看欧迪克那边能排查出什么了，希望他至少能找到一个反智教成员。”蒋白棉同时还在等待欧迪克回复城主是否愿意见他们。

蒋白棉转而问起白晨：“无线电收发报机的事情有眉目了吗？”

“找到了一个可以自己组装的人，价格很便宜，我明天去谈谈。”白晨点了下头。

蒋白棉松了口气，笑着对商见曜、龙悦红道：“看看，看看，这可是你们电子专业的事情，学着点。”

“有足够的零件，我可以。”商见曜立刻回应道。

“什么叫足够？”蒋白棉敏锐地反问。

商见曜坦然回答：“给我练手的机会。”

蒋白棉懒得再搭理他。

此时天已经黑了下来，因为连续发生了刘大壮和尤金的案件，外面的巡逻员增加了不少。

旧调小组吃过晚饭，回到房间维护起各自的武器，然后又泛泛地讨论了一会儿反智教的事情。

等到快停电时，他们飞快地洗漱上床，准备早睡早起。

半夜不知道几点，蒋白棉和商见曜的房门突然被人敲响。

咚咚咚的声音回荡间，商见曜唰地翻身下床，奔到了门口。他背在身后的手抓着一把冰苔手枪。

而蒋白棉也无声无息地爬了起来，瞄准了门口。

门外是谷常乐，那个凑钱请了临时老师的阿福枪店股东。她披着厚厚的棉袄，似乎也是匆忙起床的。

她没注意到商见曜的异常，略显急促地说道：“安老师来找你们。她好像受了伤，就在楼下！”

安如香？蒋白棉脑海内一下冒出了这个名字。

第 46 章
仪式感

到了阿福枪店的后门，蒋白棉和商见曜看见了等待着的安如香。

而在二楼某个房间内，同样已被吵醒的白晨、龙悦红透过窗户，监控起四周，防备可能发生的意外。

夜晚的月光下，安如香捂着已简单包扎过的左下腹，手上、衣服上能看到一些明显的血迹。

“没事吧？”蒋白棉关切地问了一句。

“还好。”安如香相当镇定，很显然，她的伤不是太重。

蒋白棉松了口气：“那上去再说。”

他们的房间里就有急救箱，可以做更好的处理，预防感染。

等忙完了这件事情，蒋白棉对谷常乐道：“你回去吧，接下来就别管了。要是牵扯进来，会给你带来不必要的麻烦。”

谷常乐想了想自己的孩子，没有逞强，离开了商见曜他们的房间。

关好木门，蒋白棉转过身体，望向安如香：“究竟发生了什么事情？”

她刚才没急着问，是因为安如香没急着说，这表明不用急在一时，提早十几分钟知道也抓不住凶手。

安如香平静地说道：“我被袭击了。”

“袭击？”蒋白棉略有些诧异，在她看来，直接袭击不是神父的风格。

安如香有条不紊地说道：“我晚上还在另外一个地方做临时老师，教那些忙碌到很晚的人识字，到十一点半结束，之后我从西街返回住的地方，途中遇到了一个人。”

晚上八点半之后，只有西街和北街不会停电，那个临时教室就在那边一名学生的家里。

“穿着黑色风衣，看起来很瘦，病兮兮的？”商见曜插言问道。

安如香没有惊讶，点了下头道：“对。”

“果然是他。”商见曜露出了笑容。

安如香继续说道：“他走到我面前，开口就说‘女士，知识是旧世界毁灭的根源’。

“我对这种莫名其妙的人一向很防备，又想起你们下午做的调查，没给他说下去的机会，直接就拔出了匕首，让他离我远一点。”

果然是安如香的风格……蒋白棉轻轻颔首，知道事情在这里出现了变化。

商见曜则不解地问道：“为什么不开枪？”

“当时我只想吓退那个人，拔匕首更方便一点。”安如香简单地解释道，“幸好我拔的是匕首，不是枪。”

“嗯？”蒋白棉表示疑惑。

安如香指了一下左腹的伤口：“我的手忽然不受我控制，刺了我自己一下。”

“又一种觉醒者能力……”蒋白棉倒也不是太诧异，更多是警惕。

“我也这么认为。”安如香也是见过高等无心者、接触过觉醒者的遗迹猎人，“如果我拿的是枪，那很可能是向自己射击。”

“然后呢？”蒋白棉追问道。

安如香的表情微微有点变化：“那个人没有趁机攻击我，也没有直接离开，他站在那里看着我，继续说，‘你在毒害人类，请立刻停止这种行为，否则执岁的吊索将为你而来。’我控制住了自己，没再攻击他。他说完之后就转身走了。”

“有病啊！”蒋白棉气愤地骂了一句。

商见曜颇为理解地感慨道：“真有仪式感。”

在蒋白棉斜眼看商见曜的时候，安如香收尾道：“我简单做了下包扎，就来找你们了。”

现在刚天亮。

“那是反智教，袭击你的人很可能有个‘神父’的绰号。”蒋白棉透露了他们这边掌握的一些情报。

商见曜随即摇脑袋：“他真可怜。”

“啊？”蒋白棉这次没能理解商见曜的想法。

商见曜叹了口气，语重心长地说道：“这就是反智教育的恶果。什么事都得自己上，手下根本派不上用场，只会拖后腿。”

蒋白棉闻言笑道：“确实。连续三次袭击都是神父亲自出手的，这首领当得也太掉价了，我都替他觉得累。”

说到这里，蒋白棉若有所思地自语：“难怪他要控制雷云松、林飞飞他们，对反智教来说，好的帮手太难得了。嗯，另外一个原因可能是想嫁祸、挑拨。”

蒋白棉怀疑反智教就是知道了雷云松他们是盘古生物的员工才对他们出手，控制他们去做一些会得罪野草城和最初城的事，从而挑起两大势力的争端。

安如香经常关注公会发布的任务，知道雷云松、林飞飞的事情，因此对蒋白棉的自语没觉得有什么奇怪的地方。

蒋白棉很快收回了思绪，对安如香道：“你今晚就在这里睡。等天亮，去找城防军，把事情报上去，然后配合他们到公会发布任务，寻找那个绰号为‘神父’的反智教首领。”

安如香的事与雷云松、林飞飞他们的事是不相关的两条线，安如香去发布任务，不用担心会打草惊蛇。

“为什么不是现在？”安如香问道。

“光靠城防军，半夜什么都做不了，还是得等公会开门。”蒋白棉解释道，“而且还有一个小问题需要解决。”

安如香不再多问：“好。”

这时商见曜举了下手：“我睡哪里？”

“你当然睡自己的床。”蒋白棉白了他一眼，“安如香和我挤一挤。”

“虐待伤员。”商见曜有一说一。

“那行！”蒋白棉毫不客气地说道，“安如香睡你的床，你要么去对面和龙悦红挤，要么就坐在凳子上睡。”

安如香虽然不理解对面两人的相处模式，但没有干涉别人的习惯，她遵照安排躺到床上，酝酿起睡意。

商见曜趁机去了隔壁，把事情的经过告诉了白晨和龙悦红。他没有在隔壁留宿，而是回到这边的房间，坐到了桌前的凳子上，摆出趴着睡觉的姿势。

不知过了多久，安如香忽然醒了过来，发现自己的脖子正挂在一个绳圈内，而握着绳圈两侧的是她自己的手。那绳圈连接着高低床的上铺，足以将她吊死。

推醒安如香的是商见曜，半夜的月光下，他的眼睛炯炯有神。高低床上铺的蒋白棉也醒了过来，趴在那里，望着下方。

“我自己做的？”安如香让脖子离开了绳圈，迟疑着问道。

“这就是那个需要解决的小问题。”蒋白棉笑着解释道。

根据曾广旺那边的经验，催眠带来的“自杀”应该只有一次。当然，这种“自杀”未必一定是在睡觉时发作的。

安如香回忆起自己的所见所闻，疑惑地说道：“催眠？”

“差不多。”蒋白棉没有多说。

她没让商见曜用推理小丑来使催眠失效，一方面是因为她不知道神父能力的特点，害怕有所遗漏，反倒害了安如香；另一方面则是因为在非必要的情况下，她不想暴露商见曜的觉醒者能力。

“这样就算解除了？”安如香谨慎地问道。

“理论上是这样。”蒋白棉回答道，“你继续睡，我们再观察观察。”

换作别的人，听到这样的话，总会有点不自在，毕竟很少有人能习惯在别人的注视下睡觉，但安如香一点问题都没有，很快就进入了梦乡。

这一次，她睡到了天亮。

吃过早饭，接近八点半时，他们分头出门，一组去找城防军，一组到猎人公会找欧迪克。

蒋白棉和商见曜刚进入大厅，就看见欧迪克坐在边缘的等待区域。

“上午好。”商见曜非常有精神地打招呼，完全看不出来他一宿未睡。

欧迪克点了点头，算是回应。然后，他指着楼梯口道：“许城主想见你们。”

“好。”蒋白棉毫不犹豫地答应了下来。这正是她期盼的。

跟着欧迪克上了二楼，走了十来米，蒋白棉突然侧头，望向商见曜。商见曜回看过去，隔了几秒，点了下头。

一直走到走廊的尽头，欧迪克才停在一个由四名武装人员守卫的房间外，与对方低声沟通了一阵，交出枪后，他们得到了允许，进了房间。

那个房间很大，光照也很充足，显得颇为亮堂。里面摆放着宽大的办公桌和两排书柜，几个关键地方都有全副武装的保镖看守着。

坐在办公桌后面的是一个二十岁出头的年轻男子，他穿着颇为老气的黑色上衣，头发整齐地往后梳，似乎想让自己显得成熟一点。他身材中等，脸部轮廓分明，似乎有一点红河血统。

“许城主，他们来了。”欧迪克上前两步道。

许立言微微点头，指着办公桌对面的几把椅子道：“坐吧。”

他的身边还站着一个相当高大的人。这人穿着带兜帽的长袍，将自身遮得严严实实。

问过好后，蒋白棉带着商见曜相当自然地坐了下来。

许立言的目光扫过他们的脸庞，若有所思地开口道：“你们和雷云松、林飞飞他们是一伙的？”

“我们在调查他们失踪的原因。”蒋白棉避重就轻，转而问道，“许城主，当时他们找你，究竟想询问什么？”

许立言笑了笑，道：“一些关于机械天堂的事情。他们不知道从哪里听说机械天堂有一台主脑，旧世界毁灭前就在运行的主脑。”

第 47 章
合作

“主脑……”蒋白棉专门了解过这方面的内容，知道它指的是什么。

“主脑”的意思就是城市的大脑，真正意义上的大脑。旧世界在发展智能城市这条路上的重要目标就是让主脑成为城市的大脑。

之前他们在沼泽1号遗迹看到的“城市智网控制中心”就属于智能城市的雏形。完整版的智能城市由主脑掌控所有管网，有无人驾驶汽车，有非私产的智能机器人等，然后通过复杂的算法调配相应资源，规划正确路线，让非智能城市所具有的一切顽疾都得到根除。

这个时候，蒋白棉用眼角余光看见商见曜抬起右臂，擦了下嘴角。

“……”她一时无言。

隔了好几秒，她才感慨道：“没想到旧世界毁灭前，已经有主脑投入运行。”

这样一来，经历过旧世界毁灭的主脑很有可能记录下了一些非常关键的信息。

基于这一点，蒋白棉完全理解了雷云松、林飞飞他们这个旧调小组为什么要拜访野草城城主许立言。

“这没什么重要的吧？旧世界已经毁灭了。”许立言对蒋白棉的感慨有些无法理解。

他接着说道：“我当时告诉他们，我也不清楚。我们和机械天堂只是纯粹的合作关系，它们提供各种电子设备、不同用途的机器人，我们出售石油产品、高性能电池和核电站所需的各种资源。”

后面这些都不是野草城能生产的，但他们是合格的中间商。

“那你和机械天堂的人打交道的时候，发现什么值得注意的细节了吗？”蒋白棉职业病发作，追问了一句。

“它们公事公办，从不接受贿赂，因为来的都是智能机器人。”许立言摇头笑道，“如果你们真的感兴趣，又帮我解决了现在这件事情，那它们再来野草城做交易的时候，我可以介绍你们认识。之后你们想了解什么，可以直接找正主。”

蒋白棉思索了几秒，正色问道：“许城主，是不是有人想暗杀你？”

许立言动了一下眉毛，一时有点诧异：“欧迪克告诉你们的？”

“我没说过。”欧迪克否认道。

“那你们怎么知道的？”许立言看着蒋白棉和商见曜，疑惑地问道。

“猜的。”蒋白棉笑了起来，“根据反智教那个神父曾经做过的事情猜出来的。他在最初城就是因为刺杀了元老院一位长老才被通缉的。”

许立言怔了一下，吐了口气，道：“老实讲，刚才看到你们两个的时候，我心里是有点不屑的，觉得你们又是几个长得好看而没什么本事的花瓶。我知道这样的想法没有来由，但还是忍不住这样去想。现在，我不会小看你们了。”

等他说完，商见曜认真地分析起来：“你这样的上位者，内心肯定是很自信的，看到某方面超过你的人，你会不由自主地去贬低对方——漂亮的就是没脑袋的，强壮的就是野蛮人，从而维持心理上的优越感……”

许立言抬起双手，于身前合拢：“说得有点道理。你很擅长心理分析啊！”

“我经常和心理医生打交道。”商见曜自信十足地回答。

如果说“被治疗”也叫打交道的话……还好没被直接赶出去……蒋白棉腹诽了两句。

她决定把话题扳回正轨：“许城主，你刚才的意思是，我猜对了？”

“对。”许立言没有隐瞒，“大概两个月前，我收到一个消息，有人要暗杀我。在我父亲死后那段时间，这样的事情经常发生，我都习惯了，于是按部就班地增加了守卫，派出大量的情报员，希望能尽快弄清楚幕后策划者是谁，争取将隐患消弭于未发。”

说到这里，他看向欧迪克：“欧迪克先生是我通过公会专门请来的帮手，他非常擅长调查和询问，有‘追踪器’和‘测谎仪’这样的称号。谁知道，他到的第二天，我在城内最重要的情报员刘大壮就被当街枪杀了。我相信刘大壮肯定是因为查到了重要线索才被灭口的。”

蒋白棉安静地听完，把自己这边能够透露的情况都讲了一遍，其中包括他们接受委托，前来调查雷云松、林飞飞的失踪原因，最后发现他们还活着，但似乎受到了控制，疑似与反智教的那个神父有关等一系列事情。

末了，她说道："我们现在已经找到了见过神父的受害者，她很快就会来发布任务。"

"不错。"许立言赞了一句。

他转而对欧迪克道："希望能尽快追踪到目标。"

不管神父是不是真正的幕后策划者，他在这件事情里都充当着重要角色。

"我立刻去获取情报。"欧迪克站了起来。

蒋白棉和商见曜跟着起身，出了会长办公室。

"我先去见受害者。"欧迪克说了一句，不等回应，就快步走向了楼梯口。

蒋白棉知道接下来的追踪没自己什么事，慢悠悠地走在后面，等着大量遗迹猎人主动"效劳"。

远离会长办公室，快到楼梯口时，她才稍微压着嗓音道："刚才上来的时候，你看懂我的询问了吗？"

她指的是她上了二楼后用眼神和表情做出的询问，当时商见曜用点头给出了肯定的答复。

现在再回想，蒋白棉有点怀疑这家伙究竟有没有理解自己的意思。坦白地讲，换作她自己，也没法从那么一个简单的对视里解读出具体内容。

商见曜毫不犹豫地回答道："看懂了啊。当时我们走在路上，谁也没碰到，你突然看我，肯定是与感应到的内容有关。

"而许立言所在的那个房间有大量的人存在。这就让我联想到了上次，我们坐在大厅，头顶有不少人经过，其中一个人同时具备人类的意识和机器人的电信号。

"如果你感应到的全是人类的电信号，肯定不会看我，寻求确认。所以答案很简单，你在问我是不是都是人类的意识。"

蒋白棉怔了几秒，张了张嘴道："这复杂的思路……但还真猜对了。"

她不得不承认，在某些时候，商见曜的脑子一点也不笨，甚至可以说非常聪明，只不过，他总是会把事情弄得很简单，或者很复杂。

踏上楼梯，蒋白棉往下看了一眼，低声说道："许立言身边那个罩着长袍的人应该是一个永生人，但是不是机械修者还待确定。”

“也不知道他认不认识净法。”商见曜忽然说道。

“你对净法还真是念念不忘啊。”蒋白棉觉得好笑，调侃了一句。

商见曜认真地回答道：“净法在追逐乔初，乔初带走了我们的军用外骨骼装置，吃了我们好多罐头、压缩饼干和能量棒……”

“我懂了。”蒋白棉沉重地点头。说话间，他们走下了楼梯，回到了大厅。

这个时候，那个金发蓝眼的克里斯汀娜副会长正好带着四名黑衣保镖从侧门进来。她看见商见曜后，眼睛一亮，快走几步，微笑着说道：“我今天一天都在三楼308室，你随时可以来找我。”

说完，她看着蒋白棉，目光从蒋白棉的脸上缓慢扫过。

克里斯汀娜的笑容愈加明显，她对商见曜道：“这是你同伴？”

不等商见曜回应，她转而看向蒋白棉：“你可以和他一起来找我。”

蒋白棉敷衍地“嗯”了一声。双方擦身而过时，她早有准备地侧了下身体，避开了克里斯汀娜悄然拍向她臀部的手。

目送这个副会长和她的保镖走上楼梯后，蒋白棉“啧”了一声：“她的爱好还真是广泛啊！”

“可能她只是想凑人打牌。”商见曜思索着说道。

“你当她周围的保镖不是人啊？”蒋白棉笑骂了一句。

商见曜严肃地回答：“保镖得做好本职工作。”

他们边聊边走到了大厅边缘，找了张椅子坐下，等待新线索出现。

没过多久，任务更新，开始寻找那名穿黑色风衣的病态男子。

那幅素描画像惟妙惟肖，不比照片差多少。

商见曜和蒋白棉没有行动，因为会有大量的遗迹猎人代替他们行动。

到了上午十点的样子，新的情报出现了：有人在东街1号到3号仓库附近见过那名穿黑色风衣的病态男子好几次。

蒋白棉和商见曜立刻起身，接下任务，往门口走去。

快到街上时，商见曜突然止步，对路过的一个人喊道：“等一等！”

那人停了下来，略显疑惑地望向他们这边。

那是个二十七八岁的男子，灰土人种，和蒋白棉身高差不多，穿着黑色的衣裤，留着常见的短发，长相还算不错，就是黑眼圈有点重，整个人看起来很是疲惫。

在蒋白棉略显诧异的目光里，商见曜走到这个人面前，开口问道："你昨晚是不是没睡好？"

那人挑了下眉毛："我最近睡眠质量都不太好，可这和你有什么关系？"

商见曜诚恳地说道："睡眠不好，状态会很差，完成任务的时候很容易出现意外。你最好多休息一下。"

说完，他转过身体，走回蒋白棉身旁，留下那个人呆愣在原地。

蒋白棉抬起右手，指了指自己的脑袋，用动作询问商见曜是不是又"脑子一抽"了。

商见曜轻轻点头，表示就是这样。

第48章
接近

对于商见曜偶尔的思维跳脱行为，蒋白棉已经见怪不怪了。她也不多说，和商见曜一起赶去了东街。

途中，他们遇到了白晨和龙悦红，但依旧装作互不认识。

此时的东街上已经有不少遗迹猎人，在周边区域寻找更多的线索。最为关键的1号到3号仓库地带则被城防军封锁了，一般人不让进去。

蒋白棉抬头看了看四周的建筑，见关键位置都有狙击手，轻轻地点头道："还算专业。"

就算城防军还不知道神父是觉醒者，面对这种已标明"非常危险"的人物，也该全力以赴。

因为暂时进不了仓库区域，蒋白棉只能和商见曜站在街道对面，靠着墙壁等待。

过了一阵，和城防军关系匪浅的几名遗迹猎人率先从里面得到了消息，这消息又经公会大厅传播了出去："2号仓库内发现了一个地下室，室内有人类生活过的非常新鲜的痕迹，并且有好几台破旧的印刷设备和大量的传单。"

不用问，蒋白棉用脚指头都能猜到那些传单上写的是什么，不外乎是"思考是陷井"这种有大量错别字存在的口号。

"这才平稳下来多少年，野草城的人就这么不警惕了吗？"蒋白棉忍不住对商见曜抱怨道，"在能源这么宝贵的情况下，他们都没发现这片区域的用电量在显著增加吗？"

不管2号仓库是属于私人的还是属于野草城公家的，相应的管理人员都难辞其咎。商见曜对此非常赞同：“应该炮决。”

在盘古生物内部，大家都按照能源配额用电，精打细算到电表末尾多跳一个数字都能立刻被发现。

蒋白棉正要问商见曜是不是对炮决这事印象深刻时，就看见穿着厚呢子大衣的欧迪克走了过来。

这个黑发蓝眼的高级猎人直截了当地说道：“城门口的守卫回忆起了一件事情。差不多一个小时前，有个穿黑色风衣、脸色苍白的男人出了城。”

说到这里，欧迪克特意补了一句：“他一副随时会病倒的样子，守卫印象比较深。”

我知道，我知道，你其实是通过梦境影响看见的……蒋白棉一听就懂，笑着问道：“你想找两个帮手？”

因为神父似乎已经出城一段时间了，所以要找他也不差说这么几句话的工夫。

“你们的能力值得信任。”欧迪克坦然说道。

我们什么时候在你面前表现过能力了？蒋白棉腹诽了一句后道：“是因为我们看起来高大，比较能打？”当前环境下，不管是她还是商见曜，在各自的性别群体里都属于相当高大的类型。

欧迪克简洁地回答道：“自信，你们很自信。”

这一点，他不会看错，而且他们也不像是两个新手。能在度过新手阶段后，还保持足够自信的人，肯定有些本事。

“我已经迫不及待了。”商见曜表示认可欧迪克的解释。

蒋白棉也不再多说，点了下头道：“带路吧。”

欧迪克转过身，快步走入附近的一个停车场，开了一辆红色越野车出来。这车明显被改装过，有足够厚的装甲和可以防弹的玻璃，显得非常张扬。

“大美人。”蒋白棉差点吹了一声口哨。而她这个想做而未做的遗憾，商见曜帮她弥补了。这是他们在无根者营地那两天养成的坏毛病。

“没想到欧迪克这种看起来沉稳内敛的人会开这种车。啧，他的内心可能很狂野。”蒋白棉小声地对商见曜说道。

欧迪克按下窗户，板着脸道：“上车吧。”

说完，他目视前方道：“在你还不是那么强大的时候，有什么车就得用什么车。因为经过一次次改装后，就不那么容易舍弃它了。”

“如果你嫌弃它，可以把它卖给我，我有一群朋友肯定很喜欢。”商见曜拉开后座车门的时候，诚恳地提议道。

已经上车的蒋白棉微微皱起了眉头：“这话怎么怪怪的……”

这一刻，欧迪克突然有点后悔请这两个人当帮手。如果不是他们两人已经牵扯进来了，他也不会做这个选择，毕竟城主的事情，能少一个人知道就少一个人知道为好。

红色越野车开回了中心广场，拐入南街，一路驶出了城门。

蒋白棉和商见曜虽然已经听龙悦红和白晨描述过外面的情况，但亲眼看见数不清的荒野流浪者或跪或坐地聚集在道路两侧时，还是一下变得沉默了。

冰冷的寒风中，他们的脸庞都呈青白之色，眼睛里几乎没有光芒。更远一点的地窝、帐篷区域，还有些人躺在那里，不知是生是死。

这时红色越野车停了下来。

唰地一下，无数道目光从四面八方望向这边。

欧迪克推门下去，走到一个看起来还算清醒的三十来岁的男子面前，拿出神父的肖像画，开口询问道：“你见过这个人吗？”

车上的蒋白棉和商见曜都拔出了手枪，各自防备着一侧。

当那三十来岁的男子端详着神父的肖像画时，他身后的人群里有个年纪更大一点的男人站起身来，往这边靠拢，似乎想抢下这个活计。

然而，那个年长的男人一个踉跄，摔倒在地，然后就没有了动静。他的脸色青白交错，眼睛无神地睁着。

在商见曜的感应里，这个人的意识已经消失了。

只是这么轻轻一摔，他就死了。

另外一侧，蒋白棉同样看见有的荒野流浪者坐着坐着就往旁边倒去，再也没有起来。

在呼啸的冬日寒风中，周围残存的枯黄野草或无力地倒伏着，或被卷向了半空。这个时候，被问到的那个三十来岁的男子声音虚弱地做出了回答：“看到过。今天出城的人很少很少，他一直走到了尽头。”

欧迪克点了下头，拿出一根能量棒递给了这名男子。几乎是同时，望向这边的一双双眼睛冒出了血丝，泛起了光芒。

那名三十来岁的男子接过能量棒后，飞快剥开包装，将它折成了两半。他想了一下，又把其中一半再次对半分开。接着，他摇醒了靠在自己身上的一个小女孩，将四分之三的能量棒塞到了她的手里，并催促道："快吃！快吃！"

那小女孩七八岁的样子，脸上脏脏的，只一双眼睛显得明亮。

她还有点蒙，但非常听话，接过一长一短的两截能量棒，飞快地吞吃起来。

那三十来岁的男子这才放下心来，几口就把手里剩余的能量棒吃进了嘴里。

"谢谢……谢谢……"他抬起脑袋，含含糊糊地对欧迪克说道。

直到这个时候，商见曜才看清楚他的长相：国字脸、古铜色皮肤，一副憨厚的样子。

欧迪克没有停留，迅速回到车上，开往这片人群的尽头。

经过几次询问，他们确定神父拐向了左侧。就这样，他们追一阵，问一次，发现神父在外面兜了个大圈子后，去了北城墙区域。

那里有专供贵族老爷们进出的城门。

"对，有这么一个人。"城门口的守卫看了一眼欧迪克递过来的肖像画，非常肯定地说道，"他出示过城主特批的通行令，我们不敢阻拦。"

神父一大早出南门绕了半圈，又从北门进了城？蒋白棉一下变得警惕起来。这行为实在是太反常了！

商见曜"嗯"了一声，用一种"我已经完全了解了"的口吻道："这可能是一种锻炼。饭后百步走，活到九十九。"

"北门进去就是北街。"欧迪克没理睬商见曜的笑话，说出了自己的想法。

"那他为什么不从市政大厅后面的桥进入北街？反正有通行令。现在这样更加隐蔽一点？"蒋白棉若有所思地自语道。

"可能。"欧迪克没有多说，出示自己的通行令，进了北街。

这里一眼望去，街道宽阔，两侧房屋成排，或围成院子，有假山嶙峋，或墙壁高耸，内带花园，与东街、西街、南街风格迥异。

依次问过不同府邸门口的武装守卫，欧迪克、蒋白棉和商见曜一路追踪下去，抵达了一片占地颇广的建筑群的门口。

这是野草城第一医院。在东街，还有一个野草城第二医院。

“见过这个人吗？”欧迪克拿出神父的肖像画，问起医院岗亭内的守卫。

守卫瞄了一眼：“他啊，经常来。”

欧迪克立刻追问道：“他今天来过吗？”

“来了啊，二三十分钟前来的。”守卫指了指最里面的那栋楼，“他好像是负责旧楼改造的，应该是去那边了。”

谢过守卫，蒋白棉、商见曜他们进入医院，直奔那栋已经搬空等待改造的旧楼。旧楼有五层高，外墙全部涂成了白色，里面光照不是太好，到处都显得阴森森的，还弥漫着防腐液那令人不适的气味。

走了一阵，商见曜他们看见大厅深处楼梯口旁边的墙上，有一幅像是小孩涂鸦的画。

那是一个没有五官的线条人。

那个“人”笔直地站在那里，抬至胸口处的双手上有一行粉笔字：“愿你们也失去智商。”

第49章 不按常理出牌

在弥漫着防腐液味道的阴森森的环境里，这样一幅画，这样一个符号，这样一行字，瞬间给人诡异恐怖的感觉，让每一个看到的人都内心一颤，不自觉想要回避。

就在这时，商见曜突然转身，用刻意压低的嗓音道："要是现在把大门给关了，效果会更好。"

蒋白棉循着他的视线望了一眼，若有所思地说道："这是电动的卷帘门，如果做好准备，应该可以远程控制。"

本来有点被氛围影响到的欧迪克听到这莫名其妙的对话，顿时没了之前的感觉。他们竟然在讨论该怎么增强现在这种氛围！

欧迪克还没来得及转过念头，就听见了嚓嚓嚓的声音。入口处的铝白色卷帘门真的在自行降落！

大厅内本就不多的光照随之减少了一大半，让这里晦明交错，愈加显得阴森和压抑。与此同时，之前最为黑暗的那些角落里，一盏又一盏日光灯亮起，洒下了惨白的光。

每盏日光灯照射的墙壁上，都有一个姿势各不相同、仿佛小孩涂鸦的线条人。

这些线条人的共同点是脸上没有五官，一片空白。

在这样一张张脸孔的"注视"下，大厅中央垂落的液晶显示屏上，雪花般的噪点泛起，几个闪烁后，上面显现出一个人。

这人穿着黑色的风衣，戴着一张没有描绘五官的惨白面具，只眼睛处挖了两个洞，显露出一双眸子。

那眸子幽深得如同林中古潭，底部仿佛有一个个旋涡在打转。

一看见屏幕上这个人，接触到他的目光，欧迪克、蒋白棉和商见曜顿时就有点移不开眼睛。

戴着惨白面具的人张开嘴巴，声音从各个角落的扩音器中传了出来：“世上没有真理，请全身心相信神……”

这声音似乎带着某种奇特的节奏，回荡在欧迪克等人的脑海。

突然，商见曜强行插话，认真地问道：“你戴这样的面具会不会感觉难过，逐渐窒息？”

面具的嘴巴和鼻子处都没有孔洞！

屏幕上戴着惨白面具、穿黑色风衣的男子一下卡住了，仿佛忘记了后面该说什么。

欧迪克和蒋白棉旋即摆脱了刚才那种无法言喻的感觉，有种回到现实、双脚真正踩在了地面的感觉。

蒋白棉没有后怕的情绪，悄然看了一眼自己的左臂，微微点了下头。

欧迪克则恍然大悟，沉声说道：“你是故意引我们过来的，这一路的反常行为和这里的布置，就相当于一个大型的催眠仪式！”

他知道催眠这种能力是可以通过外在的布置来让效果更加显著的。

屏幕上戴惨白面具、穿黑色风衣的神父的身影一下变得扭曲起来，分解出了大量的雪花噪点。

他的声音依旧通过位于各处的扩音器传出，让人判断不出他的准确位置：“如果不能催眠你，谁来充当靠近许立言、完成致命一击的关键角色？可惜，遇到一个不按常理出牌的人。不过没关系，这只是多费一点工夫的事情……”

他话音未落，欧迪克已拿出了一个对讲机大小的非常有质感的浅蓝色物品。

他按亮这个物品，正要与另一端的对象通话。可是，听筒那端传来的只有沙沙沙和刺刺刺交错的声音。

神父的话语再次回荡在大厅内，带着几分讥讽的笑意：“在知道许立言和机械天堂关系匪浅的情况下，我怎么会不准备仪器，做好电磁屏蔽？”

听完这句话，商见曜颇为遗憾地用右拳击了下左掌：“可惜。”

蒋白棉知道这家伙在可惜什么：商见曜可惜的是超过了范围，没法借助隔着电子物品的对话使用推理小丑。要不然，以神父这么多话的表现，商见曜能让他心甘情愿地跪下来喊爸爸。

面对神父的嘲笑，欧迪克没显出任何表情变化，只是将那件电子物品塞回了衣兜，然后掏出了另一个东西。

那是一个黑色的手雷。

欧迪克飞快地拔掉手雷的拉环，腰背一撑，手臂一甩，将它扔向了大门旁边的玻璃窗。

清脆的碎裂声传来，接着，轰隆的爆炸声在外面响起，一团火球急速膨胀开来。半空，一架始终跟随着欧迪克、产自机械天堂的无人机默默地拍下了这幕场景，将它传回了操纵者眼前，让相应的人知道这边出了状况。

而大厅内，当欧迪克拿出手雷的时候，商见曜和蒋白棉已各自奔跑起来，分别找了一根柱子做遮挡。

等到爆炸平息，背靠在一面墙壁上的欧迪克大声喊道："有两个人在靠近！从走廊的两侧！不确定里面是否有神父！"

他依靠觉醒者能力感应到了两股人类意识，但因为觉醒者能对自己做一些伪装，可以骗过这种感应，所以他没法确定那两个人里有没有神父。神父有可能隐藏了自身，悄悄靠近，也可能反其道而行之，故意混在同伴中，假装是普通人……欧迪克不直接强制目标入睡，一个一个对付，说明现在的距离超过了强制入睡这个能力能发挥效用的极限，但在梦境影响或另一个能力的影响范围内……蒋白棉脑海内一下闪过了许多念头。

她随即望向商见曜。

商见曜用力点头，表示欧迪克说的没有问题。

蒋白棉没有浪费时间，一只手握着冰苔手枪，调整了下姿势。与此同时，她的另一只手取下了武装带上挂着的暗绿色手雷。

砰！砰！走廊两侧各有一道枪声响起，打得墙壁火星四溅。

敌人似乎也很顾忌欧迪克的能力，没敢靠得太近，只做远程攻击。

欧迪克被逼得改变了位置，用手枪予以还击。突然，他用空着的左手拍了一下自己的脸庞。

略显清脆但不大的声音随之响起。可是，在商见曜听来，这就如同一声闷雷直接在身旁炸开。这声音震得他耳朵嗡嗡作响，脑袋一阵眩晕，身体也似乎有点失去平衡。

同样地，走廊两侧的枪声停止了。他们明显也受到了影响，如同踩在剧烈摇晃的地面上。

倒是蒋白棉，只微微侧了一下脑袋，觉得声音好像有点大，就跟半空有惊雷炸响一样。除此之外，她没任何异常，因为她有听力障碍。

这是欧迪克的觉醒者能力之一，叫作听觉掌握。他可以自由地让一定范围内的所有人类的听力变得极端敏锐，或衰弱到严重耳背的程度。

刚才，他用的就是提升听力敏锐度的技巧。这个能力唯一的问题是，无法分别敌我，只能保证不影响自己。

抓住这个机会，欧迪克一个翻滚，拉近了自己与其中一个敌人的距离。

就在此时，蒋白棉突然抬手，往欧迪克不远处的楼梯口内开了一枪。

砰的一声里，一道从上方潜下来的人影猛地扑向了侧面，很是仓促。不过，他在蒋白棉抬起手的瞬间就做出了反应，所以依旧避开了这突如其来的一枪。

楼梯内相当狭窄，这人影扑到了墙壁上，顺势后弹，翻滚着改变了方向。

直到这个时候，蒋白棉才看清楚这个人的样子。

他单手撑地，半趴半蹲于地上，穿着黑色风衣，有一头略显凌乱的短发，脸庞一片惨白，仿佛大病初愈。

神父！

反智教的危险人物神父！

神父望向蒋白棉，眼神略有点惊愕，不知道对方是怎么发现自己的。

他一直认为，这次的主要对手，也是唯一能被他视为对手的是欧迪克。谁知道，那个普普通通的猎人组合里，男的思路古怪，总是能破坏气氛，女的似乎有特别的感应能力，竟提前察觉到了他的靠近。

而欧迪克这时才发现楼梯口内隐藏着敌人。此时他还没来得及让不远处的目标“安眠”。

神父躲过那一枪后，蒋白棉没做任何耽搁，紧接着拿起提前准备好的手雷，准备不拔拉环就扔过去。

另一边，商见曜已抬手瞄准，预备向那颗手雷扣动扳机。

在楼梯口那种半封闭的空间里，一旦手雷爆炸，神父几乎没有可能躲过冲击波，不死也会受重伤，除非他能及时跃往下面一层楼梯，匍匐在地。

可是，在手雷扔出去前，蒋白棉的左臂突然有点不受控制，往上抬了一下，似乎想扇自己耳光。

这就和安如香自己插了自己一刀一样。

身体自动能力!

砰！那枚手雷飞出去的弧线比预定的更高、更偏，落向了别的地方。

毫无疑问，商见曜的子弹也落到了空处。但他一点也没觉得失落或沮丧，在手雷落地前，他冲过柱子，狂奔起来。然后，他一个前扑，接连翻滚，迅速拉近了自己和神父的距离。

他刚抬起头，就看见了那双幽深如林中古潭的眼睛。然后，他笑了起来，对着神父做了个鬼脸。而这完全没有影响他抬手，瞄准，开枪。

第50章 一环扣一环

正在进行催眠的神父没想到对方竟然扮起了鬼脸。不仅他没想到，商见曜自己同样没想到。

神父先是一怔，接着身手敏捷地扑向了侧方。

砰的一声，商见曜双手极稳地移动枪口，试图拉出一条火力线，覆盖神父可能躲避的区域。可就在这时，他的双手不由自主地抬了起来，掉转枪口，瞄准了自己的脑袋。

身体自动能力！

商见曜不仅没有惊慌，反倒笑了起来，因为这对他而言是全新的体验。他的手指就要扣动扳机，给自己来上一枪。然而，他的手好像突然遗忘了这个动作，按在扳机上，不知道后续该怎么做了。

商见曜给自己使用了一个双手动作缺失能力。

这个时候，他侧过脑袋，望向欧迪克，仿佛在说“轮到你了”。

他根本没想过刚才那一枪能击中神父，他的目的只是把神父往欧迪克那边赶，让两人之间的距离缩短。

在这件事情上，蒋白棉和他异常默契。

蒋白棉于仓促之间，往神父的左侧，也就是远离欧迪克的那个方向随意开了一枪。这就逼得神父只能扑向欧迪克身处的那段走廊。

欧迪克放弃了原定的目标，半转身体，贴着墙壁，锁定了神父。

神父还没来得及做出第二轮翻滚，眼睛一下就失去了光彩，眼皮止不住地下垂。在这激烈的战场上，他竟然打起了瞌睡，即将倒地。

商见曜和蒋白棉当然不会放过这个机会，双手一恢复，立刻就移动枪口，瞄准了昏昏欲睡的神父。

可是，在他们射出子弹之前，有一发子弹从远离欧迪克的走廊的另外一侧射了过来。从子弹的运行轨迹来看，它根本不可能命中欧迪克，但是，它带来了砰的一声枪响。

这声音震动耳膜，让神父一下从沉眠中惊醒。他顾不得分辨局势，一边顺势倒地，连续翻滚，一边随意挑选了一个目标，让目标的双手主动抬高了枪口。

砰！砰！蒋白棉的子弹射入了天花板上的一盏日光灯内，大量的玻璃碎片哗啦掉落。周围随之阴暗了几分。

商见曜的子弹则击中了神父原本站立的地方，激起一抹火星。

穿黑色风衣的神父滚入了一个空荡荡的房间，停了下来，从衣兜内掏出一个不大的玻璃瓶，猛地将它扔向了欧迪克。

欧迪克不敢让这物品近身，手腕一抬，砰地将它击碎了。

下一秒，浓烈的醋味弥漫开来。

欧迪克脸色一变，想都没想便奔出走廊，返回大厅中部，他只想远离这片区域。可是，他才跑了两步，就“阿嚏”“阿嚏”地打起了喷嚏。

这喷嚏打得如此剧烈、如此频繁，以至于欧迪克身不由己地停了下来，弯下了腰背，再也做不出别的动作。

他的鼻尖飞快地变红，看起来颇为滑稽。

看到这一幕，蒋白棉瞬间明白了一件事情——欧迪克付出的代价恐怕与嗅觉有关。他对醋味过敏！

这让蒋白棉想起了自己对欧迪克的第一印象：看起来沉稳内敛，但鼻尖发红，像个小丑。商见曜因此评价说鼻子太尖不好，容易被冷风吹红。

现在蒋白棉细细想来，那天欧迪克应该是路过了南街，闻到了一点醋味，打了好些个喷嚏。

而神父竟然准确掌握了欧迪克付出的代价，提前做好了准备，在最关键的时刻废掉了这个一对一不怕绝大部分觉醒者的强大猎人。他之所以没有预先在大厅内洒醋，是因为那样一来，欧迪克根本不会入内。

电光石火间，蒋白棉选择了后退。她连奔带翻滚，飞快来到了靠近门口的区域。她不是要抛弃商见曜逃跑，而是要尽快与神父拉开距离，争取不被他的觉醒者能力影响到。而她只要不受神父的控制，现在的距离对她来说只能算中程，几乎可以百发百中。

下一秒，蒋白棉的双腿僵硬了，险些跌倒。

神父单手插兜，从之前躲避的那个房间内走了出来，笑容很淡地说道："没用的，整栋楼都在我这个能力影响的范围内，刚才主要是为了控制欧迪克才拉近距离的。"他苍白的脸色，配上这样的环境，显得异常病态。

商见曜没有移动，因为他在和自己的双手做斗争。如果不是及时使用双手动作缺失这个能力，他刚才已经"自杀"成功。

在这个过程中，他还时不时把能力的效果转移到蒋白棉那边，免得她也开枪"自尽"。

神父在不断地更换目标，以此一对二地控制住敌人。这就让他没法做出比较精细的操作，比如让蒋白棉自行走到墙边撞墙"自杀"。

商见曜一边注意着自己和蒋白棉的状态，一边颇为兴奋地说道："反派总是死于话多，你难道不知道吗？"

穿着黑色风衣，大病初愈般的神父笑了笑："我说这么多，不就是因为做不了别的事情吗？在使用一种能力的同时，没法使用第二种能力，除非已进入心灵走廊，得到了一些特殊的'物品'。身为觉醒者，你应该很清楚，你别的能力现在根本用不出来。"

换句话说，神父现在不怕被暗算。

神父随即左右看了一眼，微笑着说道："而且我还有两个仆人。"

他话音刚落，走廊两侧分别出来一个人，他们飞快地靠近这边，显露出了自己的模样：一个戴着棒球帽，眉毛如剑，长相不错，只是眼睛给人一种没完全睁开的感觉；一个头发挽起，五官柔和，气质温婉，眉毛里依稀有一颗黑痣。

雷云松！林飞飞！

失踪近两月的他们眼神略显木然，同时将手里的枪抬起，分别瞄准了商见曜和蒋白棉。

这个时候，神父的笑容明显了一些："对了，忘记告诉你们，我去城外绕一圈，并不是为了增强之前那个催眠的效果。你们期待的援军，可能赶不过来了。"

欧迪克、商见曜和蒋白棉追踪神父，驾车赶往北街那会儿，城墙外面，数不清的荒野流浪者们依旧或跪或坐，仿佛一具具失去了灵魂的躯体。

今天格外冷，似乎随时会下雪，而出城的人变得很少很少——愿意买奴隶和各种破烂的人已经买得足够多了。

一个不知道多久没刮过胡须的男子坐在挖出的地窝旁，目光呆滞地看着快要饿晕过去的妻儿。

这时有个裹着破棉袄的男人走了过来，同样脏兮兮的，满脸胡子。

“阿财，咱们必须得想点办法了。”裹着破棉袄的男人对地窝旁的同伴说道。

阿财缓慢地侧过头，望了过去：“李头，能有什么办法？”

他说话都有气无力。

李头咧嘴一笑，笑出了几分狰狞感：“闯进去！大家一起闯进去！不闯的话，雪一下来，今晚都过不了，闯的话，至少还有一条活路！”

“怎么闯得进去？之前又不是没试过……”阿财看了一眼妻儿，有些心动。

李头神色凝重地说道：“那次是太鲁莽了，又不够狠。我们可以先混到城门边的那群人里，找机会把门口那几个守卫干掉，然后喊大家一起冲进去。城墙上枪再多，子弹再多，能比我们的人多？”

说话间，他拉高衣服，露出了一把陈旧的左轮手枪。

“你这把枪没卖？”阿财有些诧异。

李头眼角抽动了一下：“大概是都‘吃’到撑了，最近都没有人出来收。唉，想卖都卖不掉。我知道还有很多人的情况和我类似，把他们组织起来，那也有几十上百把枪，还怕闯不进去？这可能就是命吧。”

“可不知道要死多少人……”阿财慢慢地站了起来。

“怕什么？大家连今晚都未必过得去，还会怕死？”李头的表情变得异常阴沉，“实在冲不进去，我们可以去抢附近那些庄园，他们人更少，枪更少，食物又多。阿财，我也不想走到这一步，都是贼老天逼的！你想看着你家阿秀和天牛这么活生生饿死？”

阿财神色微变，表情逐渐阴狠：“好！我跟着你干！死了就没这些破事了！”

李头满意地说道：“你那个破喇叭还没卖出去吧？”

“没有。”阿财摇头说道，“还能用。”

“好，等会儿给我，我要让大家都能听到我的声音。”李头吸了口气，又缓慢地吐出，“说真的，大家不抱在一起拼命，就真的死定了！”

阿财没有异议，急切地问道：“还有什么地方用得着我？还要找谁？”

“不用了，我已经联络好了第一批人。”李头说完之后，侧头望向城门口。他的眼神逐渐凶恶，眼睛隐隐泛红。

阿财和周围不少人也用同样的眼神望向那边。

第51章
乱起

北风呼啸，铅云低垂，城门口的守卫们虽然都穿着厚厚的衣服，但依旧觉得很冷，尤其是脸庞，要么仿佛被刀刮过一样，一阵刺痛，要么已经麻木，一片冰凉。

虽然天色呈现一种暴雨来临前的昏暗，但此时还是上午，是真正意义上的白昼，这就让守卫们心理上不是那么警惕。

他们目光扫动间，看见的都是麻木到不像活人的脸，就像在面对一群什么都不会做的雕像。

“也不知道最初城的其他捕奴队什么时候能赶过来，一直这么下去，也不是个事啊。”腰挂手枪的小头目在城门口来回走动，随意说道，“死的人再多一点，说不定就要暴发瘟疫了。”

那可是不少人心目中比战争更可怕的噩梦。

就在这个时候，他听见了一声轰隆巨响。

这明显是爆炸声。声音来自北街深处！

城门口所有守卫都侧过身，转过脑袋，望向那边，不知道出了什么事情。

就在这时，刚才那名小头目瞥见一群胡子拉碴的荒野流浪者猛然从靠近城门的人群里站了起来。

他们的手里都拿着枪！有的是左轮手枪，有的是霰弹枪，有的是看起来破破烂烂的步枪。

“戒……”小头目刚喊出一个字，就听见了密集的枪声。

他的眼前随即一黑，剧烈的疼痛如潮水般将他淹没。

砰砰砰！一轮激烈的射击之后，城门口的守卫倒下了一大半，剩下的几个也都带伤，状态极其不好。

他们各自奔向防御工事，用手中的武器予以还击。

可是，他们异常惊恐地发现，那群荒野流浪者迎着子弹冲了过来。虽然不断有人倒下，但后方的人一点也没有受到影响，仿佛前方就是新世界，就是极乐净土。这些人的表情都无比扭曲，眼内血丝密布，如同有智力的野兽或者无心者。

这个时候，李头拿着一个喇叭疯狂喊道：“冲进去！冲进去！冲进去就有吃的！冲进去就能活下来！”

城外数不清的荒野流浪者都将目光投向了这边，眼睛一双接一双地泛起红色。见城门口的守卫只剩几个，近乎被清空，他们本能地站了起来，拥了过去。有人还保存着体力，跑得很快，有人已相当虚弱，只能慢吞吞地跟在后面。

嗒嗒嗒！城楼上的几挺机枪喷出了火光，大片大片的荒野流浪者如同秸秆，倒了下去。短短一分钟的扫射，就使大量的人失去了生命。

后面的荒野流浪者畏缩了，迟疑了，停顿了。

可就在这时，那些机枪哑火了，需要更换弹链。

而第一批冲进城门的阿财等人已解决掉了那里的守卫，抢到了更好的武器，飞快地沿阶梯冲上了城楼。城外那些快要溃散的荒野流浪者们见状又一次疯狂起来，潮水一样拥入了野草城。

因第一医院的爆炸声集结起来的城防军主力和城主卫队，面对这种情况，一时不知该支援哪边。

第一医院内，当雷云松、林飞飞抬起手中的枪，瞄准公司的同事时，蒋白棉终于想明白了一件事情：林飞飞进入野狼巷，与任何一家酒吧无关，她穿过那里，经某个秘密通道进入了北街。

就在这时，正和自己的手较劲的商见曜忽然开口问道：“你为什么不自己开枪，还要找两个仆人？”

神父本来不想再浪费时间，可不知为什么，他觉得该分享一下自己的精心谋划，要不然，他岂不是白做了那么多事情？

“先别急。”他对雷云松和林飞飞说道。

然后，他在欧迪克打个不停的喷嚏声里，微笑着望向商见曜，道：“你猜。”

商见曜顿时变得兴致勃勃："我猜是你那个能力的限制。你那个能力的本质是将你身体的某个部位关联到别人对应的部位，从而让别人代替你做出你想要做的动作。也就是说，我们现在做的这些动作等同于你双手做出的动作。既然我们正在做动作，那你就没法再做别的动作了，比如拔枪射击。"

神父轻笑了一声："虽不中，亦不远也。你比我想象的聪明，只是脑子好像有些问题。"

商见曜露出了笑容，看着对方，说出了奇怪的话语："倒，倒，倒……"

他刚说出三个"倒"字，雷云松、林飞飞的眼神就变得涣散，身体不受控制地往地面倒去。

神父也发现自己的意识变得模糊，他愕然脱口道："你们……你们……"

偏大门区域的蒋白棉笑了起来："我们作为一个以生物和医学见长的公司的员工，配备了麻醉气体，好像也不是什么太奇怪的事情。知道你能让别人的手不受控制地伤害自己，我们进入这里前，又怎么会不做点准备？"

她的电鳗型生物义肢还有一个作用，那就是她的意识可以联动芯片，在肢体没有任何动作的情况下，喷出一种味道相当淡、比较难察觉的麻醉气体。

所以当初解决掉那个有军用外骨骼装置的强盗团伙后，蒋白棉说自己其中一个办法是选择投降，在被制住之后，极限反击。

这就是她反击的手段。而这种手段配合她的憋气能力，足以扭转局势——她还能更换气体种类，让麻醉变成毒杀。

当然，这一次不需要她憋气，她和商见曜都提前服用了对应的预防药剂。

而神父用来克制欧迪克的醋，完美地掩盖住了麻醉气体那相当淡的味道，这反击手段的效果好得出乎蒋白棉意料。

神父的意识愈加模糊："我……不该……"

他开始后悔自己那么多话。

不得不说，他的意志力真的很强，毕竟被醋味刺激的欧迪克此时都已经昏迷过去，不再打喷嚏了。

商见曜的笑容愈加灿烂："你不会以为自己真的这么喜欢说话吧？猜猜看是什么时候被我的能力影响了。"

他利用翻滚靠近神父那次，并不单纯是为了将敌人逼向欧迪克那一侧。要不然，他稍微隔远一点又有什么关系？这栋楼内部再大，又能大到哪里去？这对他的命中率不会有太大的影响。他当时暗藏的目的是用矫情之人这个能力影响神父。只不过，这一次，他没让对方做出严重违背理智的行为。那样一来，矫情之人这个能力立刻就会失效。

他只是将这作为欧迪克没能控制住神父的后手，利用自身的动作、语言和表情，诱导神父矫情地多说了不少话，为蒋白棉争取到了足够的时间——当矫情得不那么明显时，目标短时间内难以察觉自己已经被影响到了，这就能让矫情之人这个能力的作用维持两到三分钟。

所以，哪怕商见曜之后一直在对抗自己和蒋白棉的双手，没法使用别的觉醒者能力，也不妨碍他让神父变得多话。

神父听着商见曜的话语，身体逐渐软了下去，眼里残留着不甘。

商见曜笑容不变地补了一句："你输是因为你们反智，你的仆人没有智商，是听从你命令的傀儡，而我的同伴很强很强。"

扑通，神父倒在地上，彻底失去了意识。

"啧，在最后不用拍马屁。"蒋白棉转过身体，尝试开门通风。她左臂一个用力，直接就将铝白色的电动卷帘门提了起来。

外面的寒风旋即从门洞内呼啸着吹入，连同从破玻璃窗处飘进来的新鲜空气，一起清理起这片区域的异味来。

在这个过程中，蒋白棉随口问道："除了等我的麻醉气体发挥作用，你还做了什么准备？"

商见曜立刻抬起手里的冰苔手枪，瞄准自己的脑袋，猛地扣动了扳机。

一声空响回荡，枪里竟没有子弹！

"每把枪我只装了三发。"商见曜笑着解释道。而这三发子弹在前面几次的进攻里，已经被他用掉了。如果还有情况需要射击，他会丢弃冰苔手枪，换联合202手枪。

蒋白棉听得忍俊不禁："合着你最后是在逗他玩啊？"

商见曜根本不需要来回对抗双手，他可以抽空对神父使用一次能力。

"计划是麻醉他，那结果就得是麻醉他，除非已经不可能成功了。"商见曜一脸认真。

蒋白棉笑了笑，正要吩咐商见曜把雷云松、林飞飞拖到外面的草坪上，等他们清醒过来，用推理小丑让他们变得友善，然后再根据情况制订解除催眠的方案。

就在这时，她听见远处有密集的枪声传来。

仿佛有场战争爆发了。

“那些荒野流浪者……”蒋白棉皱起了眉头，快速回忆起之前的种种细节。

“不好！”她突然自语道。

这时商见曜也叹了口气：“唉——”

见蒋白棉望了过来，商见曜主动解释道：“我觉得这个神父太弱了，没有我想象的那么厉害。”

蒋白棉严肃地点头道：“我也发现了一个问题。之前神父催眠曾广旺等人的时候，就没想过那些人有可能‘自杀’失败，将他的样貌特征和能力特点传播出去吗？而事实就是，真有可能！

“如果这就是他的行事风格，或者说，这是他给欧迪克准备的陷阱，我很难想象他竟然能在最初城这个大势力的追捕下活跃那么久，太不谨慎了。”

说到这里，蒋白棉顿了一下，沉声说道：“神父看起来更像是一个诱饵。”

第52章
净念

猎人公会二楼，门口有四名武装人员守卫的会长办公室内。

来自北街的爆炸声响起后，许立言拿起丁零乱响的黑色电话，听着手下向自己汇报无人机监控到的情况。

他还没来得及下达命令，南街城门处就传来了一阵激烈的枪响。这让他本能地皱起了眉头，有了不好的预感。

许立言耐心地等待了一阵，电话那头终于更换了一名人员，把荒野流浪者们制造骚乱，即将冲入城中的突发事件报告了一遍。

“这就是神父想要的局面？”许立言自语之时挂掉电话，重新拨号，接通了城防军最高长官的电话。

他表情冷酷地吩咐道：“立刻集结主力，把冲进来的荒野流浪者全部推出去。”

下达了这个命令后，他又给执掌城主卫队的心腹打去电话：“把人手分成两部分，一部分带着重武器去第一医院，协助欧迪克解决神父，一部分在楼下集结，护送我返回城主府。”

城主府有永固工事和地下掩体，比猎人公会这栋旧楼不知道安全多少倍。而且，若骚乱变得更加严重，神父又逃出了包围圈，局势在短时间内没法得到控制，那他还能在城主卫队的保护下，从相对安全、距离更近的北城门离开，返回自家庄园，或直接投奔别的城市。

有条不紊地安排好这些事情后，许立言站起身来，带着那名浑身上下都被罩袍和兜帽遮掩住的随从走到了门口。外面那四名武装人员立刻散开，各就各位，防范来自不同方向的潜藏危险。

就在这时，许立言突然感觉左手手背一阵发痒。他下意识地探出右掌，在左手手背上抓了几下。那瘙痒不仅没有得到缓解，反而更加严重了。

许立言心中一急，愈加用力地抓，他的手背上顿时出现一道道红色的抓痕。几乎是同时，他的背部、胸前、大腿、脸庞，全身上下都出现了无法忍受的瘙痒。

他越挠越痒，越痒越想挠，短短几秒钟的时间，就有了一万只蚂蚁在身上爬过的感觉。他恨不得把衣服全部脱光，痛痛快快地挠一阵。

不仅是他，那四名武装人员也出现了类似的反应，而且已经到了握不住枪，只想挠痒的地步。

当，当，当！那一把把金属枪落到地上，弹了几下。唯一没有动作的是那名被罩袍完全笼罩住的神秘人。

“咦——”一道略显惊讶的声音在走廊另外一端的某个房间内响起。

然后，一个人走了出来。

这是一名女性，她有一头金色的长发和一双浅蓝的眼眸，皮肤虽较为粗糙，但看起来还很有风韵。

她是本地猎人公会副会长克里斯汀娜！

“你竟然不觉得痒。”她看着许立言那个异常神秘的随从，好奇地感叹道。

她说话的同时，有三个人从靠近会长办公室的楼梯上下来了。

他们有的拿着手枪，有的端着短脖子冲锋枪，目光同时锁定了正疯狂挠痒的许立言。

这三人之中，一名是女性，身高一米六五的样子，长了张娃娃脸；两名是男性，一个阳刚英挺，一个看上去饱经风霜。

他们正是之前失踪的那个旧调小组的剩余三名成员：魏钰，卢继奇，云贺！

就在这个时候，那名穿着带兜帽长袍的神秘人向斜前方走了一步，横在了许立言和三个袭击者之间。

当当当的声音里，那神秘人的身体被大量子弹打得火星四溅，但只有衣服受损，身上没流下半滴血液。

唰地一下，那神秘人扯掉了自己的长袍，露出由黑色金属骨架组成的高大躯体和各种看起来充满威慑力的机械组件。

他单手一竖，不慌不忙地宣了声佛号：“南无阿耨多罗三藐三菩提。我已经没有这方面的感觉了，虽然还是觉得痒，但完全能够忍耐，就像是在直面一场幻觉。”他回答的是克里斯汀娜刚才的那个问题。

他果然是一名机械修者，生活在这片荒原的机械修者。

克里斯汀娜眉毛一挑：“那么换一种呢？愿你的欲望都得到满足。”

下一秒，许立言和他的保镖发现自己体表的瘙痒在逐渐减弱，而那名机械修者闪烁红光的眼眸突然大亮，接近血色。

“爱欲爆发？你果然是一名觉醒者，信仰执岁曼陀罗的觉醒者。”那名机械修者自言自语了几句，接着双手合十，平静地说道，“女施主，我不是净法师弟他们，我还能勉强控制得住自己。”

他说话的时候，许立言和那几名保镖已各找地方躲避，与魏钰、卢继奇、云贺他们展开了枪战。

机械修者位于枪战的中心区域，被一枚枚流弹击中却挺立不倒，仿佛只是遇到了一场暴雨。克里斯汀娜按住自己的胯部，微微鞠躬道：“但看得出来，你也有受到影响。”

她脸上浮现笑容，神情却显得颇为神圣：“曼陀罗在你我心中。”

“施主，世事皆虚幻，欲望亦如是。你沉迷于肉身带来的快感，必会被它束缚，变为尘世间的一只母兽。”机械修者的电子合成音竟给人几分慈悲的感觉。

他再次双手合十，庄严地说道：“六道轮回，畜生道。”

机械修者话音刚落，克里斯汀娜就看见了数不清的野兽虚影——有狼，有虎，有鬣狗，有野猪，它们全部都用绿油油的眼睛看着她。

被这样注视着，克里斯汀娜的自我认知突然出现了变化。她发现自己不知什么时候也变成了一匹狼，身体上覆盖着灰黑色的粗毛，后面垂着一条枯草般的尾巴。她有些惊慌，有些茫然，想要开口说点什么，却只发出了兽类的声音：“嗷呜——”

在许立言的眼中，克里斯汀娜和另外三名袭击者突兀又诡异地趴到了地上，四肢撑地，发出“嗷呜”的叫声。他们的眼睛里似乎失去了智慧的光芒。

“哈哈！”许立言忍不住笑了一声，走出躲避处，有些后怕又有些亢奋地说道，“你们不会以为我只有一些普通的保镖，纯靠从公会请来的高级猎人帮忙吧？要不是有净念大师，我又怎么可能提前知道有人要刺杀我？”

许立言的保镖们本能地侧过头，望向那名机械修者。

净念虽然没有穿僧袍、披袈裟，但还是保持着高僧的做派，平和地说了两句：“贫僧照见自我，获得的最重要神通是——预知。”

他话音刚落，南街位置的枪声忽然变得模糊，整栋大楼随之摇晃起来，接着瞬间坍塌，如同一场迷梦。

许立言猛地打了个寒战，发现自己还在会长办公室内，刚刚放下电话。

“净念，刚才……”许立言急促地侧过头，望向罩着带兜帽长袍的机械修者净念。

没等他说完，净念点了点头：“贫僧也被拖入了一场幻境，和克里斯汀娜副会长较量了一下。这很像执岁末人所在领域的某个能力。”

“末人……这不是反智教信仰的执岁吗？神父？他不是应该在第一医院吗？他们还来了别的觉醒者？”许立言又惊又怒，站了起来，“目前没法确定克里斯汀娜有没有问题，幻境之中，从她的表现来看，她像是欲望至圣教会的。如果她确实参与了，那说明最初城那边有人想我死！”

净念低宣了一声佛号后，道：“许城主，还是尽快离开这里，返回府中。”

刚才那么一场共同的幻境让他的身份彻底暴露了，还展现了两个能力。

这让他预知到了危险。

“好！”许立言拔出自己的手枪，走向门口，只见外面五个保镖立刻围了过来，就像是一面面人肉盾牌。

他们都做好了用自己的身体挡子弹的准备。

只要城主不死，他们的家人就必然能得到妥善的照顾。

“接下来，保持最高警戒状态。”许立言吩咐了一句。

“是，城主！”其中一名保镖回答道。

他旋即补了一句：“我们刚才也被拖入了那个幻境，知道发生了什么。”

许立言望向这名保镖，发现他看起来很疲惫，黑眼圈相当重，眼神倒是颇为深邃。

“嗯。”许立言点了下头，“等这件事情彻底结束，我不会吝啬奖赏！”

这时净念眼中的红光突然变得强烈，他的辅助芯片告诉他：之前在外面的保镖只有四个。

而他的意识相信保镖的总数是五个！

“不好……”净念脸一沉，立刻就要无差别地使用影响范围最大的畜生道。

就在这个时候，那五名保镖同时抬起了手里的枪，瞄准了许立言。他们之中有四个眼神略显呆滞，仿佛面对的不是城主，而是有生死大仇的敌人。

没有半点耽搁，也没有任何犹豫，他们纷纷扣动了扳机。

砰砰砰！五把枪的枪口内喷出了火星，多枚子弹朝许立言呼啸而去。

第53章 花样

净念最庆幸的是，自己虽然不是一个专业的保镖，但还是时刻谨记着一点：片刻不离雇主，始终待在能用身体帮雇主挡子弹的范围内。所以，他一边使用畜生道，一边弹动金属关节，扑到了许立言身上。

当当当！

一枚枚子弹打在他的头部、后背，打出了飞溅的火星和不明显的印记。这不是人肉盾牌，而是真正的装甲盾牌！

扑通！

许立言被撞到了地板上，差点被异常沉重的净念压得晕厥过去。而这个时候，净念的畜生道已产生了效果。

那五名保镖纷纷趴下，仿佛已不适应双腿站立，或发出“嗷呜”的声音，或试图抬起后腿撒尿。

只有黑眼圈较重的那个还能勉强站立，只是垂下了双臂，如同一只闯入人类世界的猿猴。

他像猿猴一样，抢在净念起身前，连跑带跳地冲到楼梯口，按着扶手跃往下方。在这个过程中，他没有发出野兽的嘶吼，而是疯了般高声喊道：“炸死他们！炸死他们！”

净念仿佛脚底装了弹簧，唰地一下就带着许立言站了起来。他看了一眼楼梯口，谨慎地说道：“我们从窗户跳下去。”

“好。”差点就被乱枪打死的许立言惊魂未定，只能完全信赖净念。

净念一只手圈住他，双膝微弯，轻轻松松就跃到了窗边，撞破玻璃，跳了下去。

变身野兽的四名保镖随之恢复了过来。他们先是茫然地看了看彼此，然后本能地跟随净念从破碎的窗户处跳至猎人公会后门外。

这个时候，附近的城主卫队已经集结好，将后门围得水泄不通。许立言坐上特别定制的防弹汽车后，恢复了镇定，沉声吩咐司机："回府。"

说完，他望向坐在旁边的机械修者净念，异常感激地说道："多亏了您，要不然我已经死了。"

"南无阿耨多罗三藐三菩提，救人一命胜造七级浮屠。"净念用电子合成音回答道。

他顿了一下后补了一句："还望城主记得之前的承诺，允许我们教团到野草城讲经。"

"没问题。"许立言回答得斩钉截铁，"但前提是你们不能派那些容易发狂的修者来，否则我没法让众人信服。"

说实话，他面对净念的时候经常忐忑不安，生怕什么时候就触碰了对方的逆鳞，让对方失去理智。

说话间，防弹车的门关闭了。

这支不算庞大的车队随即驶入西街，往北面返回。

猎人公会三楼，副会长办公室内。

克里斯汀娜站在玻璃窗后注视着远去的车队，微笑着说道："希望后面能如你预期的一样发展，要不然我就要被调回最初城了。"

她的旁边走过来一道身影，一米八左右，穿着黑色的衣裤，留着常见的短发，虽然长相还算不错，但黑眼圈较重，显得没有精神，仿佛已经许久没有睡好了。

他就是刚才混入许立言保镖队伍的那个人，他从楼梯口跳到底层后，又从另外一侧回到了楼上。

与之前唯一的不同是，他已经摆脱了畜生道的影响。

这人捂着嘴巴打了个哈欠："接下来是否还会有变数，我没法给你打包票，只能说成功的希望很大。你根本没有亲身参与，怕什么事后清算？"

克里斯汀娜只是在那个幻境里出现过一次，谁也没法以此指责她。

克里斯汀娜看了一眼身旁之人，眼睛有些湿润地笑道："许立言如果还能活下来，不管怎么样都会防备我，竭力向总部要求将我调走，而且他们和我哪有那么多道理可讲？直接把我控制住，找欧迪克用觉醒者能力寻找线索，也不是不可能。

"如果不是上面下令，我真不想掺和你这件事情。

"说起来，你刚才那个制造真实幻境的能力不太像来自末人的领域，反倒更接近碎镜的恩赐啊。"

碎镜是执掌十一月的执岁，又称幻觉之神。

黑眼圈较重的那人笑了笑，没有理会克里斯汀娜的套话。他那个能力确实属于末人领域，只不过，他玩出了花。

真实幻境能力又叫梦幻之旅，能激发目标的某些记忆，从而让目标产生真实的幻觉。许多拥有这个能力的觉醒者往往只能将它利用到这个程度，让敌人陷入茫然、痴呆、恐惧、沉迷的状态。

他们忽略了这是一个范围型能力，觉醒者其实可以同时激发多个人的记忆，制造并存的多个幻境。

他经过多次尝试和改良，终于掌握了把这些幻境连接在一起的技巧。于是，一个大型的真实幻境出现了。

而在目标清醒过来之前，这个幻境能维持好几分钟，于是，他会切换能力，用催眠的技巧引导"剧情"发展。

催眠是一个影响范围非常小的能力，每次想要使用，都必须与目标保持五米以内的距离，且有目光接触。

但在对方的精神往外扩散，和别人连接在一起，共同沉入一个幻境后，施展这个能力的人就可以通过影响幻境，反向做一些简单的催眠。

简单来说就是，施展这个能力的人先催眠自己，改变自己对应的幻境，然后通过精神上的连接，影响别人的幻境，利用幻境的变化设置一定程度的暗示。

这样一来，就能达到两个效果：

一是在真实幻境里预演接下来将要发生的事情，"观看"目标们如何应对，拥有什么能力；

二是做几个有利于之后行动的简单催眠。

通过前者，这个黑眼圈较重的男子了解了净念的大部分能力，提前做好了自我催眠，让自己一旦没有了人类意识，就化身为懂得趋利避害、狂奔而逃、大声呼救的猿猴，从而应对畜生道。

而通过后者，他让净念和许立言他们都接受了“保镖有五个”的“事实”，悄然混了进去，催眠那几个“同伴”。

克里斯汀娜见对方没有回答，只能感叹道：“你应该已经在起源之海内找到了自己，只要战胜自己，就能进入心灵走廊。”

“你觉得是，那就是吧。”黑眼圈较重的男子笑着收回了目光，走向办公室的门口。

克里斯汀娜喊住了他：“记得把盘古生物那几个人带去北街，之后总得有一个大反派。”

“我已经让他们过去了。”黑眼圈较重的男子语气平淡地说道。

克里斯汀娜看了他一眼，转而问道：“既然你才是真正的神父，那医院那个又是谁？”

黑眼圈较重的男子笑了笑，轻描淡写地说道：“当他认为自己是神父的时候，那他就是神父。”

说完，他抬起双手，捂住自己的眼睛，行了一个属于反智教的礼：“请全身心相信神。”

行完礼，他转身走出了房间。

克里斯汀娜脑海内关于他的形象忽然变得有点模糊，好像记不清他相应的特征了。她的眼眸愈加湿润，遗憾地叹了口气：“可惜……”

北街，野草城第一医院。

虽然发现了问题，怀疑眼前这个人未必是真正的神父，但蒋白棉和商见曜依旧留在了现场。

他们将欧迪克、雷云松、林飞飞和自称神父的家伙搬到了外面的空地上，尝试着尽快弄醒前三人。

他们之所以这么做，是因为想到许立言身旁有个永生人，安全还是有保障的。而且许立言和他们又没什么关系，双方才见过一面，彼此之间只存在一个口头的许诺。他们其实并不怎么关心他的安危。

蒋白棉决定还是尽快让雷云松和林飞飞“清醒”，问出魏钰、卢继奇和云贺的下落。

救人如救火！这才是旧调小组到野草城的初衷。

或许是因为鼻子出了问题，也或许是因为闻了太多的醋味，打喷嚏打到接近昏迷，欧迪克吸入的麻醉气体很少，加上他本身又足够强壮，所以是第一个醒来的。

他看着蒋白棉和商见曜，猛地翻身坐起：“神父呢？”

“别吵他。”商见曜竖起手指，做了个表示“小声点”的手势。

“他没那么容易醒。”蒋白棉赶紧制止了这家伙让人摸不着头脑的行为。

当然，蒋白棉大概猜得到商见曜的意思：神父能力较强，擅于催眠，一旦醒来，会很麻烦。

两人对话间，欧迪克已站了起来，环顾了一圈。他没问是不是他们解决的神父，因为这是一件显而易见的事情。

他只是感叹了一声：“你们比我想象中的强很多。”

他一开始只是猜测对面两人来自大势力，有一定的水准，谁知道，他们的水准高得有点可怕。

“现在不是说这些的时候。”蒋白棉指着疑似神父的男子道，“我感觉他不一定是真正的神父，可能是个假神父，你最好联络下许城主。”

欧迪克回想起之前的事情，也隐隐有了点怀疑，忙拿出那个在旧世界叫“手机”的电子产品，利用机械天堂搭建的本地基站，拨了个号码。

很快，电话接通了。

欧迪克先做提醒，得到了回应，然后才简单地汇报起这边的情况来。

因为商见曜一直在挤眉弄眼，扭来扭去地“暗示”，欧迪克没有提他们具体发挥了什么作用。

挂断电话后，欧迪克对蒋白棉和商见曜道：“城主那边确实受到了真神父的袭击，还好有个厉害的保镖在。有一部分城主卫队很快就会过来接手。”

蒋白棉低头望向还昏迷着的雷云松和林飞飞：“我们能带走这两个人吗？疑似神父的家伙留给你。”

鼻子依旧红彤彤的欧迪克沉默了几秒才道：“好。你们这么带着人不方便，很容易引起别人注意，开我的车吧。”

他的红色越野车就停在第一医院靠近大门的地方。

“谢谢。”商见曜和蒋白棉异口同声地说道。

紧接着，蒋白棉关切地问道：“你问过南街那边出什么事了吗？”

她虽然心里有一定的猜测，但还是需要确切的情报。

第 54 章 乱象

欧迪克扔出手雷不久就陷入了不断打喷嚏的窘境，之后就昏迷了，对南街的异变没什么印象，只隐约有点感觉。刚才情况紧急，他自然顾不得从城主许立言那里获知别的消息。

他摇了下头，道："我现在问。"

说着，他又拿起手机拨了另外一个号码。

趁这个机会，蒋白棉蹲了下去，摸索起假神父的身体来，看能不能找到一点有用的线索。

很快，她从假神父的衣兜里掏出了一张字条，上面用灰土文和红河语写着：这是城主特批的通行令。

除了这段话，纸上什么都没有，别说印章，就连签名都不存在。

"他就是拿着这样的通行令轻轻松松进了北街的。"蒋白棉颇感好笑地说道。

"还能这样……"商见曜眼睛发亮，似乎有了点想法。

蒋白棉有所察觉，侧头笑道："别去尝试，你又不会催眠。"

就算他要尝试，也得找块萝卜刻个章盖上去。

这个时候，欧迪克结束了通话，对他们说道："城外流浪者发动骚乱，已经冲进来了，一片混乱。"

"果然！"蒋白棉取下武装带上挂着的对讲机，试图和白晨、龙悦红联系，但她没有成功。

"范围之外……"蒋白棉吐了口气，对欧迪克道，"我们得返回南街找几个朋友，免得他们在骚乱中出什么意外。"

欧迪克非常理解，再次提议道："开我的车吧，顺便把这两个人带走。"

"行，之后怎么还你？"蒋白棉没有浪费时间去客气。

"骚乱如果很快结束，就开到公会，要是没有，就开到城主府外面，车上还有一份特别通行令。"欧迪克简单地说道。

商见曜和蒋白棉没再啰唆，分别背上雷云松、林飞飞狂奔到第一医院靠近大门的地方，用欧迪克给的钥匙开门上车，驶离了第一医院。

直到这个时候，分派往这边的城主卫队才赶到。

因为有特别通行令，蒋白棉他们没费吹灰之力就脱离了包围圈，出了北街，进入了中心广场。

到了这里，枪声愈加明显，来自四面八方。地上有数不清的尸体，有正值壮年的，有小孩；有男子，有女性；有穿戴较整齐的，有衣服破破烂烂的；有尸体残缺不全的，有仿佛被掐死的；有城防军模样的，有握着枪仿佛普通猎人的……地上满是血迹和弹坑。也有不少人坐在街边巷口，往嘴里塞着窝窝头，失神地注视着这场骚乱，既不加入，也不抵抗。

看到这一幕，蒋白棉和商见曜沉默了。

过了几秒，蒋白棉再次取下对讲机，试着和白晨、龙悦红联系。这一次，那边有了回音。

"你们在哪里？"蒋白棉努力让自己的语气保持平稳，免得组员慌乱或紧张。

白晨的声音合着些许杂音一同响起："我们在往阿福枪店赶。流浪者冲进来的时候，我们还在东街，直接找了个地方躲避。

"现在第一波骚乱已经开始了，不再有大量的人聚集。我们打算回去把房间内的物资搬到吉普车上，然后开车接应你们，从东街城门离开，等到局势平稳下来再回城。"

"很好。我们在阿福枪店外面那条巷子会合。"蒋白棉赞了一句，示意商见曜将欧迪克的红色越野车开入南街。

当当的声音随之响起，偶尔飞来的子弹都被车上加装的厚钢板和防弹玻璃挡了下来。

南街的状况比中心广场更为严重，街边甚至有一股股血水在流淌。大量的人死在了街上，到处都是尸体，有的还睁着眼睛，眼里充满不甘和疑惑。时不时能见到一两个活人，但大部分快不行了，只是本能地发出痛苦的呻吟。

蒋白棉目光一扫，突然指着一个地方："开过去。"

那是他们来野草城后进的第一家餐馆——老字号面馆。当时，老板融合了不少方言的口音和坚持从图书馆借书教孙子识字的行为给蒋白棉等人留下了深刻印象。还有那好吃的油泼辣子面，同样让他们难以忘怀。

此时面馆内一片狼藉。

鬓角斑白的老板倒在地上，鲜血染红了衣服，已没有了生气。

他的后面就是墙角，那里蹲着一个七八岁的小男孩，正瑟瑟发抖，周围散落着几本图画书。

面馆另外一边，唯一一张没有被掀翻的桌子边坐了两个人，一个是看起来三十来岁的男子，一个是七八岁的小女孩。

他们埋着头，呼啦啦地吃着大碗里的面条，浑然不在意外面的混乱和枪声。

商见曜停车后，蒋白棉立刻开门跳下，一边抬手瞄准吃面的男子，一边快速靠近面馆老板和他后面的小男孩。

无须做别的检查，她仅从电信号的情况就能判断出老板已经死了。

吃面的男子赶紧将碗里残存的葱扒进自己嘴里，然后舔了舔筷子头，意犹未尽地站起，将小女孩挡在身后。

那个小女孩脸蛋脏兮兮的，眼睛却很明亮。她没有停止吃面，三口并成两口地吃着剩下的面条。

商见曜认出了那个男子，他皮肤呈古铜色，有张国字脸，长相颇为憨厚，正是之前那个回答欧迪克问题、告诉他们假神父行踪的荒野流浪者。

见蒋白棉和商见曜的枪都指着自己，这个荒野流浪者露出了比哭还难看的笑容："你们开枪吧，人是我杀的。他不给我们吃的，我只能自己抢，自己煮，要不然人都要饿死了。"

他回忆起这件事情时，表情有点扭曲，声音也变大了不少："大家都是人，我们难道就不配活着？我们也是人，难道就活该饿死？"

蒋白棉看着他和他背后恋恋不舍地放下碗筷的小女孩，迟迟没有扣动扳机。隔了几秒，砰的一声枪响，那名男子倒了下去，胸口有鲜血涌出。

开枪的是商见曜。

那个小女孩麻木地看着这一幕，没有哭，也没有喊。

蒋白棉微侧脑袋望向商见曜，只见他双手握枪，瞄着前方，神色颇为凝重，表情异常严肃。

收回目光，蒋白棉迅速吩咐道："把这两个小孩都带上，和小白他们会合。"

如果就这么放着他们不管，兵荒马乱的局势下，他们不会有任何活路。现在带走他们，等野草城恢复了稳定再想办法安置。

商见曜点了下头，护着两个小孩上了红色越野车，一个和昏迷的雷云松、林飞飞挤在后座，一个进入副驾驶位置，待在蒋白棉身旁。

两个小孩没有哭闹，没有反抗，似乎已经被吓坏了。

等到车子逐渐驶离老字号面馆，小男孩和小女孩似乎才清醒过来，同时扑到了窗边。他们望着那两具尸体，撕心裂肺地喊道：

"爷爷！"

"爸爸！"

阿福枪店所在的巷子内。

龙悦红仓促之间甩动右臂，扣动了扳机。

砰！一个不知从哪里蹿出来的持刀流浪者仰面倒下，身体抽搐起来。

比起最开始时，龙悦红现在已相当镇定了。他和白晨离开东街的躲藏处后，就沿着人最少的路线返回阿福枪店，可就算是这样，他们也碰到了不少杀红眼、抢红眼的荒野流浪者和趁乱打劫的野草城恶徒。

龙悦红最开始还有些许慌乱，后来发现这些人枪法不怎么样，身手也不怎么样，只要他避开人多势众的群体，不往子弹乱飞的地方冲，和白晨配合好，就完全能够应付。

他们唯一需要担忧的是，随身携带的弹药一直在消耗，他们没时间做补充。

当然，途中他们也不是没有遇到危险。他们遇到过一支清理荒野流浪者的城防军小队，也不知道是这支小队精神紧绷，反应过度，将他们当成了乱民，还是觉得他们只有两个人，势单力孤，竟试图歼灭他们。

好在那支小队只有五个人，白晨又提前识破了他们的意图，一番打斗后，他们打倒了两名城防军，撤去了别的巷子。

这让龙悦红有点后怕，又有点兴奋，因为其中一名城防军是他一枪干掉的。对他来说，这是了不得的成就。

进了阿福枪店，白晨目光一扫，心顿时微沉。

这里许多售卖的枪都不见了，到处都乱糟糟的，看起来像是被人抢过。几乎是同时，楼上传来了砰砰砰的枪响。

这声音时停时起，让人揪心。

“南姨……”龙悦红看了一眼白晨，说了个名字。

白晨表情未变，点了下头：“我们上去看看。”

说完，她补了一句：“房间内还有不少物资。”

“好。”龙悦红没有反对，只是将枪管有点发烫的冰苔收起，换了联合202手枪，装满了子弹。

来到阿福枪店后门，他们通过门洞望了一眼院子，确定吉普车还停在原来的位置。很显然，冲到这边的荒野流浪者们暂时对车没有兴趣，也没有发现车内藏着不少物资。

龙悦红和白晨转入楼梯，一具具尸体映入他们的眼帘，有男有女，或趴或仰，皆是受枪击而死的。

白晨快速扫了一遍，下意识地加快了脚步。他们快到二楼时，上面的枪声又响了起来。

白晨将腰背压得很低，小心翼翼地往上移动。龙悦红模仿着她的动作，紧跟在后面。

绕过拐角，他们看见五六名拿着武器的男子正在和二楼某个房间内的人对射。他们的身前尸体密集，几乎堆了起来。

白晨没有犹豫，抬起双手，朝那群看起来像是荒野流浪者的男子连续射击。龙悦红也不多问，做出了同样的举动。

砰砰砰！配合着里面的还击，他们打空了子弹，清理掉了前方所有的敌人。

“是我们！”紧接着，白晨高喊了一声。

南姨的声音随即传来：“快上来。”

白晨和龙悦红奔了上去，看见那个房间里躲了一堆人，有南姨、谷常乐等阿福枪店的股东，有那些做皮肉生意、年纪各不相同的女子，她们缩在里面，瑟瑟发抖。而守在门口，没让一个荒野流浪者冲上来的是安如香。

这个遗迹猎人、临时老师握着手枪，半蹲着身体，靠着墙壁，表情依旧淡漠，显得非常镇定。南姨的弟弟阿福则负责装子弹、递枪这些事情。

看到白晨和龙悦红上来了，安如香突然坐了下去，喘起了粗气。

她的脸上随之露出少有的笑容，干净而纯粹。

第 55 章
重回北街

北街，城主府。

回到熟悉的家中的许立言不再惶恐不安，重新变得沉稳自信。

“现在情况怎么样了？”他问匆忙赶来的助手。

他的助手是一名年近四十的中年男子，经历过许尔德、许无功两个时代，见过好几次叛乱和政变，此时非常镇定：“欧迪克先生已经把疑似神父的罪犯送过来了，想见您一面。冲进来的荒野流浪者抢到了不少武器和食物，正往中心广场聚集，似乎想攻打北街。

“他们正从无组织的状态发展成一个真正的团体，而城防军在最开始的时候受到了惨重打击，好几支队伍失去建制，散落在城内不同地方，只能进行最基本的防御和清理，随时可能被骚乱淹没。您分出的那支城主卫队从第一医院离开后，去了北桥和市政大楼增援，目前已和那边的城防军会合。以他们的武器，守一段时间不成问题，只是人数太少了。”

这是和大量的荒野流浪者相比较而言的。

和刚才差点死去相比，现在的情况已称不上火烧眉毛。许立言背着双手，来回踱了几步，嗓音柔和地问道：“刘叔，您觉得该怎么做？”

刘叔毕恭毕敬地回答道：“组织更多的人手。”

许立言轻轻颔首：“下达我的命令，召集贵族议事会所有成员商讨对策。他们都得出点力了。组织一批精英成员从北街城门出去，绕到南街，把被打散的城防军串联起来，聚拢在一起。只要完成了这件事情，那些乱民不足为惧。如果实在不行，他们要玉石俱焚，那就把无人机队派出去轰炸，不要怕毁掉城市。还有，向所有猎人发布雇佣军任务，让公会的人直接用喇叭喊。”

这个时候，许多遗迹猎人分散在城内各处，来不及或没办法去公会看任务。

“是，城主！”刘叔恭敬地回应。

许立言想起一事，忙补充道：“让欧迪克先生过来吧。”

有条不紊地做出安排后，许立言询问身旁的机械修者净念：“净念，还请你预知接下来的情况。”

净念眼中红光闪动，道：“好！”

他的电子义眼内闪动的光芒稍后又停止了。

隔了七八秒后，净念才开口说道：“危险依旧存在，敌人还有后续的安排，与爆炸有关，城主万不可大意。”

在战胜自己，进入心灵走廊前，净念的预知能力只能帮助他察知将来是否有足以威胁自身和对应目标生存的事情发生，但无法看见相应的画面，无从知道威胁源于何处。

许立言点了点头：“我会注意的，会让守卫检查每一个人的身体。净念，我去清洗一下，换身衣服。”

刚才那次袭击中，他在地上滚了两圈，因为惊慌惶恐，且被净念压得不轻，竟有点小小的失禁。

就算没有，他也要趁这个机会清洗一下自己，并调整好心态，以应对接下来的乱局。

净念微微颔首，道：“我守在门外。”

他已经检查过许立言的卧室、阳台和外面的花园，没发现隐藏的危险。

阿福枪店背后的院子内，打退了第一拨流浪者的居民们开始把各种障碍物往几个入口搬，准备制造街垒，封闭这里，以应对后续可能冲击这里的乱民。

那些四五十岁的男女虽然比不上年轻人手脚灵活，但做起这些事情来有板有眼，效率非常高，给人一种轻车熟路的感觉。

这是他们年轻时经常会面对的事情。

蒋白棉和商见曜将红色越野车停在巷子内后，架着雷云松、林飞飞，带着两个小孩，抢在院子彻底封闭前“刷脸”进了里面，上到二楼，和白晨、龙悦红他们会合了。拜托南姨、谷常乐照顾两个小孩后，他们进入房间，拣重点交流了一下彼此的经历。

“还要出城吗？”蒋白棉斟酌着问道。

白晨默然了几秒后道：“最乱的时候已经过去了。”

“嗯。”蒋白棉表示赞同，“我们过来的时候，发现那些流浪者在往中心广场聚集，可能想攻打北街，因为那里才是粮食最多的地方。等到野草城的城防军重新组织起来，恢复秩序只是早晚的问题，他们储备的武器和弹药可不少。”

这可是三大势力交界处最重要的贸易中心，本身的防御体系是按照挡住大势力进攻一段时间的标准来构建的。

只要那些荒野流浪者没在第一波骚乱里仗着人多、仗着对方猝不及防攻进北街，使整个城市的系统彻底瘫痪，那他们就不会再有多少机会了。

白晨接着说道：“只要这边没被重点攻打，撑到局势平稳下来不成问题。”

无论是粮食储备，还是武器、工事，足以让他们坚持两三天。

她顿了一下，又迟疑着道：“南姨这边有很多人，要都带出去，得组织一支车队，太引人注目了，反而容易被针对。”

“我理解。”蒋白棉笑着回应，示意白晨不用觉得不好意思，“留下有留下的好处，大家在这里坚守也不失为一个可行的方案，正好……”

说到这里，她转而望向商见曜：“看看能不能弄醒雷云松、林飞飞，如果能掌握魏钰他们的下落，我们说不定还得在城里冒一次险。”

说是冒险，她的语气却很轻松，仿佛只是出门闲逛了一次。最后，她笑着对龙悦红说道：“今天表现得不错，你已经是一名合格的战士了。”

龙悦红不自觉地挺起胸膛时，商见曜已走到床边，摆出了按压雷云松胸口的姿势。

蒋白棉无奈地翻了个白眼，但也懒得制止，任由他发挥。

一下，两下……雷云松突然咳嗽起来，慢慢地睁开了眼睛。

首先映入他眼帘的是一个有着红底金字的名牌，上面写着“盘古生物”。

“还记得这个吗？”蒋白棉开始评估对方的状态，以判断要不要让商见曜与雷云松“交个朋友”。

雷云松明明睁大了眼睛，可看起来还是一副没睡醒的样子。他眼神茫然，持续了几秒，接着眼中出现光彩，仿佛终于从一场持续了近两个月的噩梦中醒来。

“你们是公司的人？”他急声问道。

“你猜。”商见曜笑着回应。

话音刚落，他就被蒋白棉用右手抽了下肩膀后侧。

“你还记得自己是谁，来野草城做什么吗？”蒋白棉不答反问。

雷云松的眉头皱了起来，脸庞肌肉隐隐有些抽搐，仿佛在承受某种无法言喻的痛苦。

“我……我……”他忽然坐起，大口喘气，“小心……小心那个病恹恹的人！”说出这句话后，雷云松脸上尽是汗水，湿漉漉的，仿佛刚用水洗了一把脸。

商见曜点了点头：“如果他能逃出来的话。”

雷云松还处于刚刚看到光的状态，没理解这句话的意思。

隔了一会儿，他总算缓了过来：“我是雷云松，公司一个小组的组长，来野草城调查机械天堂‘主脑’的事情。

“我们离开城主府，走出北街的时候，遇到了一个穿黑色风衣的男人，他看起来很瘦，好像生病了。”

说着说着，雷云松声音渐低，语气里满是恐惧。

“他一次催眠了你们五个？”蒋白棉有些诧异。

“没有。”雷云松摇了摇头，“当时和他对视的是我。回酒店睡下之后，我梦游般出去，再次见到了他，之后，我按照他的吩咐，等到天亮，找借口和机会依次把组员带去见了他……”

蒋白棉听完雷云松的陈述，得出结论：在脱离相应环境，受到熟悉的事物的刺激后，他应该已经摆脱了催眠，恢复了正常。

“你知道魏钰他们去了哪里吗？”蒋白棉问起最重要的事情。

雷云松自责地摇脑袋：“我们被分开了。我和林飞飞住在与南街相邻的两栋楼内，按照那个男人的命令做一些事情，小钰他们则被他带走了……”

“那你有线索吗？”蒋白棉追问道。

雷云松皱着眉回忆了一阵：“那个人的催眠好像是有时效性的，他每隔一段时间就会化装过来见我们，重新做一次催眠，同时下达一些命令。

“有一次，他来得晚了些，我恢复了不少，隐约知道不对，专门去外面观察了一下他来的路线。他平时应该是在北街，那次，我还听到他用电子产品和人对话，说什么‘都带去北街’……”

这个时候，林飞飞也醒了。蒋白棉和商见曜重复了一遍之前的流程，林飞飞的话印证了雷云松说的一些话。

“你们还没完全恢复，好好休息吧。我们去趟北街，争取见一见那个假神父，看能不能从他那里获知魏钰他们的下落。”蒋白棉当机立断，决定现在就去。

商见曜立刻帮她补充道：“顺便还车。”

雷云松和林飞飞听得面面相觑，总怀疑自己是不是还没有完全摆脱催眠，或者麻醉效果还没有彻底过去，以至于反应迟钝，没法理解对方在说什么。

出了房间，来到楼梯口，蒋白棉对跟上来的龙悦红道：“你留在这里帮小白。嗯，提醒她一声，注意雷云松和林飞飞。虽然他们看起来已经没事了，但什么事都难保有个万一。”

“是，组长！”龙悦红莫名地有种被委以重任的感觉。

随便找了个窗口从二楼跳到外面的巷子后，蒋白棉开车载着商见曜往南街而去。她知道荒野流浪者们正在往中心广场聚集，试图攻打北街，便没敢走那条路线，而是选择兜大圈。

和之前一样，他们从南街城门口出去，绕到了北街城门口，利用特别通行令顺利通过了戒备森严的防线。

第 56 章 抽丝剥茧

让蒋白棉庆幸的是，因为荒野流浪者们堵在中心广场，预备攻打北街，欧迪克没法返回猎人公会，只能滞留在城主府。

这样一来，蒋白棉他们不仅能够把车还掉，而且还不需要辗转联系各方以寻求审问假神父的机会。

这不是靠一份特别通行令就能做到的事情。

进入城主府，在偏厅内见到欧迪克后，蒋白棉一边将车钥匙扔了过去，一边直截了当地问道："假神父醒了吗？"

她的潜台词是"你有没有完成第一轮的审问"。

欧迪克轻轻颔首道："他确凿无疑地相信自己就是神父，他预备的计划是引我们上钩，找机会催眠我，让我成为他的帮凶，与此同时，依靠预先埋下的'种子'，引发巨大的骚乱，为最后的刺杀制造最合适的机会。"

"如果不是知道许城主在猎人公会差点死去，这个计划乍一听还挺像那么一回事。"蒋白棉做出评价。

商见曜随即补充道："可惜他太弱了，承担不起这样的任务。"

这话说得欧迪克突然有点尴尬，因为面对这么"弱"的对手，他却几乎没发挥什么作用，战斗刚开始没多久就陷入了"喷嚏地狱"。

蒋白棉没浪费时间去瞪商见曜，转而问道："弄清楚了雷云松、林飞飞他们同伴的下落吗？"

这才是她最关心的问题。

欧迪克摇了下头："假神父将他们交给了一个绰号叫'哑巴'的人，准备用在刺杀成功后的栽赃陷害上。他不清楚那个哑巴长什么样子，住在什么地方，只靠反智教内部约定的联络方式和对方联系，而现在北街之外太混乱了，我们没法用相应的手段联系。”

蒋白棉听完之后，若有所思地说道：“这个哑巴会不会是真正的神父？他和假神父之间的联络和沟通其实是一种催眠？”

“有可能。”欧迪克也有这种猜测。

他们目前的共识是假神父是被真神父催眠或者篡改过记忆的觉醒者，所以，他发自内心地认为自己是真神父，并按照教派高层的指示完成各种任务。而那个高层大概率就是真正的神父，同时那个高层还可能是合作者哑巴。

这个时候，商见曜忽然问道：“为什么假神父也会催眠？”

“真神父专门找的会催眠的觉醒者，只有这样才能制造完美的替身。”蒋白棉猜测道。

假神父如果不会催眠，那不仅别人不会相信他是真神父，他自己也会怀疑，从而内心动摇。

欧迪克下意识地问道：“怎么精准地找到会催眠的觉醒者？”

觉醒者不仅数量很少，而且还都习惯掩盖自身能力的特点。

话刚说完，欧迪克突然顿住，因为他已经想到了答案。

商见曜则颇为兴奋地说道：“每次反智教诞生一批觉醒者，都要决出一个神父。”

三月的执岁末人的能力和催眠、记忆相关，信仰他的教派内，有相关能力的觉醒者在数量方面虽然没法说占据绝对优势，但必然不会少。

“当拥有催眠能力的觉醒者达到一定数量时，就把他们放在一起，关在某个地方，彼此残杀？最后，走出来的是一个真神父和多个假神父？”蒋白棉尝试着解读商见曜的话。

她越想越觉得这有可能是真的，因为这完美地符合反智教的教义。

“绝大部分人不需要脑子，只要做一个傀儡、一个末人，思考的事情就交给对应的神选者……”蒋白棉一边感慨，一边觉得好笑，“我之前对反智教的理解还是太浅薄了，他们在作为教派的中坚力量的觉醒者群体里竟然也这么弄，真是‘知行合一’啊！”

这是什么精神！感叹中，蒋白棉用眼角余光发现商见曜隐隐有点蠢蠢欲动。她有充分的理由怀疑，这家伙想竞争真神父这个身份。虽然蒋白棉觉得他不一定能用推理小丑把真神父搞定，甚至有可能会被真神父反向催眠，或者篡改记忆，但最终的结果说不定会是真神父努力地为他收拾烂摊子，在收拾了多次之后，异常嫌弃地把他踢出神父行列，然后真神父诧异地发现，这家伙带走了其他假神父，重新组了个“神父兄弟会”，只留下真神父自己一个人孤孤单单在原地。

“呼——”蒋白棉吐了口气，决定把这些纷乱的思绪抛到脑后。

既然没法从假神父那里获知真神父和魏钰他们的行踪，蒋白棉只好转而问道：“你见了许城主吗？有没有问他被袭击的详细情况？”

她想着能不能从这件事情里找到可供追查的细节。

欧迪克没有隐瞒，将自己从许立言那里获知的遇袭经过详细讲了一遍。当然，这其中不包括机械修者净念的能力特点，因为许立言直接略过了这一茬。

到了现在，欧迪克对蒋白棉和商见曜的能力那是相当佩服的，只是觉得他们的脑子可能有点不正常，猜测也许是与他们付出的代价有关。

同样地，蒋白棉对欧迪克利用梦境影响获得口供的能力也很信任，因此没有提出亲自审一次假神父的请求。

蒋白棉听着听着，表情逐渐变得严肃，商见曜的脸上则看不出什么变化。

等到欧迪克说完，商见曜兴奋地问道：“净念认识净法吗？”

“应该认识……”欧迪克用不太确定的口吻回答道。虽然机械修者数量不多，彼此间多半认识，但不是机械修者的他还是不敢肯定。

这番对话后，蒋白棉思索着开口了：“我觉得这次袭击有点问题，至少三个地方显得奇怪。”

“哪三个地方？”欧迪克也觉得这事怪怪的，只不过一时看不出问题在哪儿。

蒋白棉掰起手指道：“第一，以袭击的时机和当时的环境看，假神父这边做的似乎都是无用功。不管是把你调离公会还是引发荒野流浪者骚乱，都对袭击本身没有帮助。你想想，正常情况下，你也不会一直留在公会，肯定在外面寻找线索，而骚乱也只影响城防军和城主卫队，对身处公会内的净念和四名保镖而言，也就带来一点紧张的气氛，他们完全不会因此分心或者分散力量。”

“嗯。”欧迪克表示认可。

真假神父的计划看起来很精妙，可细想一下，假神父这条线似乎根本没有存在的必要。

蒋白棉屈起另一根手指："第二，在预先通过真实幻境掌握了净念的真实身份和能力特点的情况下，真神父后续的处理简直……简直……"

商见曜见状，帮忙补充道："像是没有脑子。"

蒋白棉没反驳，继续说道："许城主开门的时候，真神父根本没必要假装自己是真保镖。他应该第一时间就用真实幻境影响净念，让被催眠的四名保镖负责解决许城主，而不是放掉最有威胁的那个，一窝蜂地去对付目标。如果真神父采用这个方案，你应该只能见到许城主的遗体。"

欧迪克斟酌着说道："也许，仓促之间催眠不到位，必须由他引导，其他保镖才会射杀城主？"

这是净念对当时的情况的解释。

"这确实有可能。"蒋白棉屈起了第三根手指，"先不提猎人公会的克里斯汀娜是不是他的同伴，是否被无端卷入，以他掌握的资源和背后的势力来看，他最后选择的枪杀这种方法实在是太简单了。

"那个距离下，扔颗手雷，弄点毒气，绑一圈橘子公司发明的高性能遥控炸弹，净念想护都护不住，或者来不及护。"

她的意思是，混入保镖行列的可以不是真神父自己，而是别的被催眠的死士，反正那四名保镖相信队伍有五个人——这只需要在真实幻境产生影响时投射死士的样貌，而不是真神父自己的模样。

"确实不太对劲……"欧迪克仔细一想，觉得如果由对面这个女猎人策划袭击事件，许城主都不知道死几次了。

就在这时，商见曜双掌一拍，恍然大悟地说道："我懂了！"

商见曜见欧迪克望向他，于是认真地说道："真神父在逗许城主玩！"

欧迪克嘴角略微抽动时，蒋白棉吐了口气，道："看来真神父并不想杀许城主。那他费尽心思，出动真身袭击许城主，又是为了什么？"

这个瞬间，欧迪克的脑海内浮现出了一个词语："催眠！"

真神父费尽心思，为的是拉近自身与许立言之间的距离，完成目光的接触，从而催眠他！

这也是蒋白棉的答案，她急忙问道：“许城主现在在哪里？”

“在贵族议事厅，和所有贵族一起商量应对荒野流浪者骚乱的事情……”欧迪克刚说到这里，突然想明白了一件事情。

这或许就是真神父引发荒野流浪者骚乱的意义！

“走！”欧迪克猛然转身冲出了偏厅。与此同时，他拿出了手机。

第 57 章 贵族议事会

欧迪克拨通了电话，那边却无人接听。

“可能开会时静音了……”欧迪克边跑边猜测着。

蒋白棉和商见曜都没有说话，狂奔着跟在后面。

城主府，贵族议事厅。

一张长桌摆在中央，上首是衣着华贵的城主许立言，两侧各坐了三个人。

这就是位于野草城权力顶端的七位大贵族、议事会议员。只不过，自许尔德时期开始，权力的重心逐渐往市政厅、城防军转移，而掌控这两个部门又有最初城某方势力支持的城主逐渐架空了贵族议事会。

但遇到当前这种危急情况，哪怕许尔德转世，也不敢无视另外六位大贵族的意见。他们手上可是有私兵、庄园、各种资源储备的，如果趁乱而起，聚集荒野流浪者们，就足以让野草城变天。

此时，议事厅内，每位大贵族的身后都只有两名护卫，就连城主许立言也是这样。

这是议事会成立以后，经过一次次摩擦，一次次泄密，一次次政变，一次次流血事件，逐渐“形成”的规矩——凡进入议事厅的议员，最多只能带两名保镖。

同样，大贵族和保镖们可以携带武器，但武器不能暴露在外。

野草城对武器的规定，正是发源于议事会。

那会儿，如果不让各个武装团体的首领们带卫队和武器吧，他们肯定怕遭遇袭击，担心城主忽然摔个杯子，然后几十上百个枪手冲进来一阵扫射；如果让他们带吧，他们心里有了底气，又都是经历了乱世的人物，说不定一言不合就当场打起来，把其他人卷了进去。

所以只能让他们把卫队放在外面，仅带一定数量的保镖入内议事。同时，武器得藏好，不能被人看见，也就是得放在不方便自己取用的地方。这样一来，如果他们想拔枪，就会有一个缓冲的时间，让中立者有机会阻止，让当事人能够冷静。另外，他们也会担心自己枪的位置是不是放得不够好，万一比对方拔得慢了几秒甚至十几秒，那事情就不妙了，还不如平和一点，只吵架，不动枪。相应地，类似的聚会也有严格的爆炸物检查环节，免得谁“牺牲一个，幸福全家”。

此时，许立言的左边是罩着长袍的机械修者净念，右边是他的助手刘叔，刚好一武一文。

当然，也不是说刘叔没有战斗力。他年轻的时候，手持双枪，不知打死过多少想要攻破野草城的敌人和闹流血政变的家伙。

只不过他现在年纪大了，火气小了，又发现自己在处理政事上更得心应手，于是口头禅变成了“大家要以和为贵”。

许立言环顾了一圈，没用官方化、正式化的语言，而是微笑着说道：“各位叔叔伯伯，你们应该也看到了外面是什么样子。”

见他姿态放得很低，赵府之主赵正奇摸了摸下巴处的胡须，道：“城主，有什么话尽管说，这是大家的野草城，还有不愿意出力的？”

赵正奇年过五十，胡须已略有点花白，在普遍偏瘦的灰土人中，他胖得让人印象深刻。

他身后的保镖一个是自家养的死士，一个是他三十出头的大儿子——主要是带来熟悉贵族议事会的风格和流程的。

大家的野草城……许立言暗自冷笑了一声，表面则诚恳地说道：“现在死伤众多，人手很紧张，荒野流浪者们随时可能攻破市政大楼的防线，冲入北街，还望各位叔叔伯伯把各自府邸内的私军派出来，拼成一支队伍，打一个反冲锋，争取在那些荒野流浪者真正聚集起来前把他们打散，赶出城去。”

赵正奇看了一眼自己的亲家默里奇，让他先开口。

默里奇祖上是红河人种，但几代通婚下来，使得他也有了明显的灰土人特点，五官较为柔和，毛孔不是那么粗大。

他黄发蓝眼，法令纹较重，说话总是慢条斯理的，仿佛天塌下来也不算什么大事："城主，派私军没问题，野草城是大家的，我们还能坐视不管？只要给我们留下保护府邸的人手，其他的都可以听从你的调配。只不过，我们的人不是正规军，是按保护府邸、保护庄园的要求来训练的，让他们打反冲锋，未免有些强人所难，而且未必有好的效果。不如这样，让我们的人替换城防军和你的卫队，去守北桥和市政大楼，让换下来的这些正规军打反冲锋。"

因为许立言说的是灰土语，所以默里奇用的是同样的语言，而且字正腔圆，用词娴熟，一看就用了不少的心思。

默里奇话音刚落，赵正奇和别的贵族议员立刻附和，表示赞同。

许立言额角青筋一跳，抓着椅子两侧的手不自觉地握紧了一点。

接收到刘叔"以和为贵"的眼神后，他挤出笑容，道："我能理解各位叔叔伯伯的顾虑，我也打算从城防军和卫队里挑一批没受伤的人员出来单独组队，打反冲锋，只是人数未必够，到时候还得从你们的私军里选一些。"

彼此看了一眼后，赵正奇率先点头："行，就这么办。"

其他贵族议员也没再纠结这个问题，因为东街、西街、南街都与他们自身的利益紧密相关。他们不是某些仓库的实际主人，就是酒店老板、粮铺所有者，或者夜总会大股东，自然都迫切地希望尽快解决那些荒野流浪者，让自家的财产受损不那么严重。

将这一决定传达出去，让它正式生效、开始推进后，许立言转入第二个议题："各位叔叔伯伯，骚乱应该很快就能平息，我们得商量一下怎么善后。北街之外，不知多少平民被杀、被抢，这个冬天会非常难熬，我愿意带头捐一部分粮食出来救济他们，让他们能撑到情况好转。嗯，医疗物资也要捐一些，受伤的人肯定很多，他们未必有钱支付医药费。"

许立言话音刚落，赵正奇就如拨浪鼓般摇头道："我们也没有余粮啊。再说，也就短短一上午的工夫，城内能损失多少粮食？他们节俭点，撑过这个冬天还是不成问题的。"

开什么玩笑，他们又不是自家财产，为什么要去救济他们？

"是啊。"默里奇附和道，"死一些平民有什么关系？反正我们的奴隶已经够用了。"

“就是，谁敢闹事，就赶出去做荒野流浪者。”另一名贵族议员章闻新跟着发表了意见，“等到局势平稳下来，只要我们这边有粮食卖，有的是人来野草城生活，劳动力缺口就能补上。”

听着他们反对的话语，许立言抬手揉了一下额角，只觉脑袋嗡嗡作响。

他勉强保持着仪态，剖析起利害来：“要考虑到士兵们的家眷都生活在北街之外，如果他们倒戈，那我们只能逃去最初城。”

赵正奇呵呵笑道：“城主，不用担心，我们私军的家眷都在庄园内。”

可城防军的家眷不在……许立言只觉额头的青筋跳得愈加厉害了。

在另外几名贵族议员的反对声里，他不仅脑袋嗡嗡作响，耳畔也仿佛有个虚幻的声音在呐喊：“炸死他们！炸死他们！”

许立言的眼神逐渐有些恍惚，他一手撑头，一手探入衣兜，拿出了一个小巧的黑色遥控器。

“炸死他们！”

“炸死他们！”

魔鬼的嘶吼声不断在他的耳畔回响，让他的呼吸逐渐变重。

就在这个时候，贵族议事厅的大门打开了。

一名守卫往里面喊道：“城主，欧迪克先生有紧急事情要见你！”

门口的蒋白棉视力极好，一眼望去，就发现许立言的眼神不对。

那是茫然的，也是疯狂的。

“快！”她一边提醒欧迪克，一边当机立断，拔出手枪，往贵族议事厅那张长桌上方的水晶吊灯开了一枪。

商见曜则拔枪转身，帮蒋白棉守住后背。

砰和哗啦的声音先后响起，大量的玻璃碎片落了下来。

在场的贵族议员，除了许立言，年纪都不小，也经历过一些战争和骚乱，对于枪声是非常敏感的，他们第一时间就做出了反应。

说话慢条斯理的默里奇直接身体下滑，躲到了桌底，肥肥胖胖的赵正奇猫着腰，敏捷地窜离了座位，拉着大儿子往角落里冲……

他们的保镖纷纷拔出了枪，各找位置往门口瞄准。

这一声枪响也惊到了上首的许立言，让他清醒了少许，他手上的动作随之停顿下来。但这短暂的清醒很快又被魔鬼的嘶吼声赶跑了，许立言眼睛发红地扫了一圈，就要按动手里的遥控器。

这时，他的眼皮突然变重，整个人瞬间失去意识，往后靠在了椅背上，仿佛陷入了沉眠。

欧迪克抓住蒋白棉制造的机会，一个前扑接一个翻滚，将自己与许立言的距离拉近到了足以使用强制入眠的程度!

然后，他看见了又黑又粗的枪管。

这是从机械修者净念手里“伸”出来的。

“城主被神父催眠了，要和这里的人同归于尽！”欧迪克赶紧喊道。

这句话让房内的保镖和房外的守卫的反击骤然停止，他们和蒋白棉、商见曜对峙起来。

机械修者净念一边继续瞄准欧迪克，一边伸出金属手臂，强行扯开了许立言的外衣。

这个城主身上的情况顿时显露出来。

他在腰间绑了好几圈炸药，都是来自橘子公司的高性能产品。炸药一旦爆炸，不仅贵族议事厅内的人无法幸免，就连议事厅的隔壁和隔壁的隔壁也会被摧毁。现场唯一可能幸存的或许只有机械修者净念。

第58章
砰

躲在桌底的默里奇将许立言的情况看得清清楚楚，于是他连滚带爬地冲了出来，奔向赵正奇所在的角落。

在这个过程中，他高声喊道："炸药！他绑了一圈炸药！"

赵正奇等人因为隔得较远，又有桌子阻挡，看不见许立言那边的真实状况，只好急促而慌乱地问道：

"什么炸药？"

"怎么了？"

"到底出了什么事？"

坦白地讲，如果不是局势已得到控制，他们肯定会毫不犹豫地让保镖开路，冲出这个房间，和自家卫队会合。

"小蘑菇！许立言身上绑了一圈小蘑菇！"默里奇赶紧分享他看到的情况。

那种炸药源于橘子公司，型号是H404，因为威力很大，所以被取了"小蘑菇"这个绰号。

"狗屎！"另一名红河人种的贵族议员弗朗西斯科忍不住咒骂起来。

短暂的混乱后，赵正奇望向欧迪克、刘叔和穿着罩袍的"神秘人"，大声问道："怎么回事？还有，先……先……把炸药给拆下来。"

这么对话让他有点儿肝颤。

"我来。"机械修者净念的五根金属手指在芯片的控制下，以最高的精准度慢慢地解起了许立言身上绑的炸药。

他现在有点懊恼，自己竟然犯了"灯下黑"的错误：为了来野草城当保镖，他还给自己加装了一些平时用不上的模块，刚才也特意检查过参会的贵族和他们的卫队是否携带了一定量的爆炸物，谁知却忽略了雇主本身。

欧迪克将目光投向赵正奇那边，简单地解释道："不久前，反智教的神父袭击了城主，被挡了下来。但他的目的不是刺杀城主，而是和城主拉近距离，趁机产生目光接触，催眠城主，让城主在召集所有贵族议事的时候，做出自杀式袭击，将整个野草城的顶层一锅端掉。"

后面那句话，是他现在才确定的。

如果单纯只是为了刺杀许立言，神父没必要玩得这么花哨，做一堆无用功，他真实的目标非常大，也非常难实现——干掉野草城所有的大贵族！

要知道，许立言有机械修者净念守着，任何想通过正常渠道接触他、悄然催眠他的计划，都有可能被预知，而且在永生人的监视下，催眠相当容易被发现，到时候，神父想逃都未必逃得掉。

同时，凡是有许立言参加的聚会，不管是什么形式的，与会者都要接受严格检查，只能带手枪这类可以藏在身上的轻武器。

种种条件限制之下，想一次干掉野草城的所有大贵族，几乎是不可能的事情。这里还是有严格的安保措施的。

至于这个大目标又是什么目的的前期行动，那就暂时不得而知了。

"南无阿耨多罗三藐三菩提，原来是这样……"机械修者净念低宣了一声佛号。他总算想明白了前因后果和种种细节，也找到了危险的真正来源——他还以为有第二轮刺杀。

"厉害啊！"商见曜没有吝啬自己的表扬。

如果不是正拿着冰苔手枪，一对几十地和守卫们对峙，他肯定不会让自己的掌声缺席。

蒋白棉虽然没有回头，但能想象得到他的脸上多半有佩服的神色——佩服神父玩得这么大。

赵正奇、弗朗西斯科等人勉强弄清楚了事情的真相，没去在意欧迪克手下那个小角色的奇怪言论，纷纷松了口气。

这么一个高级猎人来到野草城，他们或多或少都派人打听过相应的情况，所以对欧迪克并不陌生，他们相继将目光投过去，表达谢意：